鸢都文库

长篇小说

血缘

◎ 张国柱 著

山东城市出版传媒集团·济南出版社

图书在版编目(CIP)数据

血缘／张国柱著. ——济南：济南出版社，2018.12
(2019.3 重印)
(鸢都文库)
ISBN 978 - 7 - 5488 - 3484 - 7

Ⅰ.①血… Ⅱ.①张… Ⅲ.①长篇小说—中国—当代
Ⅳ.①I247.5

中国版本图书馆 CIP 数据核字（2018）第 275460 号

责任编辑　胡长粤　许春茂
封面设计　张国柱　马春莹
封面题字　魏守柱

鸢都文库　血缘　张国柱 著

出版发行　山东城市出版传媒集团·济南出版社
地　　址　山东省济南市二环南路 1 号(250002)
编辑电话　(0531)86131717
发行电话　(0531)67817923　86131701
　　　　　　　　　　　86131728　86131704
经　　销　各地新华书店
印　　刷　潍坊新天地印务有限公司
版　　次　2018 年 12 月第 1 版
印　　次　2019 年 3 月第 2 次印刷
成品尺寸　170 mm × 240 mm 16 开
印　　张　14.25
字　　数　160 千字
定　　价　48.00 元

编了一个"古"（代序）

小时候，最喜欢听姥姥讲故事。

姥姥把讲故事，叫作讲"古"。"古"的开头一般是这样的：在早些年间，有一个人（或有一座山）……

姥姥喜抽烟，抽的是旱烟。她的手哆嗦半天，才能填满一烟袋锅旱烟末。她先长长地吸一口，一锅烟末燃去了一半，然后才吧嗒、吧嗒地慢口吸，一刻钟才把这一袋烟吸完。

姥姥好喝茶，也不讲究，不管绿茶红茶，是茶就喝，一顿不喝，就浑身不自在。有时实在没茶了，就泡上一把晾干的红薯叶，一样喝得有滋有味。

姥姥爱讲"古"。冬天的夜里，我们很早就钻进被窝，借着淡淡的月光，她抽着旱烟，喝着"末子茶"，一个"古"接着一个"古"地讲，讲得月亮睡着了，讲得星星睡着了，讲得我也睡着了……真难想到，在她那瘦小的身躯里竟藏了那么多的"古"。

我娘笑着对我说："你姥姥的'古'都是瞎编的，都是骗人的。"姥姥便板着脸对我娘说："怎么会是瞎编的呢，怎么会是骗人的呢，这些都是我的姥姥讲给我的，是祖祖辈辈流传下来的。"

姥姥在七十九岁时仙去，随后，她的户口也被注销了。从此，除了我的母亲、姨、舅等至亲之人外，已经很少有人知道她的身世。姥姥姓曹，生于1923年，时为山东省胶东道昌乐县营丘厂邢家庙村人（现为山东省昌乐县营丘镇邢李村人）。十九岁那年，她嫁到李家官庄村。由于姥爷姓田，故而姥姥以后的名字就叫田曹氏。而更为人罕知的是，姥姥的弟弟，在十九岁时就远赴援朝战场，二十二岁时，牺牲于鸭绿江对岸，至今尚安眠于那里。

俱往矣！只有姥姥讲给我听的那些"古"，还时时萦绕在我的脑海。

现在想想，姥姥的话是对的。所有的故事，就像我们面对的平淡又不可或缺的日常琐事，在岁月中沉淀且流传着，并且不断地丰富和演绎着。唯其如此，我们才能在平淡无奇的生活中安然度日，才能在悠然而逝的时光里，编织出一个又一个饱含期待的"古"来。

"古"的本质是编织和虚构，"古"的生命是演绎和流传。

我编的这个"古"（也可以说是我写的这部小说），在若干年后，可能会成为姥姥们口中的一个"古"，也可能会被姥姥们舍弃遗忘。所以，这个"古"生命的久暂，最终不是取决于我，而是取决于所有听（读）这个"古"的人。

编这个"古"的动机，产生得很早。当时，我年少无知，将主题设置得很是宏大，总想通过这个"古"表达什么、歌颂什么……但因为阅历和思想的浅薄，对设定的所谓"主题"总是无法把握，所以几次中断，又几次重拾，断断续续编了多年，最后才呈现出这样的面貌。

人有男女，光有阴阳，这些都是天然的；山有高低，水有长短，这些都是绝对的；人有是非，事有曲直，这些却不一定是一成不变的。但从"古"的角度来讲，有了这些已经足够了。

作为实际存在的人，我们每天都面对着各种各样的人和事：高尚的、卑鄙的；伟大的、渺小的；正确的、错误的；积极的、消极的……我们耳闻目睹的与生存有关的幸福或苦难的传说已经够多。每一个人对其所面对的生存处境，都有着不同的体验：接纳时是享受的，排斥时是痛苦的。所以我知道，无论我如何修饰我这个"古"，都不可能让所有人都满意，那么，就放弃那些刻意的修饰和功利的堆砌吧！我只想通过自然的、简单的笔触，把一种最本质的生存状态描述给大家。

于是，我编了这个以《血缘》为题目的"古"。

我在完成这个"古"的初稿后，曾给几个朋友看过。他们看后问我：你为什么要编这个"古"？你要反映的主题是什么？你想借这个"古"表达什么？讴歌什么？鞭挞什么？在此，我非常感谢我的朋友能耐心地、费时费力地看完这么一个篇幅不短又非常乏味的"古"。至于他们的问题，我实在无法回答，因为我在编这个"古"时，根本就没有想过这些问题，也根本没有预设过答案。相反，这些问题恰恰是我想向我的朋友或者读者请教的。

其实，你若能读完这个"古"，就已经是对我的莫大肯定了。我不奢求你因它而喜怒哀乐，只愿你把它仅仅当作一个"古"，在若干日子之后，在偶尔闲下来的某一刻，你能想起曾读过一个名为《血缘》的"古"，那么，我编这个"古"的目的就达到了。

承蒙各界厚爱，本书被推荐为"潍坊市重点文艺作品"，我在自喜之余，亦是诚惶诚恐，生怕有负众望。各位老师和读者若能给予批评指正，让我的创作水平能有所提升，则为我最庆幸之事。

同时，还要感谢济南出版社的编辑老师们，经过他们的认真编审和精心雕琢，让我编的这个"古"，更为真实、生动、流畅。

最后，我还要声明一下，"古"就是"古"，若与某人的经历或社会中曾经发生的事件有雷同之处，也仅是萍水人生中的一些巧合罢了！

张国柱

二〇一七年十二月于白水阁

目 录

第一章

1 – 1

好像一只从墙头飞掠而来的燕子，2005年的这个秋天，突然就来到了眼前。西营机械集团总裁王东雷站在窗前，心里有那么一丝莫名的伤感。

摸摸头上已经灰白的头发，他悄悄地叹息了一声。不料，随着这声叹息，一声轰响远远地从集团的西南角传了过来。这声音绕过高高的水塔，掠过低矮的树木，迅疾无比地扑进了王东雷的办公室。

声音沉闷却力度十足，夹杂着一些细碎的噼啪声，扭曲着，颤抖着，搅起一圈圈细密的波纹，有力地向前翻转着，滚动着。风急匆匆地闪出一条缝隙，轰响声来得更加猛烈。办公室的落地窗哗哗抖动，楼板微微颤抖，静静地铺洒在墙上的阳光，此时也曲曲折折地荡漾起来，墙上的那幅《高山流水》图上，凭空多了些明晦不定的波光。

王东雷惊诧地侧侧耳朵，想再仔细听时，那声音却渐渐消散了。怎么回事？王东雷捂了捂怦怦跳的胸口，怔了一下。

还好，此前的心脏手术非常成功，心跳依旧，呼吸依旧。再往西南方向看去，从集团铸造公司的高大烟筒中冒出的青烟，正如往常一样慢慢淡下去、轻下去。棉絮般的浓烟变为薄纱似的青烟，青云般袅袅而上。几只鸟雀掠过烟霭，与更远处的青山融成一幅充盈着诗情的风景图。

若按正常进度，铸造公司的浇铸工作应该完成了。

"这又是哪里在搞拆建？动静也太大了吧！"王东雷轻轻地摇了摇头，自言自语着，踱到办公桌前，拿起李大海留下的那份业务合同，慢慢地看着，脸上的笑意压不住地往外浮，眼角上的那些细碎的皱纹，因这笑容变得更深了。

突然，桌上的电话急促地响起来，是铸造公司副总经理赵大明。他的声音惊惶失措："姑夫，哦，不，总裁，不好了，爆炸了！爆炸了！"

王东雷只觉自己的头嗡的一声，马上想到了刚才的轰响声，忙对着电话喊道："别急，别急，慢慢说，怎么回事？哪里爆炸了？"

"是洗澡池铸造车间的洗澡池爆炸了！"

"怎么回事？有没有伤到人？"

"松山经理受伤了，我们已经打了120，请您快来……"

一阵阵红雾从王东雷眼前腾起："松山，刘松山，怎么会是你……"王东雷扔下电话，拔腿向电梯跑去。秘书已经知道了消息，早就把电梯摁到了十二楼，等待着王东雷。司机也已经备好了轿车，等候在了办公楼前。

办公楼距铸造分公司不到两公里，几分钟就赶到了。车间里，一群人正围在刘松山身边，焦急地等待着王东雷的到来，等待着救护车的到来。

刘松山躺在一群人中间，双手紧紧地捂着下身，裤子的裆处破烂不堪，鲜血从指缝中涌了出来，地下殷红一片。他的头微微抬起，眼神有些迷离。眼睛使劲向下看着，试图要看看他的伤口。虽已呈半昏迷状态，但他的脸上竟然没有太多痛苦的神情。如果再仔细看，甚至会发现有一丝丝莫名的喜悦或轻松，正从刘松山的眉宇间，轻轻浅浅地向外漾着。

王东雷一把搂起刘松山："松山，松山，伤哪里了？告诉我，快告诉我。"

迷迷糊糊的刘松山，虽已看到了王东雷焦急的神色，听到了王东雷焦急的声音，但他不想回答，也懒得回答。他冲王东雷神情复杂地一笑，又看向自己的裆部，张了张嘴，不等说出话，就又闭上了，陷入了昏迷中。

"松山，松山，松山……"看着瘫在自己怀里的刘松山，看着刘松山裆部涌出来的鲜血，王东雷语无伦次地大声叫着。

赵大明小心翼翼地对王东雷说："姑夫，姑夫，镇静些。"

王东雷的目光直逼赵大明："说，怎么回事？到底怎么回事?!"

赵大明惊惶失措，脸色蜡黄，豆大的汗珠挂满了额头。他哆嗦着嘴唇，牙齿磕得咔咔响："总裁，是意外，纯属意外。"

王东雷狠狠地瞪着赵大明："赵大明，到底怎么回事？松山要是有什么事，我不会放过你的！"

赵大明一脸委屈，结结巴巴地说不出一句完整话："真的是意外、意外。"

王东雷的爱人、财务总监苏金凤蹲在王东雷身边，不知所措地看着眼前的一切。直到听到王东雷训斥赵大明时，才轻轻地拍了拍王东雷的肩膀，悄声插了一句话："东雷，别急，先送医院，回头再调查事故的原因吧。"

王东雷斜了苏金凤一眼："这下你如愿了吧！"

苏金凤才要回话，远处已传来救护车的声音。

救护车在前，王东雷驱车紧随其后，飞速地往西营医院奔去。时值初秋，天高云淡。清爽的风从车窗涌进来，却怎么也吹不干王东雷额头上的汗水。青中泛黄的树叶，被阳光映在挡风玻璃上，斑斑驳驳，如王东雷五味骈杂的心事，明明暗暗地交织着、纠结着。

王东雷眉头紧蹙，心中一片茫然。事故发生之前，他还在感慨，今年的秋天来得特别快。夏天余温尚存，还没来得及正式谢幕，秋天就伴着一场细雨，迫不及待地登上了季节的舞台。转眼间，长空碧蓝如洗，天高云淡；原野披锦铺绣，五色纷呈。

阳光清澈而明亮，如高手酿的酒，无需过滤便可畅饮。风与阳光相伴，虽默不作声，却在拐角处搅起圈圈旋涡，一如这寻常的日子，看似平淡，却在暗处布下一个个迷局——就像今天下午的爆炸。

刘松山裆部涌出来的那些鲜血，时时浮现在王东雷的眼前，他不禁在心底暗暗呼喊："松山，你可千万不要有事啊。你现在可是这世上唯一与我有血缘关系的人，你一定不要让我失望啊！"

1—2

事故发生之前，西营机械集团副总裁、铸造公司总经理刘松山，正在铸造车间巡视。这个时候，正是工人们浇铸铸件的时候，场面火热：

轰鸣的熔炉中翻滚着炽热的铁水，如万马奔腾，发出澄黄透明的光亮。不时飞溅出的硕大铁花，如菊花般盛开，一朵挤一朵，一层压一层。车间里金红相映，色彩瑰丽，映得刘松山的心里漾起了一片激情。

看到刘松山走到熔炉边，炉工老孙急忙站起来，焦黄的门牙在两片干裂的唇间闪现："刘总好，过一会儿就关炉火了，还剩半包渣水，我用来热热洗澡水，您先洗一洗。"

刘松山冲老孙满意地一笑："孙师傅辛苦了，您这司炉技术越来越高了，车间铸件质量不断提高，您功不可没啊。"

老孙乐得眼睛眯成了一条缝："是刘总指导得好，我们只是干了该干的活儿啊。"他往前凑了凑，小声说，"要是多给我们发点奖金，我们就更开心了。"

刘松山不禁笑出了声："你个老孙头。"然后向浇铸现场走去。

航车吊着盛满铁水的炉包，沉稳而有序地运行着；大炉包中的铁水被分倒于小炉包中，健硕的铸工们用长长的铁柄，挑起这些小炉包，将铁水依次倒入砂模中。阵阵水雾从砂模中腾起，烟里雾里，迷蒙一片。

铸工们精赤着上身，偶尔溅起的铁花落到身上，滋地发出一声轻响，闪出一丝袅袅的雾气，又啪的一声掉到地下，结成细小的铁球。下身的裤子早已百孔千疮，因被汗水湿透，紧紧地贴在身上，使得那些健壮的身躯显露无遗。他们一边工作着，一边开着粗野的玩笑，以缓解精神的紧张与身体的疲惫。笑骂声、嬉闹声……不绝于耳。

看到刘松山走过来，工段长冲铸工们高喊："小子们，刘总来了，加油干啊！拿出点绝活儿来，让刘总瞧瞧。"

于是，一支支铁柄，在挑起炉包的时候，就多了些花样。铁水流过，水雾腾腾。

刘松山向他们赞许地摆摆手，一边走，一边贪婪地看着眼前这一切。他喜欢这份工作，喜欢这个场景。

与王东雷一样，刘松山对冶炼有着莫名的热爱和天生的敏感。他喜欢看着那些散砂在成型工的汗水中成为模型；他喜欢看着那些铁块在熔炉中化为铁水；他喜欢看着那些半裸的铸工们把铁水一包包浇铸到模型中；更喜欢看铸工们的身形如铜塑般在雾气中闪现。

他喜欢看着一包包铁水，在自己手中被铸成所期望的形状。有时，他甚至感觉自己就是一件模具，看着铁水注入模具中，就仿佛倒入了自己的身体里。他与模具一样，真切地感受到铁水在自己身体内部的每一个空间中流动、成型，他的血液仿佛也不由自主地沸腾起来……

此刻，他贪婪地看着这些浇铸工的一举一动：他们精壮的身体、他们娴熟的动作、他们粗野的玩笑、他们恣肆的笑声……就像一只只飞翔的蝴蝶，哪一只都是刘松山的最爱；亦如一朵朵盛开的菊花，哪一朵都让刘松山着迷。

这是秘密，属于刘松山一个人的秘密。这秘密源自哪里？他不知道。这秘密将消亡于何处？他也不知道。他只是知道，他挣脱不了这一切对他的强大吸引：宽阔的背膀、浓密的毛发、高亢的声音、粗犷的力量，甚至洗澡时，铸工们裸露的躯体。

这些于他而言，都是无法摆脱的诱惑，一种直达心底的诱惑。这些诱惑渗透他身体的每一根神经、每一根血管，甚至每一个细胞。他实在无力抵抗、无法挣脱。

其实，连刘松山自己也不知道，他是从什么时候开始这样的，又为什么会这样的。他喜欢的是男人，而不是女人。

多少次对镜照影，他多么希望自己能够成为顾盼生姿、让人垂怜的窈窕淑女；多少次深夜独寐，他多么希望身边有一个英俊健壮的男子，而自己沉睡在他的臂弯中，那该是何等安全甜蜜。

眼看着浇铸工作即将完成，刘松山又看了一眼铸工们，满意地点点头。副总经理赵大明赶过来说："表哥，今天的工作就要结束了，您先去洗个澡吧。一会儿那些野小子们来了，洗澡池里的水就脏了。"

苏金凤是赵大明父亲的表妹，赵大明称苏金凤为姑姑，称王东雷为姑父。刘松山称王东雷为舅舅，年龄又比赵大明大两岁，所以赵大明一直称刘松山为表哥。

赵大明知道，这两年公司上下都在议论，说年轻英俊的刘松山其实不是王东雷总裁的外甥，而是他的私生子，是他若干年前在老家时，和别的女人相好生下的儿子。

这些议论自然没有确凿的证据，仅仅是人们从刘松山的相貌上做出的猜测。俗话说外甥随舅，但现实中，很少有人能如刘松山这样，与舅舅王东雷的相貌如此相像。如果刘松山的性格再强硬一些、说话做事再果敢一些，那么他和王东雷，就简直像从一个模具中铸造出来的一般了。

但如果的事情，从来不可能成为现实。刘松山偏偏有他自己的特点：无论在工作中，还是生活中，他时时显得绵软。

"你啊，就是缺少男人的那种硬气。"

面对王东雷的告诫，刘松山总是不好意思地搔搔后脑勺，把红红的脸扭到一边，嘿嘿干笑着不说话——真让王东雷头痛。

但赵大明却不这么认为，要不是刘松山，他不可能担任铸造公司的副总经理。赵大明知道，这是姑姑苏金凤和姑父王东雷博弈的结果。纵是这样，赵大明也清楚地知道，刘松山一定会在公司里成长壮大，甚至，完全可以接下掌舵公司的重任。赵大明深切地感受到了刘松山身上那些与生俱来的，与总裁王东雷一样的特质：他们都对铁器、对铸造、对机械有着一种先天的敏感。

刘松山来到铸造车间上班的第一天，时任车间主任的赵大明已经一连十多天愁眉不展了。车间新开发的一种石墨铸件，因为气泡过多的问题，连续几次批量报废。为此，他已经被王东雷批评过许多次了，要不是因为他是王东雷的妻侄，估计早就被免职了。

那天，赵大明远远瞅到，集团办公室主任陪着一个年轻人走进了车间。不用问，肯定是刘松山。此前，集团上下早就传开了：王总裁的外甥要到铸造公司工作。

刘松山熟门熟路地走进车间，穿行在模型与机器之间，一点也没有陌生感。他来到那批铸件模型前看了半天，又盯着铁质砂箱看了半天。方方的两片砂箱，每边两个大铁夹，把上下两片厚重的砂箱紧紧咬合起来。

刘松山拿起锤子，随意选了几个砂箱，把两边的夹子松开，在夹子和砂箱中间各夹了一片薄木片："试试能不能解决问题。"第二天清砂工取出铸件一测，气泡果然大大减少！虽然此举造成砂箱松动，从而导致了铸件的边缘不够齐整，却依旧不失为一种解决问题的办法：原来，因为这批零件形状和材质的特殊性，传统的透气方式已经不能满足质量要求，砂箱闭合得过紧，也直接影响了砂模的透气性。而刘松山随手夹进去的木片，在铁水倒入模型后产生的高温条件下自燃成烬；铁夹慢慢松动，从而起到缓缓增加砂箱透气性的作用。

赵大明一下子对刘松山佩服得五体投地。回到家里，他把这一切告诉了爸爸，爸爸却告诫他说："就凭刘松山这一手，他肯定是王东雷的儿子，那么他也很可能会成为这个公司的继承人。你现在是他的技术搭档，一定要把握机会，多讨好刘松山，这样，他被提拔了，你也会跟着得到提拔的。"

果然，不到三年，刘松山就从一个车间技术工人，被提拔为集团副总裁兼铸造公司总经理，赵大明也随之成了副总经理。

1 – 3

那天下午，刘松山和赵大明来到洗澡池边。十米见方的水池里，水波荡漾。刘松山伸手一试，洗澡水却是凉的，不由地皱了皱眉。赵大明见状，不满地大叫起来："老孙，老孙！你个老孙子哪儿去了？"

刘松山瞅了赵大明一眼，又皱了皱眉："你忙去吧，我来热洗澡水。"赵大明刚想阻拦刘松山，就有个铸工在那边叫道："赵总，赵总，你来看看这个砂箱。"

赵大明向那边走去，却不曾料到，他这一走，竟把刘松山一个人留在了事故的中心。

铸造车间的洗澡池在熔炉北侧的厂房里，很简陋，是一个用混凝土预制的大水池，一米半深，一半在地上，一半在地下，上面安装着一个简易的电动葫芦。

当初设计时，这个水池有三个作用：一是储存配砂生产用水；二是兼作消防水池；三是用来对熔炉剩余的铁水降温，以便能及时回收利用。因为给铸造车间的工人们设置的洗澡池离车间较远，所以他们便把这水池当成了洗澡池。每天浇铸工作快完成时，炉工老孙便把釉水和剩余的渣水倒入这个池中，利用釉水和渣水的余温加热池水，供大家洗澡。

此刻，洗澡池的水已经到了水位线，进水口的水流慢慢小下来。刘松山启动电动葫芦，把室外熔炉边凝结的一大片渣水块吊起来，顺着轨道送入水池中。高温的渣水块呲呲地溅射着水花，旋转着沉入池底，咕噜咕噜地泛着水浪，池水也跟着上下翻滚起来。

刘松山又把另一个炉包中剩余的渣水吊过来，一下子倒进池水中。1600多摄氏度的渣水，一落入水中，便发出了刺耳的呼啸声，在水里急速地盘旋窜动着下落。水气挟着水线，如受惊的蚂蚱，四下飞窜。大大小小的水泡一股脑地从池水中泛起来，又迅速聚到一起，结成一朵朵水花，向上冒着。咕噜，咕噜……大大小小的水花从池底盛开到池面，此起彼伏，令池水动荡不安。

刘松山知道，不需五分钟，池水便会热起来，然后，那些野性的、精悍的、赤裸裸的身体，便会在这池水里上下闪动。这正是刘松山最喜欢看的场景，他会把这些镜头默默地印在心里，然后在自己孤独的梦里一遍遍地回味，直到天明。

刘松山正在水池边遐想，水池里的水却在悄悄地酝酿着一个巨大的阴谋。在渣水终于凝固为青褐的铁饼安静下来后，一声闷响从水池底部传出来；紧跟着的是一朵几乎与池面一样大的水花，从池底喷涌而出；接着是一声沉闷而浑厚的声响，混凝土制成的水池四下迸裂开来。

水池爆裂了！

据事后调查，这纯属意外事故。

炉工老孙这几天闹肚子。在他打开洗澡池的进水阀时，该死的肚子又疼起来了，他便又急慌慌地去了厕所。在他解完手往回走时，碰巧遇到了一个关系比较好的工友，就和工友吸了一支烟，聊了几句话，他忘记了还开着进水阀、得去加热洗澡水的事情。

而在这个事件中，刘松山犯了一个常识性也是致命性的错误。

炉工老孙一般是在洗澡池的水放到一大半时就开始倒渣水，并且倒得很缓慢，这样，渣水便可通过进水口形成的水流来加快散热。所以，等渣水倒完，池水达到水位线时，温度也适中了。

而刘松山不懂这些，他一口气便倒了一炉包渣水，水池内的水因过度受热而急剧膨胀。所以严格说来，水池是被急速膨胀的水胀裂了。纵是胀裂，那响声也是惊人的，那能量也是巨大的，故而，那水花便挟着无数的混凝土碎块四下溅起。

刘松山惊呆了，他只能眼睁睁地看着这突如其来的变故，僵立在那里动弹不得，任那块要命的混凝土块击中他的裆部。

混凝土块击中刘松山，是在瞬间发生的事。而刘松山虽呆立着动弹不得，却把这一过程看得清清楚楚。

那是如何混乱的场面呀：原先一股股翻滚着的水，突然就迸裂成层层叠叠的水花——大瓣的、小朵的……各式各样的，银色的、绿色的……各种颜色的。水花掺杂着混凝土和碎石块，以水池为圆心，向四周迸射。

刘松山清晰地看到，那一块薄薄的、在他生命中发挥了重要作用的混凝土碎块，先是毫不起眼地夹杂在众多碎块中，在片刻之后，却突然"脱颖而出"，在空中有力地划出一道略有些弧度的青光。他甚至认为这片薄薄的碎块的使命，就是击中自己。所以，它才不断地调整着角度和线路，甚至在空中连续翻了三次身、调整了两次方向，才得以平直、疾速、准确地击中了自己的裆部。

刘松山感觉浑身一震，一股充满快感的凉意掠过他的裆部，继而一丝尖锐的刺痛从裆部泛起，并迅速波及全身。他的身子剧烈地颤抖起来，然后，一股昏沉的浑浊感升腾起来，他慢慢地向后倒去。

1－4

在铸造公司水池爆裂事故发生之前，西营机械集团的一切事务都在有序运转着。

下午四点，阳光收敛了炙热，多了些温和柔软，散漫地洒落在窗前。王东雷拉开窗帘，安静地站在窗前，满足地看着窗外的一切：近处的装配公司人来车往，生产正忙；远处铸造公司高高的烟筒上方，烟正由浓变淡；再远一些的地方，作为全市重点项目的集团加工中心正在施工，如不出意外，明年这个时候，就可以投入使用了。

现在的集团，像一个久病痊愈的壮年人，浑身充满着活力和激情。

轻轻的敲门声传了过来。听声音，王东雷就知道是李大海来了。李大海的敲门声，这么些年来从没有改变过，始终是有节奏的一长两短，轻轻柔柔，一如他胖胖的身躯，软软绵绵。

李大海刚从美国出差回来。

王东雷捧着玻璃杯，眼睛看着绿茶的叶片在玻璃杯中回旋沉浮，余光却落到了李大海缓缓放在他面前的几张发票上。

王东雷不动声色地一笑，浓浓的眉毛轻轻一挑，不假思索地提笔签了字，然后抱怨似的吐出一句话："老李，你又来了，我们不是说好了嘛，所有的发票都是由你签字的。"

李大海肉肉的鼻子一抖，连带着宽阔的嘴唇和多肉的腮帮子都跟着抖动了几下，哈哈一笑："老王，这可不行，哪有自己在自己的发票上签字的道理啊，凡事都得讲规矩，讲规矩啊！还是你签好，你签好啊！"

王东雷这才扫了一眼发票上的金额："哟，老李，怎么这么节约呀，你可是我们公司的'财神爷'，到美国出差却这么吝啬，怕是得让美国人小瞧了我们！"

李大海又打了个哈哈："老王，说笑了。我还是那句话，该花的，咱千万不能省；不该花的，咱一分钱也不能多花，不能让美国人多赚了咱们的钱。

这也是爱国嘛！"

王东雷宽厚的嘴角微微一抿："小心美国人说你是小气鬼啊！"

李大海小眼睛眯了眯："老王，先小气者，才可能成大气嘛！"

"你这张嘴啊！"王东雷也跟着哈哈一笑："怎么样，美国之行如何？"

"好，好！效果比预期的好多了。"阳光照射在李大海的脸上，他的额上渗出一层细密的汗珠，他抬手抹了一把："老王，这次效果好啊！我根据你的意见，对我们的营销机构进行了适当的调整，然后拜访了几个新客户，这不，带回来了二百万美元的订单。"

"好！好！"虽然在此之前，王东雷已经通过电话知道了此事，但此时从李大海口中说出来，还是让他心情振奋："当前处于产业结构调整的关键阶段，这二百万美元的订单，数目虽然不大，但意义重大啊。真是'老将出马，一个顶俩'。老李啊，你辛苦了，晚上给你接风！"

"哪里，哪里。应该的，应该的。"李大海谦虚地摆摆手，"要是没别的事，我先回去组织销售部和财务部开个会，把我离开这些时间的工作调度一下。"

看着李大海缓步走出办公室，王东雷意味深长地笑了笑，走到了窗前，轻轻扯了扯古铜色的窗帘。窗帘一闪，室外细腻充沛的阳光，就伴着秋天特有的清爽气息，扑面而来。

刚刚结束了一场简短而柔细的秋雨，近处的树冠闪烁着浓绿，远处的田野翻涌着金黄。天空异常整洁：蓝是干净的蓝，毫无杂色，单调而又厚重地铺在云后；云是纯正的白，零零落落地散布在空中，团团朵朵，若即若离，组合出若干图案，让这高远的天空，平添了一种层次分明的美感。

在更高远的天空上，在蓝得晶莹的天和白得透明的云之间，一行提前启程南飞的大雁渐行渐远。

院子里，初秋的叶绿得深沉而有力，花红得低调而内敛，假山下的喷泉欢腾地喷涌着，让集团办公区凭空多了些勃勃生气。

王东雷的目光继续向西南方向望去，那唯一的一幢高高矗立的建筑物，是公司早已经不用的一个水塔。那是公司最早的一批建筑物，是用当地烧制的红砖砌成的,任凭三十多年的风吹雨打,却依旧稳如泰山。一些砖上长了青苔,经雨水浸泡后,原来的红色被掩盖了,呈现出黛褐色。下午的阳光洒在水塔上,这些黛褐色的砖,又一次清晰地组合出了"王东雷"三个字。

这就是王东雷喜欢下雨的缘由了。每次雨后,王东雷都会发现这水塔上真真切切地显现出这三个字来。每当看到这三个字,王东雷就感觉有一个声音在他心底响起:"这是天意,这是上天在宣布。这是我的,这里的一切都是我王东雷的!"有时,他还会心虚地向四周望望,生怕别人听到他心底的呐喊。

他甚至经常做一个同样的梦:在西营机械集团中的每一件物品上,都刻着他王东雷的名字。每一个名字,都金光闪闪熠熠生辉,都在傲然地向世人宣布着它们的归属。而就在他看着自己的名字洋洋得意时,苏金凤却带着女儿王怀苏,在副总裁李大海的指挥下,把"王东雷"这三个字一一擦掉,改写成他们的名字。王东雷想去阻止,却被束缚住了手脚。他想怒喝,却发不出声音,他愤怒,他无助。

每每从这样的梦中醒来,王东雷都是一头大汗,心跳急促得不行。企业越兴旺,这种梦就越多,他无法左右自己。直到他把刘松山带回集团后,那种难以言说的失落才慢慢被曾有的快乐与自信驱散。这样的梦也渐渐淡去,转而被家兴业旺、含饴弄孙、其乐融融的梦境所替代。

一丝欣慰的笑意,从王东雷的嘴角溢出,却又很快凝固了。他看到了与他关系微妙的老搭档、也是老对手的集团副总裁李大海,正一晃一晃地走出办公大楼,拖着长长的身影,向销售公司走去。

"李大海。"王东雷咬了咬牙,轻蔑地笑了笑,饶有兴趣地看着他的身影隐没在树影之后,才转回身来,走到桌前,捧起杯子,又缓缓踱到窗前,先慢慢地呷一口茶水,再长长地吁一口气,心情无比舒畅。在公司上半年的股东会议上,最终通过了任命刘松山为公司副总裁兼铸造公司总经理的提议。

事业后继有人了,可以放心睡觉了!就在王东雷刚想到"放心"两个字时,他手中的杯子突然挣脱了他的掌控,以自由落体的姿势,跌向地面。

王东雷好像预感到了杯子的坠落,他面带一种复杂的微笑,看着盛满茶水的杯子，轻快地坠下：他沾在杯壁上的掌印安静地一动不动，杯中的水不知所措地左右晃动，水蒸气也随杯子的下坠袅袅摇曳。

王东雷甚至看到，杯子在坠落到半空时还稍稍停顿了一下，好像在调整落地的姿势，然后才略略倾斜地接触到了地面。杯子的底部先裂开无数的纵纹，随后裂纹向上伸展，如一朵白丝菊迅速绽放。玻璃碎片挟着水珠四下溅起，几块碎玻璃溅到了王东雷的鞋子上，一些水花也溅到了王东雷的裤角上。

王东雷愣愣地盯着地上的玻璃碎片，每一枚碎片上都映出他灰白的头发，他摸了摸头，喃喃自语："老了，老了。"在他尚未回过神来时，那声沉闷的声响便击中了他的耳鼓。

1 – 5

从王东雷办公室里出来，李大海心情复杂地长吁一口气："唉，天意啊，天意。"这次带回来的二百万美元的订单，完全不在李大海美国之行的计划中。在他准备离开美国时，当地的销售公司举办了一次酒会，欢送他回国。就在这次酒会上，意外地谈成了这笔业务。

"站在风口上，猪也能飞起来。"李大海叹口气，慢慢地往销售公司走去。不用说看到王东雷这个人，甚至看到或想到"王东雷"这个名字，李大海都如鲠在喉，这是个让他爱恨不能的对手，自己注定要和他纠结一生了。

"唉，愧对父兄啊！"李大海暗叹一口气。当年，为了这个厂子，自己的父亲和哥哥都献出了宝贵的生命。现在，父亲和哥哥的事迹，还陈列在企业的荣誉馆里。从这一意义上说，他李大海才最有资格拥有企业的全部辉煌。但事实却是，现在企业已经实实在在地成为由王东雷控制的民营企业了。王东雷，这个半道上杀出来的程咬金，就这么莫名其妙地成为集团的董事长、总裁，而自己，也莫名其妙地为王东雷当了半辈子副手。

每每一个人走在路上时，李大海总想思考一些什么，但又不知道应该思考些什么。他有一肚子情绪想发泄，但由于憋的时间太久，故又什么也渲泄不出来了。

其实，他比王东雷更喜欢下雨，更喜欢在雨后盯着院子西南角的那个水塔默不作声。在西营集团，再也没有人比他对这个水塔更有感情了，也没有人比他更了解这个水塔背后的故事了。

早在上世纪的那场轰轰烈烈的"大炼钢铁"运动中，省冶金局的张工程师被下放到西营大队参加劳动改造。副队长苏红卫非常敬佩这个知识分子，处处照顾他，总是分配给他最轻的活儿，还专门把他安排在一幢曾经属于大户人家的房子里居住，因为那个房子里有一张大大的书桌，正好可供张工程师绘图看书。"大炼钢铁"开始时，张工程师指导着西营大队，建了一个高约六七米的大熔炉，旁边还搭有操作台，往炉顶填送矿石和废铁。当时熔炉每天能炼半吨钢，是全县的"卫星炉"，被西营公社称作"超英炉"。很多单位都组织人过来参观学习，西营大队成了全县的炼钢模范大队。

可惜这个高炉只用了五个月，全国的炼钢任务就完成了，这个高炉也就停用了。过了两年，上面下了文件，张工程师他们准备回省城了。他在临走前，找到了西营大队的副队长苏红卫。

张工程师看着这个铁炉，不舍地说："苏队长啊，虽说这个铁炉没用多长时间，但这个铁炉的技术含量很高，是我三年的研究成果，就这样荒废了实在可惜。我建议你们大队依托这个铁炉，建一个铁器厂，可以铸造一些农具，作为大队的一项副业，也能增加点收入。"张工程师指了指桌上的一叠图纸，"看，我给你们绘制、设计了一些图纸和技术操作规范，桌子下面还有一些模型，可以用来做铸造。你们按照这些来干，肯定没问题。"

苏红卫仔细看去，都是一些常用农具的加工图纸，绘制得非常详细。桌子下面堆着的，就是这些年来张工程师每天雕来凿去的成果了。怪不得张工程师经常闭门不出，在屋子里一待就是一天。

当时，李大海的爸爸李庆生是大队长，他和苏红卫一起去公社做工作。在他们两人的争取下，西营大队以这个高炉为基础，建起了社队工厂——西营铁器厂。

此前，确定厂长人选时，李庆生和苏红卫都是比较合适的候选人。公社领导和张工程师都倾向于让苏红卫担任厂长：苏红卫比李庆生年轻几岁，脑袋活，比较擅长与外界打交道。

这天晚上收工时，李庆生叫住了苏红卫："老弟，我们两人为厂子的事情忙活了这么些天，总算是有了着落了，晚上到我家里，咱哥俩喝一壶吧！就当是提前庆祝一下。"苏红卫欣然答应了。

昏黄的煤油灯下，李庆生和苏红卫两个人，就着一盘花生米，一碟炒鸡蛋，一盘炖土豆，连喝边聊，谈得不亦乐乎。外面院子里，一群孩子正在玩捉迷藏。突然，李庆生的大儿子李大江和苏红卫的独生女儿苏金凤推门跑了进来，躲到了门后。外面的孩子在院子里找来找去，总也找不到他们两个。

李大海从里屋走出来，看到藏在门后的两个人，立刻跑到院子里，对小伙伴们大喊："他们两人藏在门后边。"

李大江和苏金凤一边生气地冲李大海骂："叛徒！特务！"一边气鼓鼓地出去了。

李庆生和苏红卫哈哈大笑。李庆生问："老弟，你家金凤多大岁数了？"

"哦，比你家大江小两岁。"

李庆生突然话音一转："老弟，你家金凤真讨人喜欢。"

苏红卫一愣，旋即一笑："老兄，你家大江也不错，虎父无犬子。"

李庆生笑眯眯地问："怎么，老弟，喜欢上我家大江了？"

"废话，这么好的孩子，谁不喜欢？可惜啊，我只有一个女儿，要是再有一个像大江这样的儿子，这辈子就满足了。"

"这简单啊，"李庆生说："你要喜欢，就让大江给你当上门女婿吧！"

苏红卫白了李庆生一眼："得了吧，你舍得？"

李庆生一脸认真地说："有什么舍不得的？你要是同意，我们就先定下娃娃亲，等孩子们懂事了，再给他们说明。"

李红卫大喜过望："好，老兄，就这么说定了。明天我就找媒人，咱们得正儿八经地'走过程'才行。"

院子里，李大江和苏金凤依旧开心地跑来跑去，却不知道屋里的父亲已经为他们定下了娃娃亲。

李庆生和苏红卫成了亲家。在确定厂长人选时，苏红卫极力推让，李庆生担任了第一任厂长。为了帮助他们，张工程师推迟了回城时间，在西营村多待了半年，手把手地向他们传授铸造技术，直到各项工作基本运行正常了，才回了省城。

一开始，西营铁器厂只铸造加工一些铁制农具和日用品，慢慢地，他们的业务扩展到了机械配件。1975 年，在李庆生的努力下，他们与市齿轮厂建立了业务关系，为齿轮厂代加工一些技术简单的齿轮零件。有了相对固定的业务，西营铁器厂的规模得到了进一步扩大，厂名也更换为"西营机械厂"。

为了方便生产，1976 年春天，李庆生带领着大伙自力更生，自己动手建造了这个水塔。在水塔砌到一大半时，李庆生不慎从脚手架上摔了下来，高位截瘫，躺在了床上。后来，在副厂长苏红卫的带领下，大家最终完成了建设。

李庆生不能上班了，经村革委会提议，公社同意，苏红卫担任了厂长。李庆生的大儿子李大江，十八岁就来到了厂里上班，现在已是车间主任，为了安慰李庆生，他被破格提拔为副厂长，李大海也被安排到了厂里工作。

苏红卫非常看重李大海，把他作为重点培养对象，安排他到了技术科，并专门把他送到市齿轮厂去学习机械技术。李大海聪明好学，很快便成为机械厂的技术骨干。

李庆生受伤后，多次对李大海说："大海啊，这个厂是我亲手建起来的。我本想再干个十年八年的，等你长大了，就培养你接班当厂长，但谁想到老天爷竟然和我开了这样的一个玩笑。"

李大海搔搔后脑勺："爸，我为什么一定要当厂长呢？苏叔和哥哥不是干得很不错吗？大家都很佩服他们的。"

李庆生说："其实，当年创建这个厂时，公社和张工程师的意见，是让苏红卫担任厂长。但我不甘心啊，所以就主动和苏红卫结成娃娃亲，让你哥哥当了上门女婿，苏红卫碍于面子，让我当了厂长。你哥哥这个人呐，你也知道，太憨厚，太老实，不是做大事的人。我为了这个厂，费了多少心血啊！我辛辛苦苦地把这棵树培育成材，怎么能让他苏红卫轻轻松松地来摘果子呢？"

和煦的春风穿窗而入，窗前的白玉兰落英缤纷，李大海心中却寒意一片。

他问李庆生："那我该怎么办呢？"

李庆生说："韬光养晦。你要学好技术，和厂里的人打好关系，学习苏红卫的长处，提高自己的能力，然后再找机会取代他。"

那时，年轻的李大海还不能理解爸爸的话，他只知道，爸爸是这个厂的创建人，他是爸爸名正言顺的接班人，那么他就应该继承爸爸的未竟事业。这个厂的主导人应该是他，而不是苏红卫。

他对李庆生郑重地说："爸爸，你放心，我会记住你的话的。十年河东，十年河西，我不会让你失望。"李庆生苍白的脸上，浮出了深深的笑意。

李庆生在床上躺了两年了。看到李庆生的身体越来越差，老伴就和李庆生说："你看，大江和金凤的年龄都不小了，我们和苏红卫说说，把两个孩子的婚事办了吧，也给你冲冲喜，说不定你的身体就好了。"

1978 的春天，苏金凤和李大江结婚了。但喜庆之气对李庆生的身体并无补益，他又在床上躺了一年，终不治离世。离世前，他再三叮嘱李大海："你一定要记着我的话，韬光养晦，韬光养晦啊。"

现在，李大海在这个厂工作已有三十年了，从副厂长到副总裁，一直是王东雷的副手。特别是 1999 年，企业完成了民营股份制改制，王东雷通过买断，成为大股东兼董事长，公司的一半资产为王东雷所有，李大海被挤到了核心之外。

1 – 6

现在的李大海，脑袋经常恍恍惚惚，有时甚至是一种不可言说的混沌，什么都思考不出来。医生说他脑血管有些硬化，要他注意身体，但李大海知道，自己的病更多的是源自心病。他知道，无论他此前做了多少努力，现在，西营集团这部大机器，都越来越依附于王东雷的操控。而他李大海则被这高速运转的大机器甩得离核心越来越远了。

回想这些年来自己所做的种种努力、收获的种种成果最终都被王东雷无声无息地纳入囊中，李大海就恨得扼腕又切齿。

当年，李大海时刻牢记父亲的遗愿，谦虚谨慎，努力工作，慢慢成为懂技术、会营销、会管理的复合型人才。进厂才两年，就担任了技术科科长，被大家尊称为"李技术"，成为"苏红卫之后"，是大家一致看好的接班人。但命运却在关键时刻和他开了个玩笑，把机会送给了王东雷。

"是摊牌，带着我的人马另起炉灶，不再苟安于王东雷的阴影下；还是认命，就这样终其一生？"这个问题，一直纠缠着李大海。

苏金凤多次对李大海说："大海，我们这辈子斗不过王东雷了，还是把心思好好用在怀苏身上吧！"

李大海不得不承认苏金凤的话，这也是他最终跨不出那一步的最大障碍。是啊，连苏金凤都承认了王东雷的强大，自己还能有什么办法呢？但他不甘心，他不甘心。

他的目光又转向那个水塔。雨后的塔壁上，斑斑水渍又显现出"李大海"三个字。自从他偶然间发现雨后水塔上的水渍竟然显现出"李大海"三个字后，他就经常激动得彻夜难眠。难道这是上天在向我暗示，我花费了半辈子心血的梦想即将实现？

但他后来发现了美中不足："李"字下面，"子"字的横很模糊，以至于像个"了"字。这虽然只是微不足道的一点缺憾，但这微小缺憾的结果却是令人叹息的：差之毫厘，谬以千里。这是他在几年之后，在经历了那么多的事与愿违之后，才悟出的道理。

李大海向王东雷汇报这次美国之行时，他看到王东雷的脸色好像更难看了。甚至，他还感觉到了潜伏在他心脏里的那些病变组织，在肆意地膨胀，侵蚀着王东雷那颗他自以为强大的心。

所以，当王东雷开玩笑地说"老李呀，怎么这么节约呀，你可是我们公司的'财神爷'，到美国这么吝啬，怕是得让美国人小瞧了我们！"时，他依旧谦逊地笑着说："说笑了，老王。我还是那句话，该花的，咱们千万不能省，不该花的，咱们一分钱也不能多花，不能让美国人赚了咱们的钱。这也是爱国嘛！倒是你得注意，你的心脏已经动过一次手术了，可一定要注意身体啊。"

王东雷哈哈笑道："我有数，我有数的。我一向是小车不倒只管推。倒是你，要注意身体啊。你的高血压是老毛病了，听说脑血管也有些硬化了，没趁这次去美国，让美国的医生给你查一查？"

李大海脸上勉强露出一丝笑来："查了，查了。老毛病了，除了给我一堆建议和几盒药外，也没什么好办法。也好，幸亏有这高血压的毛病，让我养成了时时保持心平气和、注意修身养性的习惯。唉，病伤人，可病也调养人呢！"

王东雷意味深长地一笑："这就好，这就好。你可一定要注意身体。我不要紧，家里有怀苏照顾着我，公司里又有松山那小子帮我撑着，你就放心吧。"

李大海脸上略显尴尬："是，是，我会注意的，我会注意的。"

刘松山，一听到这个名字，李大海就揪心地疼。都怪这个刘松山，这个王东雷来路不明的外甥，要不然，李大海的一切计划，是完全可能付诸实施的。

离开王东雷的办公室，李大海又一次发出了"即生海，何生雷"的悲叹！

李大海经常慨叹，时间都去哪儿了？他想留住那些时间，但那些时间却依旧像潺潺的山溪，虽然细小琐碎，却从不停歇，不舍昼夜地洗涤着人世间的种种悲欢。故事依旧像或浓或淡的岁月，悄无声息地在那些庸常的日子里积淀着。

这时，他听到了那声巨大的响声，敏感的他第一感觉便是铸造公司出事了。他立刻拨通了赵大明的手机，向其询问情况。当听闻是刘松山受伤了，并且伤的是下体时，他的心在一瞬间狂跳不止："老天，为什么你一直喜欢和我开一些意料之外的玩笑？"

李大海脑中一闪："赵大明，你快通知王东雷，再通知苏金凤。我负责通知集团办公室。抓紧打 120 和 110，让救护车和警察一块儿赶过来。"

李大海回过头，看了看王东雷办公室的窗户，嘴里不由得哼出了"我正在城头观山景……"

刘松山伤得非常蹊跷。

对于这一点，连医院的医生都觉得不可思议。就算是爆裂的水池碎块有如此大的杀伤力，但刘松山除了裆部受伤外，其他地方一点伤也没有。而且，刘松山裆部的伤，也让人大惑不解。医生实在想象不出是怎样的飞溅物，能像手术刀一样，干净利落地把体现刘松山第一性征的胯下之物切除得干干净净，只留下了相对平滑的伤口。

更为蹊跷的是，虽然伤口是这样的平滑，但被切割下来的那些物件，却成了一堆分不清形状的模糊血肉。

王东雷见状，立刻下令转院。

698 医院是全国著名的外科医院，是全省第一例完成断肢再植手术的医院。王东雷坐在急救车上，手中捧着恒温箱，箱内是刘松山的那一堆物件。他心中一片空白，只是一遍遍地冲司机喊着："快一点，再快一点！"除此之外，他不知道应该想什么，他只是清楚地知道，刘松山是这世界上仅存的与他有血缘关系的人了，但这场并不算大的事故，却能轻易而残忍地把他这唯一的血缘切断了。

怎么能这样？怎么会这样？

在 698 医院的院长办公室里，王东雷把一大本现金支票甩在院长办公桌上："治好我儿子，一定要把东西原样接好。只要你们能治好，你们想要多少钱都可以，这一本支票全给你们，你们想填多少就填多少。"

极度的刺激，已经让王东雷失去了他惯有的沉稳风度。他如一头困兽，在院长办公室里躁动不安，叫着、跳着、吼着、转着……他找不到一种合适的方式来宣泄自己的情绪。

院长办公室的门被推开了，主治大夫走了进来。他冲院长无奈地摊摊双手："伤口已经处理好了，但阴茎和睾丸受损严重，已经不能缝合修复了。不过通过整形，可以不影响病人的排泄功能。"

不等院长说话，王东雷已经跳了起来，他冲上去紧紧抓住主治医生的衣领："不行，不行！你一定要给他接上，接上！你要多少钱都行，只要你说个数，只要你给他接好。听到没有？听到没有！"

主治医生无奈地说："真对不起，我们已经尽力了。"

王东雷的眼睛瞪得老大，狠狠地盯着主治医生，嘴里还想说什么，却什么也没有说出来。他慢慢地瘫坐在地上，头一歪，晕了过去。

王东雷醒来时，他看到苏金凤那张风韵犹存的脸正俯在自己的脸上，关切地注视着自己。苏金凤的旁边，坐着女儿王怀苏，她向自己投来焦急的目光。

王东雷疲惫地闭上眼睛。苏金凤抓着他的手，关切地说："老王，要保重自己的身体呀。"

王东雷半天没说话，两颗混浊的泪珠从他的眼角滑下。过了一会儿，王东雷轻声地对苏金凤说："这下你满意了？"然后吃力地坐起来。王怀苏过来扶住他："爸，你刚才突然晕过去了，医生要你多休息一会儿。"

王东雷摆摆手："我的鞋子，给我鞋子。我要去看看松山。"

此刻，刘松山正躺在病床上。麻药的药效已经消退，下身阵阵的疼痛让他难以忍受，但他的心中却充盈着另一种快乐。那块压在他心头的大石头，突然被这次爆炸掀翻了，他甚至天真而快乐地想："我不再是男人了，我可以像女人一样光明正大地喜欢男人了！"

王东雷推门进来，一把掀开刘松山的被子，盯着刘松山被绷带缠得有些臃肿的裆部，无声地、久久地、死死地看着，看着，看着……终于喝了一声："你干的好事！"然后把被子往刘松山身上一甩，摔门而去。

苏金凤看着远去的王东雷，心怦怦直跳。刘松山的意外事故，让她已如死灰的心又燃起了火星。这是一种很古怪的感受：在她听到刘松山出事故的时候，她的心跳得厉害。虽然此事与她无关，但她还是紧张得不行，好像这一切是她指使的一样；但同时，她又有点小小的庆幸，难道，一切还在按照她和李大海的计划进行着？

她清楚地知道，刘松山的事故是个意外，纯粹的意外，也是在自己人生计划之外的意外。但她又有些心虚，仿佛这个意外与她有关。

在王东雷捧着恒温箱跟着救护车奔向 698 医院之后，她坐到了李大海的车上。李大海亲自驾车载着她，尾随而去。苏金凤的心虚虚的、慌慌的，好像事故是她制造的一样。

看到她的神情，李大海安慰道："嫂子，没事，没事，这纯是意外，与我们一点关系也没有。也许，是上天有意这样做的。天意，你明白吗？这是天意，是哥哥的在天之灵在帮助我们。"虽然哥哥很早就去世了，苏金凤也与王东雷结婚很多年了，但李大海还是习惯称苏金凤为嫂子。

苏金凤说："大海，放弃吧。我感觉压力太大了，我快受不了了。"

"放弃？不行。嫂子，你要多想想我哥，想想怀苏。现在，一切还在按照我们的原计划进行。下一步，我们要努力培养怀苏。只要怀苏能顺利地把集团继承下来，那就等于实现了我们的目标。"

苏金凤有些激动，有些担心，又有些自责，还有些无法排解的愧疚，忍不住抽泣起来。李大海笑着说："看把你高兴的。"

苏金凤摇摇头。这么些年了，李大海始终不能理解苏金凤的想法。只有苏金凤自己知道，她现在的眼泪，一半是愧疚，一半是自责，恰恰没有一点是高兴。

1－7

回想自己的半生，苏金凤感慨不已：人这一辈子啊，要遇到哪些人，经历哪些事，有时真的是身不由己。

在丈夫李大江去世前，苏金凤的生活是快乐和幸福的。她是家里的独生女，父母对她宠爱有加。李大江是上门女婿，忠厚老实，虽然是小时候定的娃娃亲，但他们从小一块长大，青梅竹马，两小无猜，日子自然过得恩恩爱爱柔情蜜意。

但这幸福的时光，被1981年秋天的那场夜雨，冲刷得一干而净。直到现在，苏金凤还在怀疑，那场夜雨，是老天蓄意为她和李大江暗设的一个阴谋。

那场夜雨来临前的下午，阳光明媚，高远的蓝天上，团团白云悠然地漂漂浮浮。几只飞鸟，落在树梢上，叽叽喳喳地叫几声，然后嗖地飞起来，蹬得树梢晃来晃去。

下午下班后，苏金凤像往常一样，在办公室门口等着李大江一块回家。没多久李大江就过来了，他对苏金凤说："你先回家吧，有一车配套件要过来，原定这个时间就能来的，但还没有到。这批配件很重要，是爸亲自去省里采购的，我要在厂里和保管员一块接完货再回家。"

苏金凤点点头，轻声说："好吧，你别太晚啊。"

李大江冲苏金凤暖暖地一笑："嗯，你要小心多注意身体啊！"

苏金凤的脸不由自主地红了一下：她怀孕快两个月了。结婚三年才怀孕，这突如其来的甜蜜和幸福，让她有些无所适从。甚至，除了丈夫，连妈妈还都不知道。她想告诉妈妈，但羞涩又让她不知道该如何开口才好。

回家的路上，她望着晴朗的天空，下意识地摸了摸了小腹，自言自语地说："小宝贝，我们两个先回家，你爸爸还要在厂里等着接货。"刚说完，她的脸突然又红了，心突突地跳着，心虚地四下里看看，还好，除了几只急急觅食的鸡，一个人也没有。

秋天的天，说变就变。刚吃过晚饭，天就变了，原来那些白白的云，不知什么时候都消失了，一层层的乌云，从天边漫卷过来，黑压压的，让人害怕。风一阵阵大起来，吹得枝摇树晃。她跑到妈妈的床上躺下，"妈，我害怕，我和你一起睡吧。"

苏妈妈疼爱地点了一下她的额头："傻孩子，都这么大的人了，还害怕。"

雨说来就来了。豆大的雨点，敲得玻璃窗啪啪直响；风紧一阵慢一阵，呜呜地响着，让人害怕。苏金凤依偎在妈妈身边，想着李大江还没有回来，心无缘无故地突突直抖。她摸摸乱跳的胸口：怎么了？怎么会这样？

李大江迟迟未归，苏金凤也迟迟睡不着。半夜时，竟然传来了噩耗：李大江因触电，抢救无效去世了。

苏金凤哭得昏天暗地。下班时还活生生的丈夫，就这样舍下尚未谋面的孩子和青梅竹马的爱人，连一句告别的话也没来得及说，就这样悄无声息地走了。

苏金凤后来嫁给了王东雷。任时光过了二十多年，但那个下午，李大江对自己的暖暖一笑，却依旧是如此清晰。苏金凤悄悄叹口气，抹掉了眼角那滴欲坠的泪珠。

苏金凤其实是个传统的女人，虽然嫁给了王东雷，却也并非出于她的真情，但她也懂得"嫁鸡随鸡，嫁狗随狗"的道理。但道理终归是道理，感情终归是感情，在她的心里，永远印着李大江的影子。她和王东雷结婚二十多年，也和他同床异梦了二十多年。

当年，王东雷决定让刘松山来公司工作时，苏金凤压根儿就不同意，但她却没有办法拒绝。最后，王东雷还是把刘松山接到了西营机械集团来。

当刘松山毫无防备地叫她"苏姨"时，面对着刘松山纯良无害的眼睛，她好想放弃。放弃了，当是何等的轻松。但李大海不许她放弃："嫂子，我们都坚持这些年了，不能放弃啊。你要记住，我们才是真真切切有血缘关系的人！"

每每这时，苏金凤就感觉李大海好陌生，他已经不是当年那个有知识、懂技术、爱钻研的李大海了，也不是那个意气风发、激扬奋进的李大海了。她有一种被李大海套住的感觉，但想想英年逝去的丈夫，想想女儿怀苏，想想李大海对怀苏的疼爱，想想李大海的苦心，她又无力自拔。

她叹一口气："唉，顺其自然吧。"

这会儿，看着王东雷离去了，她不由得坐到了刘松山的病床边，紧紧握住刘松山的手："松山，你受苦了。"

刘松山微微一笑："苏姨，不好意思，让您担心了。我没事，会好起来的。"

苏金凤问："松山，有什么需要我做的吗？"

刘松山止住笑："苏姨，我怕舅舅受不了这个打击，你多陪陪舅舅好吗？凡事多顺着他一些，多忍让一些，行吗？"

苏金凤使劲点了点头，默默地坐了好一会儿才和李大海赶回集团，然后陪同公安局和安监部门的人员，连夜对车间的事故进行了全面的调查。

事故的原因并不复杂，属于违章生产造成的单方责任事故。现场经拍照录像后已被全面清理，除了那炸裂的水池和掉皮的墙外，一件东西也没有损坏。除了刘松山外，只有两个工友受了轻微的擦伤，其他人都安然无恙。

送走了相关人员，李大海长舒一口气，把自己反锁在办公室里。他怕此刻别人会进入他的办公室，也怕此刻自己出去会见到任何人，他甚至把窗帘也拉了下来，把窗外路灯的光挡在了室外。

他是一个小心的人。他知道，他此刻的表情，真的与当前的沉重气氛格格不入。他怕一见到别人，他脸上的笑就会渗出来；他怕与别人一说话，他心中的喜悦就会泄出来。无论如何，此时此刻的公司氛围，都不容许他表现出这样的神情，哪怕是一点点，但他又无法控制自己。

此刻，他脸上的喜悦正像阳春的小草一样，无论如何也压抑不住。他的脸上眉开眼笑，他的体内热血沸腾，他的胸中心花怒放。

他看到桌上的菊花，又钻出了无数个花蕾；他看到那盆准备丢弃的兰花，又萌发了生机；他看到那棵已经干枯多日的巴西木，又吐出了鲜嫩的绿芽。

他想唱歌，他想跳舞，他想欢呼，他想……他想……他想做的有很多很多，他不知道该如何表达他此刻的心情。当一种被压抑很久的情绪突然得到宣泄，那么，这种情绪就会以势不可当的气势喷涌而出。就如同此刻的李大海，饶是他一向都善于掩饰，此时也不知道该如何隐藏自己的神色。他只会一遍一遍地在心中念叨：苍天有眼，苍天有眼……

第二章

2-1

从医院回来的这个晚上，王东雷又梦到了爹爹王三铁，梦到王三铁把自己抱上了刘石匠的马车，来到了梨村。

很古怪的梦，梦境很模糊。有时是整个情景模糊，有时是零碎的片断模糊。这是天意吗？

王东雷还梦到了王三铁和槐米娘的坟，梦到他跪在坟前，一动不动，成为了一尊雕像，任鸟雀栖落肩头。

王东雷还梦到槐米指着他的鼻子大骂："王东雷，你断了我的骨血，你还我的儿子。"

1958 年秋天的那个黄昏，夕阳西斜，晚霞把西天烧得火红一片。秋风吹来，凉爽中夹杂着成熟庄稼的香气。五岁的王东雷摸了摸咕咕乱叫的肚子，使劲吸了吸鼻子，喷香的玉米、花生、地瓜的气味，让他流出了口水。

爹爹王三铁推着铁匠家什车子，无精打采地走在前面，王东雷跟在后面，踢踢踏踏，脚尖踢起一蓬蓬尘土。他使劲吸了一口鼻涕，小跑着追上了王三铁："爹，我们都走了这么久了，什么时候才不走了？"

王三铁愣住了。是啊，刚出正月，就偷偷从章丘老家跑出来，推着铁匠家什车子流浪了大半年，什么时候才不走了呢？这么一直走，要去哪儿呢？走到哪儿是个头呢？他叹口气，四顾茫然，回想自己四十年来的日子，连他自己都不知道是怎么熬过来的。

王三铁从小跟着爹爹王铁匠学手艺，大小也算是章丘王家铁匠铺的少爷，日子虽然不是大富大贵，却也吃喝不愁。谁知好日子没过多久，日本人就来了。他们村里的铁匠们曾经给抗日武装队伍打造过兵器，后来被人告了密，结果包括他父母在内的大半个村子的人，都死在了日本人的枪下。他跟着叔伯爷奶们东躲西藏，好不容易挨到了日本人投降，回到了铁匠村，重新把王家铁匠铺的牌子挂了出去。

牌子挂出去没几年，1948年的春天，国民党军队就来征兵了。因为王三铁有家传的铁匠手艺，所以被强征去了济南兵工厂，做枪械修理工作。好在半年之后济南解放了，他瞅了个机会跑回了老家。

这时，老家也解放了，他又把家传的铁匠铺子开了起来。好手艺派上了用场，日子也好起来了。他讨了老婆，有了自己的儿子王东雷。王东雷一岁时，乡里成立了铁器合作社，要他把铁匠铺并入铁器社，公私合营。他自然不同意："我王三铁一不偷二不抢，我祖传的铁匠铺子，凭什么要和你合营？"

上门做工作的副乡长冲他哼了一声："王三铁，你不要认不清形势，我早就了解到，你曾经在国民党的兵工厂干过，看来还对国民党抱有幻想，还想等他们来'反攻倒算'啊！"

王三铁火了，这是他最不愿意被别人提起的历史，当年他可是被国民党军队连绑带打地弄到兵工厂去的。他挥起锤头："你个小白脸胡说八道什么啊！滚，信不信我一锤子把你的脑袋砸扁。"

这是公然对抗社会主义改造，还了得？当天夜里，村长的兄弟悄悄来到他家，"我说王三铁啊，你胆子也太大了，你怎么敢对乡领导动铁锤呢？我听我哥说，乡里要把你定为国民党军工厂中潜伏下来的'狗特务'，对你进行'重点改造'呢！"

王三铁害怕了，连夜把打铁的家什收拾了一下，装上独轮车，推着逃离了村子。他靠着打铁的手艺在外面躲了四年，听说风头小了，才决定回老家看看。

1958 年的正月十六，王三铁做完了最后一场"打铁花"表演，就推着铁匠家什车子往老家赶。走了整整十七天，趁着夜深人静，悄悄摸回了家。结果一看傻眼了：老婆还住在自己的宅子里，不同的是，三年前，老婆改嫁给了村长的兄弟，并且还有了一个孩子。

一见王铁匠回了家，男人吓得躲到了里屋不出来。老婆蹲在墙角，边哭边骂："你个死鬼，你自己跑了倒清闲了，我替你受了多少罪啊。"她把裤子一脱："王三铁，你看看我的屁股，是被他们用棒子打的。你再看看我的膝盖，是跪瓦片跪的。你生死不明，我要是不改嫁给村长的兄弟，这会儿你回来，恐怕连我和孩子的坟都找不到了。"

老婆屁股上的伤痕一条一条的，很是恐怖。膝盖上的伤疤又细又密，一只膝盖也明显变形了，走起路来一瘸一拐的。

王三铁蹲在地上，半响才说："那现在怎么办呢？"

"怎么办？"老婆想了半天，叹口气："你这会儿回来，恐怕还是死路一条。你要是想活命，就继续跑吧，这辈子别回来了，就当我死了。"说罢又呜呜地哭起来。

王三铁权衡再三，叹了一口气："也罢，我走，我走！但我得带着东雷走，他可是我们王家的骨肉。"

老婆想了想，说："那就带着走吧，省得在这里被人骂。这么苦的日子，我给你把孩子养到五岁，也算对得起你们老王家了。"

无奈，王三铁又连夜离开了老家，顶着天上的一弯残月，在闪闪烁烁的星光下，带着王东雷一路往东走。白天走到哪个村子，就在哪个村子停下来，支起铁匠炉，帮助村民打打犁铧、耙齿、锹、镢、锄头，收几个手工费；晚上走到哪个村子，就在哪个村子的草棚里借个宿，糊弄一晚上。就这样日复一日，一直走到了现在。

这会儿王东雷这么问他，他自己也找不到答案。但多年的世事风雨让他明白，在这个"运动"不断的年代里，他只有找一个偏远闭塞的地方，才能更好地安顿今后的生活。一路走来，他有意往偏远的地方走，虽然已走了大半年，但心中的乐土究竟在什么地方？他依旧没有答案。

为了安慰儿子，他故作轻松地说："雷子，快了。到了前面那个村子，我们就不走了，就在那个村子住下。"

前面的那个村子，就是梨村。眼下，地里的谷子黄了，玉米熟了，但都没有收割。

这是个大上坡。王三铁又累又饿，推着独轮车，气喘吁吁。王东雷跟在后面，远远地落下了一截。一辆马车从后面赶过来，五大三粗的赶车人看了看王三铁，又看了看落在后面的小东雷，"吁——"地叫停了马车："铁匠，来，把你的家什放到马车上来，我捎你一段。让孩子也上来吧。"

粗大的嗓门，声音如石头般粗砺。王三铁看过去，赶车的是个年龄和他相仿的人，便忙在脸上堆了笑："那敢情好，敢情好。谢谢老哥了！"他把铁匠家什搬上了马车，爷俩也上了马车。

赶车人看看王三铁，说："喂，铁匠，你这是去哪啊？"

王三铁叹口气："四处卖艺，四海为家呗！"

小东雷插了句话："一边走，一边给人打铁。"

赶车人哈哈笑起来："老弟，到我们村去吧！我们村还没秋收就开始'大炼钢铁'了。不过还好，咱这儿的白沙河里就有铁矿石，队里的镢头、锄头、铁耙、犁铧什么的也都留了下来。现在，仓库里秋收的家什还都没拾掇呢，你就到俺们村去，帮着收拾一下吧。"

王三铁说："难得老哥热心，没说的，就去你们村。对了，老哥贵姓啊？"

"姓刘，做了半辈子石匠了，你就叫我刘石匠吧。你呢？"

"姓王，王三铁，叫我王铁匠好了。"

王东雷看看这个，瞅瞅那个："一个铁匠，一个石匠。嘿嘿。"他一边自言自语，一边捂了嘴笑个不停。

2－2

梨村是个不大的村子，虽地处偏远，却把天时地利占全了。

村前是小福河，一年四季清流悠悠，水中鱼游虾跳；村后是白沙河，河水浪花朵朵，河滩银沙片片；村西是高大的石宗山，山上有三四十根高大的石柱，据专家考证，那些石柱是原始社会中男性生殖器崇拜文化下的产物。满山青石嶙峋，碧树参天，处处鸟语花香；村东是古老的官道，蜿蜒北去，通达州城。

马车一直走到梨村大队院子才停下，刘石匠帮王三铁把铁匠家什搬下马车。几个炼钢收工回来的毛头小伙子围了上来，他们对王三铁自己做的手摇鼓风机产生了兴趣。

王三铁在济南兵工厂时，用的就是手摇鼓风机，他对这个东西很感兴趣，抽空拆开研究了里面的结构，并参照着画下了结构图纸。回村后，他凭着记忆，参照着图纸，自己动手做了一个手摇鼓风机。虽然有些漏风撒气，不如兵工厂里的风大，但用来吹铁匠炉足够了，比风箱轻快，风也稳定。王东雷，一个五岁的孩子，摇起来都不费力。

一个小伙子摇了几下鼓风机，出风口扬起阵阵尘土。小伙子乐了："打铁的，你来得真巧。我们正在和杏村大队进行炼钢大比武，本来我们略胜一筹，结果人家找城里的亲戚弄来了一个手摇鼓风机，风又大又急，一下子就赶超了我们。这样吧，我用我们的风箱，换你这个鼓风机吧。"

见小伙子要来拿鼓风机，王三铁连忙阻拦。小伙子们瞪圆了眼："怎么，你要扯'大炼钢铁'伟大事业的后腿吗？"

一路走来，王三铁耳闻目睹了不少有关"大炼钢铁"的事情。在一个村子里，要不是他躲得及时，估计他的铁匠家什就被他们收去炼铁了。

王三铁摆了摆手，问那小伙子："你们村里有几个小高炉？"

小伙子说："六个，比杏村还多两个呢。"

"可是我这儿只有一个鼓风机，就算你拿了去，又能起多大作用呢？那五个炉不还得用风箱吗？"

小伙子愣了愣："那你说怎么办？"

王三铁说："这个鼓风机是我自己做的。你给我找来材料，我保证一天给你做一个新的鼓风机，个头要比这个大，风也比这个急。到时候每个炉都换上鼓风机，何愁超不过杏村？炼钢是大事业，不在这一时一刻之争，你说是不是?"

刘石匠笑了:"王铁匠说得好!队长是我堂哥,我这就去和队长说,他肯定举双手欢迎你。"

刘队长听说王三铁能帮他们做出手摇鼓风机,很是高兴:"王铁匠,你要是真的能帮我们做出鼓风机来,让我们赢了杏村,你就是我们梨村的大功臣。大队院子那八间北屋,三间是大队办公室,四间是食堂,还有一间,先给你住着,你想要什么材料,我们就提供什么材料。话不多说,你现在就动手吧!"

这下,王三铁来劲了。大队院里有建小高炉剩下的耐火砖,他用来建了个可心的小火炉。院子一角堆着一些村里收集来的废铁,要什么原料就有什么原料。他又打扫出那间屋子来,支起了木板床,算是给自己和王东雷弄了一个"窝"。

负责在食堂做饭的刘寡妇给他们爷俩送来了饭,爷俩吃了个肚儿圆。

王东雷跟着王三铁跑了一天,累了,早早就睡了。这么些天了,第一次吃得舒舒服服,第一次睡在这么暖和的屋里,第一次睡在木板铺上,他睡得很香甜。

但王三铁可没捞得着睡。刘队长点上了锃明瓦亮的汽油灯,有的小伙子帮他摇鼓风机,有的小伙子帮他打大锤,他开始制作鼓风机。

叮叮当当一晚上,第二天太阳出山之前,一个手摇鼓风机就做好了,一试,效果还真不错。小伙子们高高兴兴地拿着去了炼钢工地进行测试。

早上,刘寡妇送来了两个窝头和半盆粥,还有腌好的黄瓜咸菜。王东雷早就吃过了饭,出去玩了。王三铁一晚上没睡觉,狼吞虎咽地吃完饭,困劲儿上来了,就到屋里睡觉去了。

天刚过午,王三铁就被人叫醒:"王铁匠,快出来,社长来了。"

王三铁揉着惺忪的睡眼来到室外。正是秋高气爽的时候,太阳高高地悬在天上,天空蓝得空空荡荡,大队院子里的大柳树静静地沐在阳光里,将洒落的阳光筛出一地的斑驳,几只秋蝉在演奏着最后的乐曲。

王东雷和一个小女孩、一个小男孩在院子里玩得正开心,那是隔壁刘寡妇的女儿槐米和刘石匠的儿子小石匠。大柳树下的小石桌旁，刘队长正陪着一个满脸大胡子的人在喝茶。

大胡子就是梨村所在的大柳树公社的社长了。社长一见王三铁，就站起来，拉着他的手说："王铁匠啊，你做的鼓风机太好了，一个鼓风机顶得上十个风箱啊。现在我给你下个任务，梨村大队的炼钢任务取消了，但要你在十天之内，做上一百个鼓风机。我们要比其他公社提前完成炼钢任务，放一个大大的'卫星'。"

王三铁这才明白过来，原来社长此次来是为了鼓风机啊！但自己花了一天一夜的时间，才做出一个，十天之内做一百个，怎么可能呢？

社长沉下脸来："王铁匠，我可把话说在前头，你要人有人，要料有料，但要是完不成任务，可就是破坏'大炼钢铁'的伟大事业啊！"他又转头冲向刘队长："老刘，要是完不成任务，你这队长也就不用干了。"

社长走了，刘队长拍拍王铁匠的肩膀："王铁匠，真是烧香引出鬼来了。你看，这事怎么办呢？这可是社长安排下来的头等任务，不能马虎啊！你要是能完成任务，随便你提什么条件，只要我能办的，都答应你！"

王三铁皱了皱眉，琢磨了好长一会儿，才说："看来，只能铸造了。"

"什么？铸造？"

"嗯，就是和你们炼钢铁差不多的工艺吧！这样，你找人把做好的那个鼓风机拿回来，再给我找一个巧手的木匠和几个炼钢铁比较在行的人来，听我安排。"

刘队长一拍大腿："好，我们现在就成立'鼓风机制造班'，你是班长。伙食费全记在大队的账上，西邻的刘寡妇是食堂炊事员，吃喝的事你全找她。"

王三铁的爹爹经常给王三铁讲炼钢的事情，他在兵工厂时，也做过铸造工作，对一切流程都熟记在心。他拆开已经做好的那个鼓风机，梨村最不缺的就是梨木，他要木工用上好的梨木，比照着拆开的鼓风机的各个部件做成木模型，又让人重新砌了个小熔炉，用来化铁水。

忙了两天，一切准备工作才就绪。第三天，王三铁用白沙河的淤沙做出了鼓风机的砂模，又将铁炉化出的铁水倒入砂模中，开始了梨村历史上的第一次铸造。第四天，他们从砂模里取出了模型，不合适的，王三铁再对其进行锤打修正，然后边修正边组装。第六天，就有了第一个成品，拿到炼钢炉前一试，效果好得不得了。

王三铁又要刘队长和社长说说，把公社的一百多个小铁炉合并成四十个大铁炉："小炉并大炉，节约焦炭，还能加快炼钢速度，提高效率。"

社长采纳了王三铁的建议，王三铁懂一些冶炼工艺，到炼钢工地进行了现场技术指导。十天过去了，王三铁制造出了四十个鼓风机，众多小炉也顺利地被改造成了四十个大炉。这下可不得了，仅一个月，大柳树公社就超额完成了炼钢任务。

这个"卫星"放得大，大柳树公社一下子成了全县的楷模。社长受到了县长的表扬，队长受到了社长的表扬，王三铁受到了队长的表扬。

2-3

王三铁成了梨村乃至大柳树公社的功臣。刘队长说："王三铁，谢谢你啊！我们不用炼钢了，就有时间收粮食了。你看看，全公社也就是我们大队的粮食全收回来了，其他大队的好些粮食都烂在了地里。等到了明年春天，看他们吃什么。说吧，你有什么要求，和我说，我答应过你的。"

王三铁想了想，说："刘队长，这样吧，你看，我老家离这里有上千里地，家里也没什么亲人了，我也不想到处跑了，就让我在你们村落户吧！"

刘队长一拍胸口："行，这个简单，我和公社说一声就行了。你也不用下地干活儿，继续干你的老本行，帮着村里修理农具就行了。"

说话间，隔壁的刘寡妇又在叫了："王铁匠，吃饭了。"

刘队长听了，挤了挤眼睛："刘寡妇做的饭好吃不？"

王三铁说："好吃，好吃，比我自己做的面糊糊好吃多了，东雷都吃不够。"

"哈哈，好，好。这样吧，我看你干脆就和刘寡妇一块儿过吧。"

王三铁一愣，脸一下红了，像炉中的炭一样。他垂下头："刘队长，这玩笑可不能随便开啊，我对刘嫂可是敬重着呢。"

刘队长笑了："你个王三铁啊，打起铁来上山龙下山虎似的，怎么一说到女人就扭捏成这个样子啊！这有什么？你没有老婆，她死了男人，这不正好一对儿嘛。跟你说，有不少人惦记着刘寡妇呢，但她心气高，一般人她都看不上眼。"

王三铁想了想说："这样吧，我们先处些时间看看，要是人家对我有意思，我再找你做主，行不？省得两个人都难为情。"刘队长笑着答应了。

梨村大队有了粮食，大食堂按时开饭，这个冬天全体社员都过得很安稳。来年春天时，梨村及时解散了大食堂，因为粮食比较充足，再加上山多野菜多，全村人又顺利地度过了这个青黄不接的春天。

一冬一春，王三铁和刘寡妇也处出了那么点意思。春耕之后，在刘队长的撮合下，王三铁和刘寡妇成了亲，王三铁正式成为梨村大队的一员。

小福河的流水潺潺北去，河边的柳树萌发了新芽，黄嘴的雀儿叽叽喳喳地叫个不停。王三铁陪着新婚的老婆在河边挖野菜，王东雷带着妹妹槐米在河边的沙滩上嬉闹。

王三铁突然叫了一声："秀儿。"刘寡妇的大名叫刘秀。

刘秀抬起头来，奇怪地看看王三铁，确认他是在叫自己时，又有点羞涩地低下了头："看你，都这把年纪了，还这么酸。好多年没人这么叫我了，你这一叫，我还真不习惯呢。"

王三铁哈哈笑了："那我这样叫你一辈子，好不？"

刘秀羞得回过头去："你个铁匠。"

"你是个好人。"王三铁诚意地说。

刘秀一脸疑惑："好人？怎么没头没脑地说这话啊？"

"你就是个好人。我们来梨村的第一天，你就给我们送饭吃；第二天，我睡觉没起床，你便让东雷去食堂吃了饭，还让槐米陪东雷玩！"

"你这么说就见外了。六年前，槐米的爹给生产队伐木头，被倒下的大树砸死了，那时槐米才一岁。我一个人带着槐米过日子，虽然大队很照顾我们娘俩，但我也感觉日子过得非常不容易，更何况你一个大男人，带着儿子风里来雨里去的，就更不容易了！"

王三铁痴痴地看着刘秀："秀儿，你真好！"

刘秀嗔怒地瞅了王三铁一眼："你这样，当心被孩子看到了笑话你啊。"

王东雷坐在河边的石头上，把手中的一块石子扔进水里，激起了一小串水花："槐米，你长大了想干什么？"

槐米拉了拉王东雷的衣角："哥哥你呢？"

"我要当铁匠，当一个像我爹一样的铁匠，打铁，叮叮当当，嘭嘭啪啪。"

"那我就嫁给你，就像我娘嫁给你爹那样。你打铁，我给你做饭。"

"去，没羞。我是你哥哥，哥哥哪有娶妹妹的道理啊！"

槐米拉紧了王东雷的衣角："我不管，我就要嫁给你，你不娶也得娶！"

王东雷说："不娶！你是我妹妹，哥哥没有娶妹妹的道理。"

槐米冲着王东雷的背狠狠擂了一拳，哭着跑回来找娘。刘秀问明了缘由，冲王三铁直乐："看看你的好儿子吧，净欺负我们娘俩。"

王三铁哈哈大笑："这门亲事我应下了。"

"好，先把聘礼拿来。"

王三铁冲槐米娘做个鬼脸："好，晚上就给你，你要多少就给你多少。"

槐米娘冲王三铁啐了一口，红着脸转身挖野菜去了。

秋后时，王三铁带着王东雷回了趟老家，要把户口迁到梨村来。回到老家后，他们才听闻王东雷生母的噩耗：春天里，王东雷的亲生母亲得了浮肿病，去世了。王三铁让东雷在他娘的坟前磕了三个响头，算是尽一下孝子之心。

回来后，王三铁闷闷不乐。槐米娘说："三铁，别想太多。这个春天，这样的事情多着呢。不用说别人，就说我们家，也没有多少余粮了啊。好在我们这里山多野菜多，填饱肚子没问题。这样也好，东雷长大后，就断了老家那边的念想了。等他大了，就让他和槐米成亲，我们也算是老有所依了。"

王三铁握了握槐米娘的手，叹口气，没再说话。

2 - 4

一晃，王三铁来到梨村十六年了。时事风雨虽偶有侵袭，但梨村山高皇帝远，并没有掀起过太大的风浪。王三铁和刘秀算是过了一段安稳的日子。

现在，王东雷已经是个二十一岁的小伙子了，英俊健壮，浓眉大眼，就像用生铁锻出来的一样。在王三铁的言传身教下，王东雷的铁匠技艺已经不在王三铁之下，更为难得的是，他还掌握了一手铸工手艺。

这时的王三铁，已经是大柳树公社铁木厂的铁器车间主任。王东雷成了铁器车间的铸工段长，带着几个人专门负责铸造工作。

供销社收来的废铝、废锡等，都被集中到这里，然后掺上一些生铁，一起熔炼了，再用白沙河的淤沙做成模型。这样铸出的锅啊、盆啊等，特别受供销社的欢迎，往往一摆上柜台，就销售一空。

有时，生产队的农具坏了零件，一时找不到合适的换上，王东雷也能照模样给新铸一个，虽然有些粗糙，但也用得很顺手。

对于王东雷这一手，王三铁都佩服："雷子啊，你这铸工技术也算是无师自通。我当年在兵工厂里，也只是学了个一知半解，你小子竟然比我还强，不愧是铁匠世家的后代啊。"

王东雷略带腼腆地一笑："爹，看你说的。我也不知道自己是怎么学的，反正自然而然地就会了。"

槐米呢，也已经出落成二十岁的大姑娘了，出工下地、做饭洗衣，样样干净利落。有时，槐米娘看着槐米忙里忙外的身影，没由来地就扑哧一笑，甜蜜的味道直从心底往外溢。

要是没有意外，这日子就这么和和美美地过下去了。但事与愿违，生活中的意外无处不在。

1974年秋天，公社上下开始准备秋收、秋种，王三铁带领工人们加工一批犁铧。在截取钢板时，蹦起的一小块钢片，刺进了他的大腿。虽然伤口有些深，还流了很多血，但作为铁匠，被铁器擦伤、刺伤是常有的事，王三铁也就没当回事，在伤口上抹了点紫药水，用纱布包了包，又一瘸一拐地做工去了。

第七天早上刚起床，王三铁就感觉全身乏力，头重脚轻。他以为自己感冒了，就让刘秀给他熬了姜汤，他喝完后就上班去了。到了中午，他感觉头晕头痛得更厉害了，就早早住了工，回家躺下休息。到了半夜，疾病突然发作，人在炕上浑身抽搐。槐米娘忙去叫来赤脚医生，医生一看，再问，又揭开纱布看了看大腿上的伤口，说："不行了，破伤风，没治了。"

真的是破伤风，真的是没治了。天刚蒙蒙亮，王三铁就没有了气息。槐米娘伤心欲绝："老天呀，我真是命苦，嫁了两个男人，都没有过到头啊。"

白沙河的水流啊流，才冲走了泥沙，又汇入了浊流。

埋葬了王三铁后不久，小石匠亲自来找槐米娘。小石匠是刘石匠的儿子，和王东雷从五六岁起就一起玩、一起上学，直到高中毕业，才都回了生产队务农。小石匠看中了槐米，此前他多次找人上门提亲，要娶槐米，但槐米不同意，王东雷也不同意，槐米娘更不同意："已经说好了，槐米要嫁给王东雷的。"

小石匠不服气，当面质问槐米娘："刘婶，您说，我哪一点配不上槐米？论身体，咱村三百多口人，哪一个摔跤是我的对手？论家庭，我爹是采石厂厂长，我伯是生产队队长，槐米跟了我，谁敢轻看一眼？"

槐米娘叹口气："小石匠啊，你说的都是实情，但你是知道的，槐米从小和东雷一块儿长大，两个人早就有那层意思了。再说，我和雷子他爹也早就说定了，等他们两个人大了，就结婚。所以，这事我不能答应你啊。再说，现在是新社会了，兴自由恋爱，槐米不同意，我也不能强求啊。"

槐米娘去找队长："他叔，你看，就让雷子和槐米两个孩子成亲吧。这样，我也好向槐米爹和东雷爹的在天之灵交代了！"

刘队长挠了挠头："嫂子，你是知道的，王东雷他爹当年可是在国民党政府的兵工厂里干过，要不是看在王东雷他爹是工伤的面子上，有我照应着，公社估计早就对王东雷进行批斗了。你们可是正儿八经的贫下中农，我劝你多少次了，你却总不愿意和王东雷划清界限，这事我不强求你，但你想让槐米嫁给他，我不同意，不管怎么说，我也是槐米的本家叔叔。现在啊，我特别后悔当初让王铁匠爷俩在咱村落户，为这，我可没少挨公社革委会主任的批评。"

槐米拉着王东雷的手："哥，你倒是说句话啊。要不，你带我私奔吧，我们去你的老家；要不，我们去寻个谁也找不到的地方，你打铁，我种地，咱们两个一块儿过日子。行不？"

王东雷苦笑着说："傻槐米，咱俩跑了，咱娘怎么办？村里的老少爷们会怎么说咱们？再说，到哪里找那么个地方呢？再等等吧，只要我们两个不变心，总能等到成亲的那一天。"

2-5

1975 年春天，全县的重点水利工程——红石崖水库建设工程开工了。

东风吹，战鼓擂，红旗飘飘，斗志冲九霄！红石崖下人喊马嘶，一派热火朝天的劳动景象。这是县革委会确立的重点工程：革委会主任亲自担任建设总指挥，每个公社都成立了指挥部，每个村都成立了突击队，展开了劳动竞赛。

工地离梨村有四十多里地，工程量大，工期又紧，施工人员吃住全部在工地上，每两个月只有三天的探家时间，没有特殊情况，谁也不许请假。

县里在组织施工时，把工具维修点分散设置到工地上。各公社抽调维修技术好手，进驻工地维修点。王东雷是铁器厂的技术能手，自然被派到了工地。维修点的设施很简单：一个工棚、一个铁匠炉、一个铁砧、一个人，外加部分工具，仅此而已。

王东雷又干上了老本行。工棚前是铁匠炉，用来锻打磨损的钢钎、镐头、锨镢等工具，工棚里是用来睡觉的铺板和锅碗干粮。从此，王东雷吃喝干活睡觉都要在这里。

红石崖周边全是麻岗沙，没有砌坝石料。梨村的石宗山上，全是上好的青石，是建水库的上好石料，故而被定为水库的采石点。小石匠成了红石崖水库采石突击队的队长，带着人在山上采石，为大坝的修筑供应石料。

槐米加入了村里的后勤供应队，每隔三天，就和后勤供应队的队员们去工地送一次粮，顺便帮突击队员们洗洗涮涮、缝缝补补什么的。虽然要挑着担子走上大半天，但能有机会和王东雷见上一面，说上几句话，也是好的；虽然周围人多，说不了几句话，但两个人你看我我看你，心里依旧美滋滋的。

红石崖的草返青了，树吐绿了，一朵朵野花羞羞答答地从草丛中探出头来，好奇地张望着这片充满生机的新天地。

王东雷采了几束野花，递到槐米手里，悄悄地说："槐米，我想好了，等修完了水库，我就和你成亲，谁拦咱也不听他的。"

槐米羞红了脸："哥，你要说话算话啊。"

"嗯。"王东雷定定地看着槐米，满脸憧憬。槐米用花束挡着红扑扑的脸，甜美的花香一丝丝钻入鼻孔，让她迷醉。

终于到探家的时间了，王东雷兴冲冲地往家走，刚走到村头河边，就被小石匠拦住了。

河边的柳树下，王东雷和小石匠一个倚在树的左边，一个靠在树的右边，进行着最后的"谈判"。初春的柳树披着满身的鹅黄，无奈地摇啊摇，晃啊晃。急促的春风吹来，树下几片干枯的叶子被刮起，在空中打了几个回旋后，又飘飘忽忽地落入水中，随波而去。

王东雷和槐米情投意合，小石匠却非槐米不娶。今天，他听说王东雷要回家，便特地在这里等着。

小石匠是采石突击队队长，黑猛粗壮，力气大得惊人。场院里的青石碌碡，他一哈腰就能提起来举过肩；采石场里不管什么样的顽石，只要他的八磅锤一挥，准能裂成八瓣；拉石头的马车来了，不管多烈的马，他一鞭子下去，准服服帖帖老老实实地拉着一车石头绝尘而去。

但就是槐米，对小石匠一直不冷不热。自从小石匠亲自上门和槐米娘把话说明后，槐米对小石匠更是不理不睬了。

小石匠不服气，他来到了大队的食堂。槐米正在和面，准备蒸窝头，一看小石匠进来，便把身子扭了个个儿，将后背闪给了小石匠。

小石匠干笑着："槐米，做饭呢？"

槐米没回头："长着两只眼睛，没看到我在干什么吗？没事找事！"

小石匠被噎得干吞了一口口水，定了定心，又转到槐米面前："槐米，我就不明白，我哪一点不如王东雷了？你干嘛对我不冷不热的？"

槐米甩甩手，冲里屋喊："王婶，我已经和好面了，我挑水去了。"说罢，拿起了扁担，头也不回地走了。小石匠冲槐米的背影暗暗咬牙："槐米，我就是娶不了你的心，也要娶了你的人。"

白沙河水哗哗响，细细的柳条飘拂在两人之间。小石匠轻蔑地斜了王东雷一眼：这个倒插门的外乡人带来的野小子，竟然成了他和槐米爱情道路上的绊脚石。他气鼓鼓地说："王东雷，我再问你一次，你答应不答应？"

王东雷坚定地说："不答应。除非槐米自己愿意，不然，我坚决不改变主意。"

"你个外来户，你难道不明白槐米和她娘老了以后得依靠谁？我大伯是生产队队长，我爹是采石厂厂长，我是采石队队长，你算什么东西？幸亏你爹早死了，要不，就凭他过去在国民党政府的兵工厂做过工的经历，现在也得把他当作国民党的'狗特务'抓起来。即便是现在，你也好不到哪里去，就凭你的出身，我们大队没批斗你，是因为我伯念在你爹是为了给公社做工死的，算是工伤，才放了你一马，要不，哪里会有你的好日子过。"

王东雷倔强地说："小石匠，我们从小一块儿玩到大，我还不知道你的底细吗？你也了解我和槐米的性格，所以就别癞蛤蟆想吃天鹅肉了。论讲理，我不怕你；论动手，我也不怕你。你有什么本事，就使出来吧！我就一句话，如果槐米想嫁给你，我不拦着，但如果你想让我改变想法，办不到！"

小石匠鼻子里嗤了一声："就你？真敢说大话！告诉你，我软的不来，只会来硬的。到时候，她嫁不嫁给我，可不是你说了算的。"

王东雷从树的一边转过来，逼视着小石匠的眼睛："你要是敢来硬的，看我不把你扔到铁炉里化成灰，不信你就试试！"

这是双喷着火的眼睛，纤细却锋利的火苗，烧得小石匠不敢正视。他色厉内荏地对王东雷说："好，好。你等着，你等着。"一边说，一边心虚地退去。

2-6

在没有大型机械的年代，水库的建设进展得十分缓慢，都修了一年多了，工程才完成了一半。转眼间，到了1976年的夏天，王东雷突然发现，怎么一个月了，都不见槐米来送饭？他问别人，别人只说："队长说了，路远，槐米身子又弱，为了照顾她，以后只让她在大队里做饭，不再来工地送饭了。"

王东雷虽然满腹疑团，却不好多问，只能在心里胡思乱想。又熬了一个月，依旧不见槐米，再问来送饭的社员，他们却支支吾吾地胡乱敷衍一下就躲开了。王东雷焦躁不安，好不容易挨到了回家的时间，便急急忙忙地赶了回去，结果却发现家门口竟然贴着"囍"字，这会儿都有些褪色了。

"怎么回事？这是怎么回事？家里谁办喜事？"满头大汗的王东雷冲娘一连串地发问。槐米娘哭了："槐米出嫁了，嫁给了小石匠，怕你知道了做出什么出格的事来，就没敢和你说。"

王东雷的头嗡的一声，整个大了一圈："为什么？娘，这是为什么啊？"

"今年开春你去工地后，小石匠和他大伯刘队长来到了咱家，说你是暗藏在咱村的国民党特务，要抓你去公社进行批斗。听说，大活人上了批斗台，等下来时，往往就伤了、残了。雷子，你还年轻，你要是伤了、残了，我怎么对得起你爹啊。实在没有办法，槐米只好嫁给了小石匠。"

"娘，他们那是故意逼你啊，你为什么轻易就相信了他们的话呢？"

娘叹一口气："雷子，娘不敢不信啊，万一他们真的把你抓去公社，我百年之后，有什么脸面去见你死去的爹？槐米也不情愿，但槐米更担心你，生怕你被他们给抓去，实在没有别的办法了，槐米只好嫁给了小石匠。"

一声闷雷，炸响在了王东雷的头顶上。院子里的大柳树，静静地看着这人间的悲欢与无奈。燥热的风忽地刮起，院子里尘土飞扬。王东雷摇晃了几下，瘫坐在地上，晕了过去。

王东雷醒来时，人已经躺在了炕上。他使劲睁开眼睛，恍恍惚惚间，眼前人影乱晃。他定眼看去，正对上槐米焦急的眼神和小石匠躲闪的目光。

王东雷忽地坐起来，一拳就打到小石匠脸上："你个混蛋！"

小石匠扑通一声跪下来："哥，你是我的亲哥！我随便你打，随便你骂。我就是喜欢槐米，这辈子，除了槐米，我谁也不要。亲哥啊，你就是打死我，槐米也已经嫁给我了，是回不去的。要是打我一顿，能让你消了气，你就使劲打我吧，我保证不还手。你放心，我会一辈子死心塌地对槐米好的。"

王东雷又是一脚，踢在了小石匠身上："你个混蛋。"怒火让王东雷失去了理智，他一时想不出更合适的话来骂小石匠。

小石匠一把抱住王东雷的腰："哥，亲哥，你就是打死我，这生米也已经做成熟饭了。她都怀上了我的孩子了，再有半年，你就要当舅舅了。"

王东雷回头看槐米，槐米只是委屈地哭着。王东雷浑身哆嗦，扯过被子，把自己蒙了个严严实实。他一边骂小石匠卑鄙，一边骂槐米不坚定，一边骂老天不公……慢慢地，又昏昏沉沉地睡着了。

再醒来时，天已经黑了，屋里只剩下了槐米一个人。王东雷咬了咬牙，沉了沉心，问："槐米，这到底是怎么回事？"

槐米的眼泪又流了下来："哥，你知道我是多么担心你吗？刘队长把批斗会说得那么吓人，被批斗的一旦上台，是没有能囫囵着下台的，可把我吓坏了，只要不伤着你，要我的命我都愿意，更别说嫁给小石匠了"

王东雷两眼喷火："我去杀了这俩混蛋。"

"哥，你杀了他，我不也成了寡妇了吗？咱娘当了那么些年的寡妇，已经够苦了，你还要让我也当寡妇吗？再说，你若真的杀了他，你也脱不了干系的。哥，你要是心里还有我，你就忍了这口气吧，如果有下辈子，我一定嫁给你。"

王东雷呆呆地愣了半晌，长长地叹一口气："命啊！都是命啊！"他这才想起，槐米最后一次来工地送饭时，表情是那么不自然，当时自己还觉得奇怪，但直到此刻才找到了答案。

王东雷翻身下了炕，摸起水瓢，咕咚咕咚地喝了半瓢凉水，转身出了家门。

村子里黑洞洞的，闷热的风在街巷里蹿来蹿去。草虫在墙角屋后噪杂地鸣叫，晚归的夜鸟发出一阵阵刺耳的啼声。

槐米娘生怕王东雷想不开，出什么意外，紧紧地跟在他身后。娘也老了，走起路来跌跌撞撞。

王东雷回身扶住了娘："娘，你回家吧。我没事，我想回工地，想去工地上清静清静。"

这年九月，伟大领袖毛主席逝世了，全国笼罩在一片哀恸的气氛中。县革委会组织了隆重的追悼大会，并特别发出号召：全县要化悲痛为力量，加快红石崖水库的建设，红石崖大坝一定要在 10 月 9 日合龙，以此来追悼和祭奠伟大领袖。

此前，大坝进行过一次合龙，但没有成功。此刻，工地上从上到下，每个人的神经都绷得紧紧的，每个人都不说话，强压悲痛，全身心地投入到工程建设中。仅用了半个月，坝体就具备了再次合龙的条件。但因为这个秋天的雨水特别多，红石河的水量特别大，所以这次合龙不但没有成功，连新修的坝体也被冲毁了一大截。有两个社员还在合龙中不慎受伤，虽没有生命危险，却留下了终生的残疾。

因为这事，县革委会主任受到了通报批评，工程第一副总指挥被撤职，工程也暂时中断了，只留下一支护坝小队和一支维修小队负责日常的看护，并对全部工具进行修理。

队长问王东雷："东雷啊，我们大队的社员要回梨村了，但需要留下一个人修理工具。要不就你留下？"

王东雷本来就不想回家，听队长这样问他，便立刻爽快地答应了。队长说："东雷，伙食全由生产队负责。你每天记十二个工分，再补贴五分钱。有什么事情，你可以直接找我。"

就这样，王东雷便留在了工地上，连过春节都没有回家。并不是他不想回家，只是他不知道该如何面对槐米和小石匠。

2 - 7

1977 年的惊蛰到了。"过了惊蛰节，耕牛不停歇"，停工四个多月后，水库工程又要开工了。这时，槐米娘托人捎信来，说槐米生了一个女儿，名叫大麦，快一百天了，按风俗，娘家人要给孩子庆"百岁"。王东雷一愣，不知不觉间，槐米嫁给小石匠竟然已有一年多了，槐米的孩子都三个多月了，自己也当舅舅三个多月了。这一切都好像令人难以置信，但又实实在在地发生了。他想了半天，决定还是回去一趟。

王东雷跟在娘身后，走进槐米家。小石匠正坐在石头上拧马鞭，看到槐米娘和王东雷来了，连忙让座，自己站在一边。他看了一眼王东雷，低着头尴尬地笑笑，然后就找了个借口去了院子里。

这时的小石匠，已经不在采石队干了，而是到了生产队的饲养场，当起了饲养员，喂起了牛马。

王东雷已经一年没见槐米了，不是他不想见，而是不知道该如何面对她。这会儿见了，却发现槐米人黑了、胖了，性格也变得泼辣了。此时，她正在给孩子喂奶，见娘和王东雷进来，并没有丝毫回避："娘，哥，你们来了。"

槐米娘应了一声，就从槐米怀里抱起了孩子，眼里流下泪来："槐米，都怪娘不中用，苦了你了。"

槐米不在乎地笑笑："娘，这有什么呀，你不要想得太多。哥回来了，我今天晚上到娘那边住，和哥说说话。"

百日酒喝得很苦闷，王东雷和小石匠相对无言。王东雷借酒浇愁，小石匠好像满腹心事，也借酒消愁。

一直喝到午后，王东雷才跟跟跄跄地回到家，到西厢房睡下了。一觉醒来，突然感觉身边有个人。他迷迷糊糊地睁眼一看，吓了一跳，原来是槐米："槐米，你，你怎么来了？"

"哥，你酒醒了，好些了吧？咱姥姥生病了，娘下午去姥姥家了，可能晚上不回来。她怕你喝多了难受，叫我来照顾你一下。"

"槐米，没事，我睡一觉就好了。你快回家吧，还要照看孩子呢。"

"不用，哥，孩子在东厢房睡着了。一年没见你了，我来陪你说会儿话吧！"槐米一边说，一边上了炕。

王东雷一愣："槐米，你上炕干什么？"

槐米停顿了一下，咬了咬嘴唇，一下子扑进了王东雷的怀里："哥，这辈子我是无缘嫁给你了，我就把身子给你吧。"

"槐米，你疯了吗？不成，不成。"

槐米不管不顾地扑上来："哥，哥，你就要了我吧，要不我过不去心里的那道坎，一辈子也不安心啊！"

王东雷把槐米推到一边去："槐米，你怎么了，鬼迷心窍了吗？"

"哥，我就是鬼迷心窍了，可你知道我这半年是怎么过来的吗？"

从槐米口中，王东雷才得知自己去工地这大半年，槐米家里发生的事情。

在槐米怀孕半年多的时候，一天晚上，小石匠喝了点酒，来到生产队的饲养场玩。饲养员是一个老光棍，喂着队里的二十多头大黄牛。村里的年轻小伙子晚上没事时，都喜欢聚到饲养场来，听老光棍讲荤的素的各种故事；有时听腻了，就互相嬉闹，打发无聊时光。那天晚上，年轻人三说两说，说到了比力气上，就决定比赛看谁能把门边的碌碡举过头顶。结果，二十多个人中，只有小石匠把碌碡举过了头顶。

小石匠洋洋得意。这时，老光棍把一头黄牯牛从栏里牵出来，到石槽边饮水。于是，有人说："小石匠，你要是能把那头黄牯牛摔倒，我们就服了你，明天采石场的工作我们替你干了，你可以一整天在家陪你的大肚子老婆。"

小石匠听了，两眼放光："好，你们说话算话。"

小石匠紧了紧腰带，活动了一下腰身，三步两步跨到黄牯牛前，伸出双手，一手抓住一个牛角，双膀一使劲，嘿了一声，满以为会把黄牯牛摔个四脚朝天，可谁知道黄牯牛只是晃了晃头，歪了歪脖子，身子竟然纹丝不动。

小石匠紧抓着黄牯牛的角不松手，又一用劲，黄牯牛依旧纹丝不动。人和牛僵持了一会儿，也许是黄牯牛不耐烦了，斜眼看了看小石匠，猛地把头一甩。小石匠不由自主地松开了手，一个趔趄，被甩出去三四步远。

黄牯牛甩开了小石匠的手后，又低头到石槽中喝水去了。

众人哄堂大笑："小石匠，连这么头牛都摔不倒，你刚才的得意劲儿呢？"

甚至还有人叫："小石匠，你别用手摔了，你用嘴吹吧。你一吹，这牛就自己倒了。"

小石匠脸红了，他冲起哄的人群哼了一声，定了定神，又奔向黄牯牛。他依旧一手抓住一个牛角，再次用劲一扳。这次，黄牯牛没有防备，被摔得左摇右晃差点倒地。

众人连声叫好。这下子，小石匠更来劲了，他第三次抓住了黄牯牛的角，使劲往一边扳去。

黄牯牛被惹急了，鼻子里呼呼地喷着粗气，四腿后蹬，尾巴笔直地挺着，头硬硬地抵着，任小石匠如何用力，就是一动不动。

人和牛僵持了一会儿，小石匠的力气慢慢耗完了。在他懈了力松开手的瞬间，黄牯牛左右摆了摆头，甩开了小石匠的手，红着眼睛，哞地低吼一声，猛地往前一顶。两个又粗又尖的角，一个结结实实地顶在了小石匠的腰部，另一个则结结实实地顶中了小石匠的裆部。

小石匠捂着腰部和裆部大叫一声，蜷着身子躺到了地上。黄牯牛还想发动第二次进攻，众人忙冲上来，赶走了黄牯牛，把小石匠扶回了家。

半个多月后，小石匠才重新回到采石队。大家问他："小石匠，怎么样，没把你那家伙顶坏吧？"

小石匠满不在乎地说："没有，只休养了几天，就又生龙活虎了。要是不信，让你老婆来试试？"

众人哄堂大笑。

"哥，其实小石匠不行了。他被牛顶伤了腰，再也采不了石了，只好去做了饲养员。更可怕的是，他那男人的玩艺儿也被顶坏了，一点也不管用了。你说，我还这么年轻，难道就得守活寡吗？小时侯，我见过咱娘整晚整晚地睡不着，知道守寡的滋味不好受。"

"那你也不能到我屋里，你把我当什么人了。"

槐米微微别过头去，躲开了王东雷的目光："哥，不怕你笑我，我的心思我知道，我这身子肯定是守不住的，我早晚是要去找别的男人的，我受不了那份煎熬。今天你回来了，就让我当一回你的女人吧，我先把身子给了你，心里的那道坎就算过去了，以后不管是什么样子，不管发生什么事，我都踏实了，也无怨无悔了！"

槐米边说边凑近王东雷："哥，你就成全了我吧！"

槐米柔软的手搭上了王东雷的脖子，漆黑的夜里，槐米身上少妇特有的香甜气息点燃了王东雷血气方刚的躯体，也燃尽了他仅存的一点理智："小石匠，你个混账。"王东雷愤怒地骂着小石匠，一把把槐米搂到了怀里，尽情释放着内心的压抑。

窗外，一片云慢慢涌上来，把大半个月亮遮得严严实实。偶尔一阵风从门缝里挤进来，外屋灶膛里的柴火就噼啪噼啪地冒一阵火星，火炕上的两个人就更加火热了。

娘去姥姥家伺候了七天。这七天，槐米除了喂奶哄孩子，就是陪着王东雷疯狂地折腾。

这天下午，两人正偎在炕上说话，槐米娘一步迈进了屋。看到两人衣衫不整的样子，她吓了一跳："你们两个在干什么？王东雷，你个逆子，你怎么和槐米做出这样的事来？"

槐米扑通跪在娘的面前："娘，娘，别怪哥，都是我的错。但娘啊，你知道不？小石匠被牛伤着了，已经不是男人了。我这么年轻，难道要我守一辈子活寡吗？娘，你是过来人，你知道守寡的滋味有多难受吧！"

槐米娘浑身发抖，却什么也说不出来，只能仰天长叹："孽缘啊，孽缘。"

槐米回了小石匠家。槐米娘对王东雷说："东雷呀，这事也不全怪你，年轻人谁都有犯糊涂的时候，但你这样做是不合适的。你回工地吧，你再不走，就真的害了槐米了。"

王东雷猛地醒悟过来。第一天，自己糊里糊涂地和槐米发生了关系，尝到了女人的甜头，此后几天，他满脑子都是槐米光滑的身子和那快乐的滋味，再没有想过其他的，这会儿，娘的一句话，让他从头到脚地惊醒了。是啊，这几天，自己都干了些什么？白天闷头睡觉，晚上和槐米疯狂折腾，就像疯了一样。但自己是槐米的哥哥啊，槐米是小石匠的老婆啊，槐米是大麦的亲娘啊，自己是大麦的舅舅啊。

他的脸由红变紫，又由紫变黑，不由得跪了下去："娘，是我混蛋，我这些天中了邪了，犯了混了！我这就回工地，您老好好保重。什么时候工程干完了，我什么时候再回来。"

第三章

3 – 1

李大海来到王东雷的办公室门前,秘书小声说:"王总一个人在屋里,说今天谁也不见。"

李大海向秘书点点头,说:"没事,我去看看他。"

秘书点点头。李大海轻轻地敲了敲王东雷办公室的门,没有回声。他暗暗一笑,慢慢地推开门,走了进去。

王东雷一个人坐在办公桌前,靠在椅子上,仰面朝天,闭着眼睛,不说也不动,睡着了一般。李大海也没说话,静静地站在一边,看着王东雷。一夜之间,王东雷好像老了很多:憔悴的脸上,皱纹又密了不少;蓬乱的头发里,白发又添了很多。

李大海轻声说:"老王,既然事情已经发生了,你就想开些,别伤了自己的身体。"

王东雷长叹一口气:"唉!这样也好,这样也好。"然后突然睁开眼睛,直直地看着李大海。李大海一哆嗦,移开了目光,不敢和王东雷对视。

王东雷又叹一口气:"这样好啊,好啊。这下好多人可以睡个安稳觉了。"

李大海定了定神:"王总,别这样说,大家对松山的事都很痛心。我是怕你过于伤心，所以来看看你。"

王东雷又看了看李大海，陷入了沉默。他突然发现，自己对李大海的愤恨竟然凭空地消失了。自己已经不可能看到刘松山娶妻生子，也没有机会体味含饴弄孙的欢乐了。那么，等自己百年之后，由谁来继承这个企业，又有什么区别呢？再和李大海斗下去，还有什么意义呢？

王东雷注视着李大海，良久，才说了一句："大海，我累了。这几天的工作，你多操操心。"

李大海说："放心，我会尽力的。你好好休息吧，我走了。"

王东雷仰靠在椅子上，迷迷糊糊间，看到一个嗔怒的女孩向他走来，边走边嚷："小铁匠，看看你干的好事！"

"花叶！"王东雷大叫一声，醒了过来，原来又是一个梦。"老天，这难道是花叶的在天之灵在报复我？"

那年，王东雷和槐米越过了兄妹的界限，做出了越轨出格之事。王东雷羞愧之下，连夜赶回了水库工地。他一会儿自责没能把握住自己，做出了对不起槐米、对不起娘的事情；一会儿又牵挂槐米，担心槐米出事；有时候，甚至还怨恨槐米——是槐米主动向自己示好，自己才做出了这样的事情。

因为心里憋闷，他在修理工具时就有些应付了事。这天，他正呆呆地看着铁匠炉胡思乱想，突然，一个清脆的女声传来："小铁匠，这是你淬的钢钎吗？"

王东雷抬眼望去，一个身上溅满泥水的人进了工棚，看装束像个男的，听声音却是个女的。

来人把头上的帽子一摘，是个清秀的姑娘，却是一脸怒气："小铁匠，看看你淬火的钢钎！才打了几锤，钢钎头就崩断了。你知道这害得我们多费了多少工吗？"

王东雷站起来，接过钢钎，没好气地回道："我又不是只打了这一根，你不会用其他的啊？"

姑娘一下子火了："咦，我说你这个小铁匠，之前听人说你技术很好，修的工具又耐磨又好用，我才专门到你这里来的，可谁知道你的手艺这么烂。

这几天，我们突击一队和突击二队开展劳动竞赛，本来是我们占优势的，就是因为你打的钎子，让我们被二队超过了。告诉你，我们要是因为这个原因输给了二队，我就去指挥部告你！"

好尖利的口齿，王东雷哑口无言。他定下心来，仔细看这钢钎。不对啊，虽然自己心情不好，但修理这样的钢钎，可是最基础的活儿，不至于崩了头。寻思间，一个中年人推了一车钢钎过来："小师傅，不行了，我们遇到了一窝'老顽石'。你看看，一连崩断了这么些钢钎。我打听了一圈，他们说，这活儿只有你才能干。"

那姑娘这才明白过来，顺着那人的话说："对啊，我们也是遇到了一批石头，死硬死硬的，我们的钢钎也一连崩断了几根。"

王东雷说："不成，我得去看看是什么样的石头。姑娘，你在这里等一会儿，我去去就来。"中年人便陪王东雷去了。过了一会儿，王东雷回来了，手里拿着几块碎石，自言自语道："老顽石，铁匠的克星啊！"

一阵风吹来，炉火从黑黑的煤块上蹿了起来，摇摇摆摆着跳跃了几下，又沉到了煤块下面。中年人看王东雷发愣，忍不住插话："小师傅，你倒说行不行啊。就是这石头，我们硬是攻了两天都攻不动，直接影响施工进度了。"

王东雷一下回过神来："'老顽石，钢克星'。现在，只能用我爹教我的秘方试试了。不过，我也没有十成把握，成了，你们不用说我好，不成，你们也别怪我。"

王东雷脸上的表情凝重起来，他捅了一下炉火，把钢钎放进火炉里。那姑娘见状，走过来帮他摇着鼓风机。一会儿工夫，钢钎头就变红了。王东雷拿起手锤，叮叮当当地敲出了钢钎的锋尖，又把钢钎放进炉火中，目不转睛地盯着炉火。慢慢地，钢钎由黑变青，由青变红，又由红变黄，成了胡萝卜一样的颜色。

王东雷突然对那姑娘说："你先到工棚里面去，别出来。"

那姑娘一愣："小铁匠，怎么了？我才帮你把火烧旺，你怎么说变脸就变脸？"

王东雷挤出个笑脸："姑娘，你别误会，我一会儿就要淬火了，你在眼前不方便。"

"怎么？我又不是第一次见铁匠淬火，从来没有女人在场不方便的说法啊。"

"可，可这次，女人在就真的不方便了。你就先到棚里去吧，一会儿淬好火我就叫你。快点啊，别误了火候。"

那个中年人说："姑娘，让你回避你就回避一下吧。听说手艺人的家传秘方，是不能让外人看的。走，走，我们一块儿进棚去！"

王东雷叫住那个中年人："不是啊，大叔，你等一下，你还得帮帮我，只是那个姑娘进去就行了。"

那姑娘将信将疑地进了工棚，一会儿，工棚外烟雾蒸腾，一股奇怪的味道飘了出来。然后，那个中年人说："小师傅，你这办法灵不灵？我先拿两只回去试试，剩下的这些你慢慢修。"

那姑娘也走了过来："小铁匠，我也拿两只去试试，如果好用，一会儿再过来拿。"

王东雷说："不好意思啊，你试试看行不行，要是再出问题，你只管来找我，我保证负责。"

下午快收工时，姑娘又来了，还拿来了几个镐头："喂，小铁匠，你技术不赖啊！新打的钢钎好用极了，那么硬的老顽石，在它面前也没了硬气。今天下午我们超过了二队，这也有你的功劳啊！"然后，她把工具往炉火边一放："喏，又给你送来几个镐头，你可用心给打好啊。再有一个月就到比赛截止日期了，要是我们赢了，我给你奖励啊！"

王东雷看姑娘态度这么好，情绪也好起来："你稍等一会儿，我很快就能把这几个镐头给你修好，你直接拿回去，省得明天再跑一趟了。再有，这里还有几根新打的钢钎，你一并拿去用吧，只是记得等比赛完，再给我送回来。"

王东雷把镐头放进炉火里，摇动起鼓风机，一阵青烟过后，火苗就呼呼地蹿起来。姑娘也没闲着，在工棚里走来走去，一会儿掀开工棚一角的锅盖瞅瞅锅里："小铁匠，你每天就喝玉米糊糊啊？看你懒的，锅都不刷！"一会儿又掀开倒扣着的小盆："哟，还有煮地瓜干！别说，你小铁匠身边有火，做着吃真方便呢，不像我们。我都连着吃了两中午冷饭了。"一会儿，拍拍铺板上面的破旧被子："小铁匠，你晚上盖这样的被子冷不冷？"

王东雷很反感别人叫他小铁匠，就生硬地说："我姓王，叫王东雷。'东方响春雷'的'东雷'。"

姑娘笑起来："哟，你名字还很好听来！我是红石崖大队的，姓花，叫花叶。小铁匠，哦，不，王东雷，他们都叫我'花叶子'，你也这样叫吧。"

"花叶子。"王东雷念叨了一下，仔细地看了花叶几眼：别说，眉清目秀的，真像一朵花，再细看，倒有几分槐米的模样。一想到槐米，王东雷的心就疼，就颤抖，就揪一般地酸楚。

见王东雷直勾勾地看着自己，花叶有些羞，又有些恼："喂，小铁匠，哦，不，王东雷，你直愣愣地看着我干什么，傻了啊？"

王东雷收回目光："哦，哦，不好意思。我不是看你，我是想事。"

花叶斜着眼瞥了瞥王东雷，歪歪嘴，哼了一声："你可别是心术不正的人啊！"

王东雷讪讪地干笑几声，手里的锤子敲得当当响。

花叶又问："王东雷，你上午淬火时用的是什么秘方啊？能和我说说不？"

王东雷脸一红："这个不能说，真的不能说。"

姑娘笑了："好，你不说我就不问了。祖传秘方，传儿不传女啊。"王东雷笑了笑，没回应。

不到半个时辰，镐头都修理好了。姑娘说了声："王东雷，你的手艺真好！打起铁来，姿势也怪好看来。"然后随着一串清脆的笑声，人就飘到了工棚外。

看着花叶远去的身影，王东雷又用火钳夹起一块铁来，嗨的一声锤下去，火花四溅。

3－2

第二天中午，王东雷住了工，才要准备熬玉米糊糊，花叶就来了，带着两根钢钎和一个布包。王东雷看看钢钎："才用了一上午，不用再打吧？"

花叶白了他一眼："我们工地没有开水，我这几天不敢吃凉饭，来喝你点儿热水，好不好？"

王东雷说："好，好，你坐。我才要做玉米糊，要不我多做点，我们一块儿吃？"

两个人的午饭，就是比一个人热闹。吃饭时，王东雷也知道了：红石崖大队在红石崖下面，距这儿有三里地，但不知道红石崖是因村而名，还是村子以红石崖为名。花叶他爹是红石崖生产大队的队长，因为水库工程主要在他们大队的辖区内施工，所以花队长便担任了工地指挥部的总调度员。去年，因为大坝合龙的失败与两个社员的受伤，原来的副总指挥被免职了。今年开工后，花队长就担任了副总指挥。

这么一说，王东雷对上了号：每天在高音喇叭里粗门大嗓咋咋呼呼的，就是花叶她爹了。人也生了一副五大三粗的身材，黑得像炉子里的炭。难得，这样的人，竟然有花叶这样纤秀的闺女。

花叶说："我爹说，我不能搞特殊，就给我报了名，让我也来到了工地。我午饭在工地吃，下午收工就回家了。这几天身体不舒服，可能要来蹭你热水喝，你别烦啊。"

王东雷笑了笑，开玩笑地说："有你这么漂亮的姑娘陪我吃饭，我求都求不来呢，哪里敢烦啊！"

花叶脸一红，白了王东雷一眼，又低下了头，没再搭腔。

这之后，花叶就都跑到王东雷的工棚吃饭。有热粥、热水，还有炉火、热饭，花叶吃得有滋有味。不知不觉一个月过去了。年轻的心，受伤快，愈合得也快。有了这个开朗姑娘的陪伴，王东雷内心的苦楚，在慢慢稀释着。

这天吃完了饭，花叶又问王东雷："喂，我还是好奇，你那天淬火用的究竟是什么秘方啊？我问了那个大叔，他说你用的是你们男人的那什么，那什么……"花叶的脸红了，"是不是真的啊？"

王东雷笑着点点头："嗯，是用的。嘿嘿，用的尿。所以我才让你躲开的。"

花叶红着脸啐了一口："我呸，真不害臊！你也不早告诉我，我还用手摸了好几次钢钎头呢。"

王东雷哈哈大笑:"我爹说,尿里有硝,钢钎遇到'老顽石'时,用尿来淬火,才能克住老顽石。但这种方法成功率不高,我也没想到第一次尝试就成功了。"

"脏死了。"花叶白了王东雷一眼,跑到水盆边,又洗了一次手。

这天下午收工晚,天麻麻黑时,花叶来到了维修工棚,口袋里鼓鼓的。王东雷很奇怪,平时花叶收工后是不来工棚的。

花叶笑眯眯的,老远就冲王东雷打招呼:"王东雷,告诉你,我们队和二队的劳动竞赛结束了。你猜猜结果,猜对了,我有奖励!"

看花叶那股高兴劲儿,王东雷不假思索地说:"肯定是你们赢了。"

花叶有些沮丧:"你这人,一点也不好玩,怎么一下子就猜中了,你是神仙吗?"

王东雷不禁伸出手刮了花叶鼻子一下:"看你这高兴劲儿就能猜到答案。要是输了,怕是你这会儿正在哭鼻子呢。"

"去!"花叶打开了王东雷的手,得意地说:"我队大获全胜。当然,这里面也有你的功劳啊,我说过要奖励你的。"她四下望望,见没人注意这边,就从衣袋里掏出两个鸡蛋:"喏,我偷偷从家里拿的,就当是奖品了。"

王东雷不好意思地说:"这,这怎么好意思呢?这么贵重的东西,我可不敢要。"

花叶瞅了王东雷一眼:"谁说是送你了?是奖励你的。这样吧,你这会儿就用锅煮上,我们一人一个,我吃了再回家。好不?"

王东雷不再拒绝,拿来锅子放到火炉上,一会儿,鸡蛋就煮熟了。花叶看看一红一白静静靠在一起的两个鸡蛋,又看看黑红黑红的王东雷,不由得哈哈笑起来。

王东雷纳闷地看着花叶:"咦,你无缘无故地笑什么啊?"

花叶指着那个红皮鸡蛋说:"看看这个颜色,怎么和你的脸一个颜色啊!"

王东雷搔搔后脑勺:"还别说,真是来,在这工地上日晒烟熏的,我这脸比这鸡蛋更黑更红啊。"王东雷扭头看看花叶,再低头看看那个白蛋:"花叶,你看，你就像这个白蛋，又白又好看。"

花叶推了王东雷一把："不许胡说！只能我说你，不许你说我。"

王东雷悄悄往花叶身边靠了靠身子，脸也凑近了花叶的脸："真的。你看，这两个蛋靠在一起的样子，多像我们俩啊。"说完，王东雷好像突然意识到什么，脸腾地红了。

花叶的脸也红了，她低下了头，用肩膀碰了王东雷一下："又贫嘴了。"她伸手拿起红皮鸡蛋："王东雷，你欺负我，我要把你吃了。"

王东雷也把白皮鸡蛋拿起来："花叶，我可舍不得吃你，我要把这个蛋揣在怀里。"

花叶的脸更红了："王东雷，你再欺负我，我可不理你了。"然后把鸡蛋用衣襟一兜，转身跑了。

看着花叶远去的身影，王东雷嘿嘿地笑了起来。崭新的春风吹来，工地上弥漫着新鲜的泥土气息；红石河水早已经消融了冰雪，一身轻松，流得哗哗作响；河边的柳树已经挂满新绿，毛白杨的毛穗也已经成熟，在春风中轻轻地往下落着，毛绒绒的。王东雷的心也开始痒了起来。

工地上慢慢传出了王东雷和花叶搞对象的风言风语。花叶毫不介意："他未娶，我未嫁，我们搞对象关你们什么事啊？"

花队长听说了这事，可不愿意了。这天晚上，花叶回来后，他黑着脸，把花叶叫到了跟前："叶子啊，我听说你最近和那个小铁匠走得比较近乎，我找人打听了，那小子是跟着他爹倒插门落户到梨村的，出身不好，来路又不明。现在他爹死了，他娘还是后娘，这样的人怎么能配得上我们家呢？我现在是工地总指挥，你哥是大队民兵连长，你姐夫是公社派下来的驻村干部、是党员。我们根正苗红，你可不能因为那小子影响了我们全家的形象。"

花叶毫不示弱："爹，现在是新社会了，国家都提倡婚姻自主、恋爱自由。两年前，《大众日报》上发表了潍县红星公社的未婚女青年向全省青年发出的《坚决同旧的买卖婚姻制度彻底决裂》的倡议书，你还专门安排妇女队长组织我们学习过呢，你忘记了？还有，电影中的刘巧儿都可以自己找婆家，我为什么不能和王东雷好呢？他年轻、肯干、有技术，虽然出身不好，那也是他爹的事情，关他什么事呢？"

花队长变了脸："你个臭妮子，我这都是为你好，怎么你连我的话也不听了？"

"正确的，我肯定听，但你说得不正确。"花叶白了她爹一眼，起身进了厢房。

"还反了你了？你要是不听我的话，我就不认你这个闺女！"花队长冲着花叶的背影大喊。

"不认就不认，我还不认你这个不讲道理的爹呢！你是队长，你要是干涉我的婚姻自由，我就到公社去告你。"花叶隔着门扔出一句硬邦邦的话来。

"啪！"花队长气得把手中的饭碗摔在了地上。花叶娘心疼地嘟囔："你生气就生气呗，冲着碗撒什么气，这一个碗一毛钱呢！"

花队长呼呼地直喘粗气，无奈地把火发到了王东雷身上："王东雷，看我怎么收拾你！"

3－3

天气渐渐凉爽，秋天又来了。红石崖边的柿子树上，挂满了红彤彤的柿果。由于大家都忙着修水库，没有人采摘，风吹来，熟透的柿果就落在地上，摔得黏乎乎的。白杨树的叶子变成了金黄色，风一吹，就有金色的叶子飘飘落下。今年的雨水相比去年，少了很多，红石河的水位也比去年低了。

在花队长的带领下，去年被冲毁的大坝被重新筑起来了，并且比去年筑的更为坚实高大。按计划，又要准备合龙了。

合龙前，花队长悄悄找风水先生看了看，把合龙时间定在了十月初二。但从初二到初五，任他们努力了三天，大坝依旧没能合龙。眼看着准备的合龙土石已经用尽，但龙口依旧河水汹涌，花队长不得不宣布：这次合龙又失败了。

一些风言风语开始传出来。

有的说："红石崖曾经是太上老君的炼丹取砂处，我们在这里开崖修坝，惹着太上老君了。这是老君在报复我们呢！"

有的说："库区曾经有一个山神庙，虽然庙里的神位被砸了，但庙还在。大坝一合龙，庙就沉在水底了。肯定是山神不舍得他的这个庙，所以才故意不让我们这个坝合龙的。"

有的说："几次合龙都失败了，这坝也修了两年半了，这样下去，什么时候是个头啊！"

人心开始涣散，施工进度也明显慢了下来。

这天，指挥部专门开会，查找原因。各个工程队都不承认自己怠工，纷纷把"工具不好用"作为主要原因。工具为什么不好用？归纳来归纳去，根子就找到了工地维修队。

于是，又专门找维修队开会。维修队长就把原因归纳到了维修队中还残留着"破坏流毒"，还存在"破坏社会主义水利建设"的"坏思想"。

王东雷的父亲王三铁，曾经在国民党反动派的兵工厂干过。由此，矛头便直指王东雷身上。花队长义愤填膺："现在各个地方都在轰轰烈烈地开展'双打'运动，我们水库工地也得来一场'打击阶级敌人破坏活动、打击资本主义势力进攻'的'双打'运动，以运动促进度，确保大坝下次能顺利合龙。"

梨村的刘队长也火上浇油："这个王东雷，从一开始，他就反对他的后妹妹嫁给我侄子，但他妹妹愿意，他也没办法。我估计他是把他的怨气撒到工作中了。再说，锻打工具，也没有个标准，特别是淬火，这火候全由个人把握。他若要捣点鬼，可是太容易了。"

王东雷，这个原国民党兵工厂维修工的后代，此刻成了隐藏在群众中阴谋破坏水库施工的"阶级敌人"。工地指挥部决定，每晚收工后，都要组织一次批斗大会，借此消除不利于工程建设的谣言，鼓动起大家的干劲，以确保大坝在霜冻到来之前合龙。

在红石崖水库动工之初，县革委会就把工作重心转移到水库的建设上来了，已经两年没有开过批斗会了。所以这次批斗大会的召开，很是振奋人心。但花总指挥还有一个"小算盘"：他要借机好好地整一整王东雷，整掉王东雷的自信心，整垮王东雷的精神，把他整出花叶的心中。

这次批斗，在席卷全国的批斗大潮中，虽然只是一朵小小的浪花，但也颇有气势。当王东雷第一次站在花队长面前接受批斗时，他还有些诚惶诚恐不知所以。他不知道自己为什么要挨批斗——他锻打的工具，在这工地上，质量是最好的。虽然有一段时间，他因为槐米的事情，在工作上有些失误，但他很快就改正了，并且那些失误也没有影响大坝工程的进度。

一开始，他不服气，他为自己申辩、为自己喊冤；但慢慢地，他悟出了其中的道理：工地其实不是为了批斗他，而是为了有一次批斗会。即使这次不是批斗他，也一定会找一个"赵东雷""李东雷"来批斗。这是大坝建设的需要。而之所以选了他，与花队长有很大关系——他要批斗他、报复他，要逼他离开花叶。

此时，王东雷倔强的性格再一次显现出来：你越逼我离开花叶，我就越不离开她。我要让你的如意算盘落空，让你鸡飞蛋打。

从小历经的生活坎坷，磨炼了王东雷的意志；槐米嫁人，激起了他的怒气；和槐米在一起的那几天，让他变成了男人；而花叶，又让他真真切切地品尝到了爱情的滋味。生活的酸甜苦辣，让他迅速地长大、变强。他不想轻易就范，更不想随便放弃，骨血中继承的王三铁的坚韧性格，在这里得到了充分的发挥。

一开始的批斗，还只是讲道理、找问题，但慢慢地，批斗就升级了。

自从打倒"四人帮"，批斗会就明显减少了，社员们也已经渐渐淡忘了开批斗会的滋味。但这次的批斗会，又让他们找到了感觉，每个人都开始亢奋起来。从被动参加批斗到主动参加批斗，批斗会成了他们工余消遣的最好方式。

而花叶面对王东雷的挨斗，却无能为力。她远远地站在台下，望着心爱的人与其他挨批斗的人排成一排，任人们费尽心机地为他们安插着各种罪名，却不能为自己申辩。因为每一次的申辩，往往会换来更多的罪名。

花叶只能在批斗会结束时，悄悄溜到王东雷的工棚里，有时送上一句轻轻的"嗨"，有时递过来一块玉米面的饼子，有时什么也不说，只是送上一束幽幽的目光。

花叶承受不住了，她抽泣着对王东雷说："东雷，我们分手吧。再这样下去，我怕你真的会受不了。一边是你，一边是我爹，我的心都要碎了。"

王东雷一声不吭地盯着天空。月儿弯弯，深秋的夜空寂静无声，淡淡的风缠着杂乱的云，变幻莫测；星星闪来闪去，毫无节奏地明明暗暗着；几只夜归的山老鸹，哇哇地叫着，钻进了更远处的夜空中。

王东雷把花叶搂在怀里，爱怜地在她的额上吻了一下："花叶子，别担心，我还能坚持住。我估计这是你爹在试探我，你放心，我不会轻易放弃的。"

花叶"嗯"了一声，把头埋进了王东雷的怀里。

3－4

"批斗"产生力量。通过对王东雷他们的批斗，工程的进度明显加快了，这也让指挥部发现，批斗会是推动工程进度最灵的办法。批斗会开始不断升级。

人心激奋，他们骨子里的那种躁动的基因，被充分地调动起来。人人上台揭发、互揪互撕，从一开始批斗王东雷等几个人，慢慢地又扩大到十几个"坏分子"、几十个"坏分子"，批斗会的规模越来越大。

批斗的方式也慢慢升级。人们已经不满足于口头的批判，在批到愤怒之时，情难自抑，有时也会给这些"坏分子"几记不轻不重的拳打脚踢。

在一次批斗会上，花队长的情绪也被调动起来了，他指着王东雷的鼻子大骂："你个坏分子，在工地不好好劳动改造，竟借工作之机，对一些女社员存有非分之想。这是赤裸裸的小资产阶级情调，这是典型的流氓妄想罪！"

王东雷斜眼看着花队长："流氓妄想罪？我妄想谁了？你给我说出来。"花队长被王东雷一句话堵得哑口无言，不由怒从心起，狠狠地踹了王东雷一脚。

批斗会结束，社员们走了。王东雷冷静地拍落了身上的泥土，冲花队长的背影啐了一口口水，回到了自己的工棚。推开门时，发现花叶早就等在这里了。她悄悄地站在阴影中，不知所措地看着王东雷。

　　花叶哭了，这个倔强的姑娘真的弄不明白，现在的人们是怎么了——他们怎么能忍下心，怎么能那么不讲道理地污蔑、批斗王东雷，甚至动手打人。一边是爹爹，一边是喜欢的人，凭一个小姑娘的智慧，怎么能够应付这样复杂的局面？要强的她，也不禁屈服了。她不止一次地为王东雷哭过，但除了哭泣之外，她不知道该怎样劝慰王东雷。

　　王东雷抱头蹲在地上，他百思不得其解：为什么？就算我爹真的是国民党兵工厂的维修工，这也是与我无关的事，为什么要来批斗我呢？我为什么要受这样毫无理由的折磨呢？

　　花叶抽泣着说："东雷，我受不了了，我们分手吧。我去和爹爹讲明白，让他不要再批斗你了。"

　　王东雷淡淡一笑："花叶子，没用的。你就是告诉你爹说我们已经分手了，我也一样要挨批斗的。现在的批斗会，已经不是你爹能左右的了。大坝合不了龙，批斗是不会停止的。指挥部就是要让社员们知道，谁在建设中不出力，谁就有可能挨批斗！你说，有了我们这样的例子，谁还敢扯后腿呢？"

　　花叶颤抖着身子："东雷，那怎么办呢？"

　　"怎么办？挨呗。"王东雷使劲握了握拳头，"无论多长的秋雨，也会有停歇的一天。我就不相信，这世界会一直这样不讲道理？"

　　花叶从身后轻轻地抱住王东雷，头伏在王东雷的肩上，身体紧紧贴在王东雷的后背上。姑娘特有的让人迷醉的气息，从王东雷的脸侧传过来，他轻轻晃了一下身子，转过脸去，把花叶紧紧搂在了怀里。

　　花叶一动没动。虽然她曾经在梦中，经历过无数次这样的举动，也在心中渴求了无数次，但此刻真正到来时，她还是没有准备好。但花叶不想动，也不想制止王东雷，只要王东雷受伤的心灵能得到抚慰，她心甘情愿。

　　之后的事态呈现出戏剧性的发展。人们的斗志日益高扬，水库工程的进展越来越快，批斗会也逐步升级。每次批斗会一结束，花叶就会以不为人知的方式潜入工棚，投入王东雷的怀抱，安慰着爱人的伤痛。王东雷也依靠花叶的温情，消除着自己的屈辱和仇恨，支撑着自己苟延残喘的自尊与自信。

时间总是在那一瞬间凝固！在满是炭灰的工棚里，在肮脏的铺板上，王东雷狠狠地抱着自己圣洁的爱情，眼泪止不住地流："花叶，花叶，我喜欢你，但我撑不下去了。"

花叶更加用力地抱住王东雷："东雷，不要怕，你要坚持住。你还有我呢，有我呢。"

那天，花叶突然对她爹说："爹，我已经和王东雷分手了，你们就不要批斗他了吧。"

花队长一愣，这个倔强的姑娘能这么轻易地妥协？他一边应付着花叶、暗中观察着花叶，一边继续着对王东雷的批斗。慢慢地他发现，花叶真的和王东雷不再来往了。白天，花叶老老实实地在工地上工作，一日三餐都回家吃；晚上，就和几个伙伴一块儿去夜校读书扫盲，或是参加生产队的一些夜间劳动。而且，她晚上都到她哥哥家睡觉，非常顺从。

但花队长却没有料到，花叶对他用的是"金蝉脱壳"之计。她每晚在夜校学习结束时，也正是批斗会结束的时间。哥哥是民兵连长，晚上要负责水库工地的巡逻工作，回家晚。花叶每晚先到嫂子的房间和嫂子打个招呼，就回到自己住的厢房装作睡觉，之后，就从后窗翻出去，抄近道赶往王东雷的工棚。

3－5

花叶是个聪明的姑娘，她虽然巧妙地骗过了父亲、骗过了哥嫂，以自己的方式安慰着王东雷，但有时也对这样的生活感到厌烦：这难道就是她理想中的爱情？不是，她理想中的爱情绝不是这个样子，而应该像电影中的刘巧儿和赵振华一样——他劳动，我生产，纺棉花，学文化，他帮着我，我帮着他，做一对模范夫妻人人夸。

但她没有办法，她放不下王东雷。爱情的火苗已经点燃，是很难轻易让它熄灭的。

其实，花队长也是这样。自从花叶向他妥协之后，他也想放过王东雷，但现在的批斗局势已经远非他能控制的了，已经变成了水库建设的形势所需。他已经无法停止自己的步伐了，只有硬着头皮走下去。

水库建设已经到了高潮，经过了几天的准备，他们计划第二天再次实施大坝合龙工程。所以这个晚上的批斗会，就是为第二天的合龙而进行的总动员会。县革委会主任也会来批斗大会现场。去年合龙失败，他被通报批评，但上次合龙又失败了。故而这次合龙，对他来说是志在必得。

批斗会掀起了新的高潮。接近尾声时，县革委会主任来了。他的到场，让花队长更加言辞激昂。最后总结时，他情不自禁，又拿王东雷作为例子："王东雷，就是破坏大坝合龙的'坏分子'之一。但经过我们的批斗和严格监管，他们这些'坏分子'已经没机会搞破坏了。所以，我们明天的大坝合龙一定能成功。"

批斗会结束了。往回走时，腿脚麻木的王东雷一个趔趄，从土台上滚到了台下。台下是一个水坑，王东雷正好跌坐在水坑中，冰冷的泥水浸透了王东雷的半边身子，他带着一身泥水回到了工棚。

时间已经是初冬，清冷的风吹来，王东雷冻得瑟瑟发抖。这时，花叶已经在工棚等他了，看到他一身泥水，花叶的泪水流了下来。

王东雷把湿衣服脱下来，就一头钻进薄薄的被窝里。纵然一旁的炉火烧得正旺，王东雷依旧冻得浑身发抖。花叶再也忍不住了，她脱掉外套，掀开被子，扑到王东雷身上，紧紧地抱着他，她要用自己的体温给王东雷取暖。

王东雷紧紧地抱着花叶，说："花叶，我真的受不了了。我们两人离开这里吧。我有铁匠手艺，只要咱们不怕吃苦受累，到哪里也饿不着咱们。好吗？"

"好，我听你的。"望着所爱之人痛苦的脸庞，花叶坚决地点了点头。

"可是你知道吗？我从小跟爹爹流落四乡，以做铁匠活为生，虽然那时我年龄还小，但我也知道那是很苦的，你不怕吗？"

"东雷，我不怕，和你在一起，吃再大的苦我也不怕。我们现在就好好策划这件事，等到合适的时机我们就走，再也不回来了。"

"好，好，我的好花叶。"王东雷紧紧抱着花叶，哽咽着说不出话来。冷风从工棚的缝隙里挤进来，在铺前轻轻地打了一个转儿，胆怯地看了看，低低地鸣了一声，走了。云从远处的天际匆匆涌来，把淡淡的星光遮在了身后；炉火弹出了最后一束焰苗，就沉寂了下去。

第二天，筹备已久的大坝合龙会战开始了。指挥部从各个施工队抽调了精干人员，分批倒班、昼夜不停地连续奋战了两天两夜，大坝终于合龙了。而批斗会也随着大坝合龙的成功而终止了。全体人员加班加点，抢在冰冻到来之前，完成了水库的基础护坡；对于其他工程，他们则决定来年春天再干。

至此，水库各个工程队正式解散了。工程队解散之后，王东雷他们的维修组却没有立即解散，他们需要把各个工程队使用过的工具全部集中起来进行统一修理，之后再送回各个工程队。整个维修工作又用了一个半月的时间，王东雷也过了一个半月相对清闲的时光。

他是"阶级敌人"，其他人都不屑和他一块工作。于是，他白天自己在铁炉前锻打着那些用坏了的铁器工具，晚上就一个人安静地待在工棚里。隔三岔五地，花叶还能悄悄潜到他的工棚里来，陪王东雷说说话。

"东雷，你真的带我走吗？"腊月二十了，明天王东雷的维修小组就要解散了。花叶依在王东雷的怀里，幽幽地问。

王东雷点点头："嗯，只要你愿意随我吃苦，我就带着你私奔。不过，要等到明年春暖之后。眼下天寒地冻的，这个时候离家出走，可不是个合适的时机。"

"好。"花叶重重地点点头，"明天你就回家了，再见面就是来年了。你回家好好准备，我也做好准备，等天一暖和，我们就走。"

王东雷也重重地点点头，把花叶搂得更紧了："我回家看看家里的情况，做好准备后，会提前给你写信的。"

花叶说："你写信可得注意啊，不要留地址和名字。我们商量一下，约定好暗语。"

寒风吹来，工棚的缝隙发出啪啪的声响。天上的半片月亮，爱怜地看着这两个天真的孩子，在仔细地商讨着他们的出走计划。星星冷冷地一笑，闪在了云后。

3-6

回到家，娘告诉王东雷："槐米又生了个孩子，是个男孩，一个多月了，你抽空去望一望吧。"乍一听闻，王东雷的心怦怦直跳：小石匠身体已经不行了，槐米怎么又生了个孩子呢？这个孩子是谁的？难道是自己的？

娘斜眼看了看王东雷，淡淡地说："去年腊月，槐米到你们姥姥家串门，听你们姥姥说，南山有个老中医专治跌打内伤，就陪着石匠去看了看，带回来一堆中药。看来真是遇到神医了，石匠吃了药后，身体明显好了。这不，槐米又有孩子了，还是个男孩，这下石匠有后了。"

听娘这样说，王东雷的心才放下来，跟着娘来到了石匠家。

小石匠正坐在一块石头旁，叮叮当当地敲击着。一看到王东雷，忙站起来，脸上堆了讪讪的笑："娘，哥，你们来了，快屋里坐。"

槐米躺在炕上，头上包着块蓝色的头巾，看到王东雷进来，眼睛一亮，旋即又暗了下去，叫了一声娘，又冷冷地冲王东雷说："哥，你来了，坐吧。"

一年没见槐米了，王东雷好像有千言万语，却又不知道该从何说起。娘走过去抱起了孩子，爱怜地吻了吻他粉嫩的脸蛋，亲昵得不得了。王东雷木木地站了一会儿，手搓来搓去，过了好一会儿，才干笑了几声，说："槐米，你，你身子还好吧？孩子还好吧？"

槐米歪歪嘴："哥，劳您牵挂了。您是修大水库的技术员，一去就一年，也不回来看看你妹子还在不在世上。你的心真大啊。"

王东雷一下被槐米的话噎住了，半张着嘴说不出话来。娘走过来把孩子递到王东雷手里："雷子，来，抱抱你外甥。"

王东雷抱过孩子，心里忽然一动，一脉柔软的热流，涌入他的心底：从上次回家到现在，已经过去十一个月了，这孩子也下生一个多月了，时间真巧啊！难道……

槐米冷冷地笑了笑："'外甥像舅'，哥，你看看，这孩子长得跟你多像啊！"

槐米话里有话。王东雷心里咯噔一下：难道这是我的孩子？

石匠在外屋里喊："哥，出来喝茶吧。槐米正坐着月子，屋里闷。"

槐米从王东雷手里接过孩子，毫不避嫌地撩开上衣，露出饱满的乳房，把红红的乳头塞到孩子嘴里，说："好孩子，吃吧，吃吧，早点儿长大，好跟着你舅舅学手艺。"

王东雷看着槐米的胸，涨红了脸，想说话又说不出来，只好尴尬地笑笑，走了出来。身后，传来槐米一声悠长的叹息。

二月二，龙抬头。这天早上，王东雷早早就起了床，又收拾了一下爹留下来的铁匠车子：现在到水库开工还有一个月时间，他已经和刘队长打过招呼了，利用这点时间出去招揽点铁匠活干，挣点钱补贴家用，最多一个月，就回来。

其实，这是王东雷的一个小计谋。他前几天给花叶写了信，约她于二月初三下午，在县城南边的大十字路口集合，然后两人一块结伴出走。想想明天就要离开娘、离开这个村子了，王东雷心里真有些不舍。

娘早早起来了，擀好了龙须面，煮好后又加了两个荷包蛋，让王东雷给槐米送去。娘的身体明显不行了，肺不好，走不了多远就喘得不行。

这时院门被推开了，进来了两个人。王东雷认识，前面的是红石崖大队的花保管，自己在工地时没少和他打交道。

看到他们，王东雷心里忽地一沉：难道花叶出事了？但王东雷给花叶写信时，用的是两人约定的暗语，外人是看不出来的。

花保管说："东雷啊，去趟工地吧，你的维修仓库里，还有我们村的不少钢钎。这不，我们村想趁还没开工种地，先把村东头的路修一修，听说钥匙在你这里，那就麻烦你去趟工地开开门吧！"

王东雷轻轻舒一口气，又为难地搔搔头："再等几天不行吗？再有一个月水库就开工了，到时候一块儿拿好不？"

花保管很着急的样子："不能等啊，大队里的百十号人都在等工具呢。我们专门给你借了辆自行车，你骑自行车去，然后我们再让人把你送回来，只需半上午的工夫。"

王东雷算了算，影响不到明天的行程，就说："好，你们等一下，我给我妹妹送了面就随你们去。"

花保管说："好，你快去快回，我们在这里等你。"

娘听到院子里有人说话，就出来了，听明白情况后，对王东雷说："东雷，去吧，公家的事是大事，你快去快回。"

王东雷端着面条，去了槐米家。小石匠出去放羊了。地表的冰冻已经化开了，茅茅草、苦苦菜、曲曲芽等野草野菜，都迫不及待地萌出了尖尖的芽头。圈了一个冬天的羊们，撒着欢儿地在野地里奔跑，间或停下来，使劲在枯草和败叶之间啃上几口，再嗅嗅喷香的泥土，仰天打个亮亮的响鼻。

槐米正抱着孩子坐在堂屋里，见王东雷过来，站了起来："哥，你来了啊。前几天就让你给孩子起个名字，你想好了没有？"

王东雷不好意思地一笑："对不起啊，我忘了这事了。叫什么好呢？我是个笨人，哪里会起名字啊！"

槐米说："过去听爹说，你们老家那里，有座山叫松山，很漂亮。要不就起名叫松山吧，也希望这孩子长大后，能像山上的松树一样健壮。"

"松山，刘松山，好，好名字。"王东雷笑了，然后又说，"槐米，你趁热吃面条吧，'吃了龙须面，一生无灾难'。我还要去水库工地给红石崖大队取工具，最早也得下午才能回来。"

槐米有些失望地看着王东雷："看你忙的，好不容易今天石匠没在家，你又要急着去工地。好，好，去吧去吧，看来你的心里压根儿就没有我。"

王东雷忙截住槐米的话："槐米，可不能再乱说了，我是你哥。再说娘都教训我了，以后可不能胡来了。"

槐米恼了："胡来？好，我胡来。你不胡来你跑我家里来干什么啊？你走，立刻走，以后不许再进我的门。"

王东雷借势说："好，我走，我走。"就急急地出了门。

3-7

太阳慢慢升高，地上的雪已经融尽。春天的阳光，夹带着暖暖的气息洒落下来。路边的柳树，已经悄悄吐出细细的绿芽。渠道边的小草，也已经从枯草间密密地钻出来，张扬着生命的气息。路边，耕牛开始耕地了，新鲜泥土的清香，随着轻柔和煦的春风，四处涌动。

王东雷深深地吸了一口清新的空气，一丝甜蜜的笑意浮上他的面容，他的眼前又浮现出了花叶娇羞的笑脸。

到了工地仓库，已经有七八个人等在了门口。王东雷打开门，还没来得及说话，屁股上就猛地挨了一脚，一下子摔进了工棚中。王东雷回头看时，发现踢他的是花叶的父亲花队长。

花队长瞪着血红的眼睛："王东雷，你干的好事！今天，我要不把你沉到红石崖水库里，我就不是个男人。"

王东雷挣扎着站起来，强压着怒火："花队长，怎么回事啊？我和你有什么深仇大恨，让你这么恨我？"

"恨你？"花队长上来冲王东雷就是几个耳光："你害死了我的女儿，我要让你给她抵命。"

"什么？你的女儿？花叶？花叶怎么了？"王东雷的脑袋嗡的一声，"花叶怎么了？"

一个粗壮的年轻男人冲上来，对着王东雷的肚子就是一脚，王东雷一个趔趄，差点摔倒。年轻人指着王东雷大骂："你个混蛋！你引诱我妹妹去私奔，结果被我们发现了，在她偷跑出来去找你时，掉到红石河里，去世了。"年轻人一边说，一边又冲王东雷狠狠地踹了一脚，王东雷站立不住，摔倒在地上，头脑中一片空白。

花队长这时倒冷静了一些："姓王的，花叶是因为你才死的。我今天要把你沉猪笼，让你给我女儿陪葬。"

原来，王东雷写给花叶的信，被花队长发现了。虽然从信里没看出名堂来，但他暗暗观察花叶的动向，终于发现了苗头，然后就把花叶锁在了屋里。前天半夜，花叶悄悄从窗户爬了出来，想连夜去找王东雷，结果天黑心慌，失足掉进了红石河里，等到家里人找到她时，人早就没有了呼吸。

花队长的眼睛红了："王东雷，你害得我失去女儿，我也要让你赔我一条命！"

"怎么会这样？花叶，花叶，是我害了你啊！"王东雷忍不住哭出声来，"我该死，我该死。花队长，我认罪，这都是我造的孽。我任你处罚，绝无半句怨言。"

这时，花保管走过来："哼，姓王的，让你死还不容易？今天有两条路让你选择，一是把你打晕了，扔到水库里，就当你不小心落的水，让你死得神不知鬼不觉；另一条嘛，要是你想保命，你就以我们大队社员的名义，去公社做结扎。"

花队长说："王东雷，你这个'反动派狗特务'。你害死了我的女儿，我要让你断子绝孙，让你变成'太监'，省得你再去害人。"

公社从前年起就开始推行计划生育了，去年给红石崖村分配了一个结扎名额，这是硬指标，必须完成，完不成的大队，队长要被免职。但之前，全村人忙于水库建设，这事就拖了下来。后来大坝合龙了，建设任务轻了，所以一过完春节，公社就又开始催了，这次口气很重。但社员们谁也不愿意去，都说男人做了结扎，就成了"太监"了；女人做了结扎，就成了"石女"，再也不能做男女之事了。这是多么可怕的事情啊。

花队长正为这事绞尽脑汁时，花叶出了事故。悄悄处理完了女儿的后事，他却咽不下这口气，但又无法对外声张。女儿半夜出走意外去世，毕竟不是一件光彩的事！花队长有苦难言。

于是，花队长就让本家的兄弟把王东雷骗来，想按照乡俗，把他沉到红石崖水库里喂鱼虾。但花保管拦住了他："花大哥啊，这可使不得。现在是新社会了，旧的一套行不通了。你若把王东雷沉了水库，就是犯了故意杀人罪，你得抵命啊。"

"那怎么办？我死也咽不下这口气。"

"干脆把那小子弄到咱大队来，以咱大队社员的名义，送去公社结扎。一是报复了这小子，让他断子绝孙；二是完成了咱大队的任务，公社也不会为难咱们了。"

花队长考虑了半天，点了点头："就这么办。不过你要安排周密，别中间出岔子。"

花保管阴阴一笑："放心。公社医院里负责结扎的，是我的表哥。我会安排好的。"

面对这样惨无人道的条件，再想想深不见底的红石崖水库，王东雷没有第三个选择。想想满头白发的娘，想想槐米，再想想槐米生的那个和自己何其相像的儿子，王东雷屈辱地做出了选择——他以红石崖大队社员的名义，去公社做了结扎。

红石崖大队的马车把失魂落魄的王东雷送回了家，他们只对槐米娘说了一句"他不小心闪了腰，我们把他送回来了"，随即走了。

一见到娘，王东雷再也忍不住了，哇地哭起来，把娘吓了一跳。问清原委后，槐米娘也哭了："王铁匠啊，我对不起你啊！我连你的根都没保住，害得你绝了后！这以后的日子可怎么过啊。"槐米娘悲愤过度，病倒在床上。挨了一个月，终没等到三月三的春风，便去世了。

临终前，娘把王东雷和槐米叫到跟前，叮嘱道："东雷的事情，除了我，就是槐米你知道了，红石崖村那边是绝对不会声张的。你们答应我，这事对谁也不要讲。东雷还年轻，总得成家立业的，隐瞒了这事，说不定还能遇到适合的人，还能有个人陪伴着过一辈子。"

蒙蒙春雨中，王东雷办完了娘的丧事。一回家，槐米就把全部怒气都撒到了王东雷的头上："姓王的，你个'太监'，你个没有用的男人！你的良心让狗吃了？怪不得你去了水库，一年到头也不回来看我，原来你在水库又勾搭上了别的女人。也活该你自作自受，落了这么个下场。枉我为了你不被批斗，含辱嫁给了小石匠。你害了我，害了我娘，害了我们全家，你是我们家的'丧门星'！你滚，滚得越远越好，永远不要再回梨村，我这一辈子都不想再看到你。你要是不走，我就把你的事在全村张扬，在全公社张扬，让你没脸再活在梨村!"

对娘去世的万分悲痛、对王东雷的爱恨交加，让槐米完全失去了理智，她像变了个人一样，变得刻薄、刁蛮、恶毒。

王东雷无言以对。

这个春夜格外深沉，细雨依旧淅淅沥沥，风吹树摇，梨花带雨满地白。王东雷默默地收拾好爹爹留下来的打铁家什，装到那辆老旧的独轮车上，推起车子，一跌一撞、深一脚浅一脚地，悄悄离开了村子。

二十年前，他和爹就是这么来的；二十年后，他自己又这样走了。

第四章

4 - 1

这次去美国，李大海颇费了一番心思。他先是把美国办事处的部分人员进行了调整，重要岗位都换成了"自己人"，又带着他们把美国的重要客户都走访了一遍。

回国后，在协调处理铸造公司车间生产事故的同时，他又暗中请了中介机构，为他主导研发的几项产品做了知识产权保护，这样，他作为这些专利的第一权利人的地位就更加稳固了。

早在王东雷把刘松山带回西营集团后，李大海就知道，王东雷和他摊牌的时间越来越近了。他必须提前备下万全之策，才能更有力地应对王东雷即将到来的发难。是福不是祸，是祸躲不过。

多年前迈出了第一步之后，他就无法收手了。这些年，他就像象棋里那只过了河的卒子一样，只能别无选择地往前走下去。

前几天，他从美国回来去找王东雷签字时，王东雷曾经意味深长地对他连说了两次"我有数，我有数"，虽然只有六个字，却让李大海的心微微发抖。因为他知道，王东雷肯定"有数"——以王东雷的智商，他要是没数，就不是王东雷了。

几个月前，公司召开董事会，一个董事提出让刘松山担任集团副总裁。如果刘松山担任了副总裁，就意味着和李大海平起平坐了，李大海自然是一百个不愿意。

但在他还没有表态时，王东雷先表态了："这个提议，我认为不合适。去年，大海副总非要推荐我的爱人苏金凤担任集团副总裁，虽然董事会大多数人同意，但我一直感觉欠妥。这次，让刘松山担任副总裁的提议，我依旧感觉欠妥。松山来集团才三年，对业务还不精通，对公司也没有什么大的贡献，还需要对之进一步培养。但鉴于我和刘松山的关系，我弃权，主要还是看大家的意见。"

九个董事中，只有李大海知道，王东雷特别提出了自己举荐苏金凤担任副总裁的原因。他环顾九个董事，王东雷的势力占了五席，而现在王东雷带头弃权，实际上是势均力敌。如果自己不同意，刘松山肯定不能担任副总裁，但自己又不能不同意。因为王东雷的态度已经很明确了：无论是苏金凤担任副总裁，还是刘松山担任副总裁，他都认为欠妥。他不表态，其实是要自己的态度。

李大海暗暗咬了咬牙："王总，我个人认为，刘松山虽然来公司的时间短，但能深入基层，学业务，学管理，成绩很突出。就拿 2035 汽车配件来说吧，原来的成品率不足百分之五十，但在刘松山担任铸造公司总经理后，成品率硬是提高到了百分之八十，并且质量稳定，这在业内都是一个非常难得的数据，这是为企业做出的巨大贡献，所以我同意推荐他担任副总裁。当然，为了保证铸造公司生产经营的有序进行，他最好同时兼任铸造公司总经理。"

李大海说得合情合理，同时也埋下了伏笔：你刘松山虽然担任了副总裁，但只是名义上的副总裁，不能来总部上班，依旧要留在铸造公司工作，短期内也不便进入王东雷的决策核心。这样，也为苏金凤竞选副总裁争取了时间。

有了李大海的话，刘松山顺利成为集团副总裁。但李大海也知道，自己若下次再提名苏金凤担任副总裁，王东雷就不得不同意了——这就是博弈。自己和王东雷博弈了半辈子，但每次总是棋差一着，而现在，眼看就要输掉的棋局，竟因为刘松山的意外事故，突然有了反转的机会。

"刘松山，刘松山。"从前，每念叨一次刘松山的名字，李大海的心就疼一下，他一生的心计，可能都要断送在刘松山身上了。但现在不一样了，刘松山成了废人，所以每念叨他一次，李大海的心就兴奋地跳一下。一片即将覆上头顶的乌云，却被一阵突如其来的风吹散了，怎能不令他欢欣鼓舞？

李大海狠狠地冲王东雷办公室的方向瞪了一眼，甚至还虚虚地挥了挥手，一副斩王东雷于马下的架势：如果不是父亲的意外去世，哪里会有什么苏红卫！如果不是自己的推荐，如果不是哥哥的意外去世，哪里会有什么王东雷！

"请你拿了我的给我送回来，吃了我的给我吐出来，欠了我的给我补回来，啊……嗯……啊……嗯……偷了我的给我交出来，吃了我的给我吐出来……"

李大海突然想唱歌，但他却使劲闭上了嘴。

4 – 2

1978 年 10 月，在萧瑟的秋风中，李大海第一次见到了王东雷。

王东雷推着铁匠车子，悄悄离开了梨村后，一路风餐露宿，辗转流浪。他走的是和二十年前王三铁一样的路，但不同的是：王三铁是来，而他是去。

虽然依旧不知道终点在哪里，但王东雷却清楚，自己和爹爹王三铁不一样。当年爹爹为了躲避时事，有意往偏僻的地方去；但现在，他是想改善处境，就应该往繁华的地方走。

他一路走来，遇到村子，就进去招揽一些打磨农具的铁匠活儿干干，有钱的给点钱，没钱的给点饭。

就这样边走边打听，王东雷来到了西营村。

他在大街上的一个避风处，支好了铁匠炉。叮叮当当的锤声一响，就引来了不少人围观。但奇怪的是，围观的人虽然不少，却很少有人找王东雷锻打铁具。怎么回事？难道这个村里的人种地不用铁具吗？

一个老人对王东雷哈哈一笑："年轻人，和你说，你可是这些年来第一个来我们大队里揽活儿的铁匠啊！你难道不知道我们大队有个机械厂吗？那里最早就是制作铁器的。有了它，谁还找你来锻打铁具啊？你这是'关公门前要大刀'啊。"

王东雷一愣："哦，原来是这样。"看来自己这次又嘴懒了，刚进村时，就应该打听一下的。

老人看到王东雷发愣的样子，四下望望，压低声音问："小伙子，你会铸造铝件吗？"

"铸铝？"王东雷看了看老人，老老实实地回答："我在老家的铁器厂做过工，铸铁铸铝铸铜都会一些。"

老人神秘地说："那就好。我和你说啊，我们村里的铸造厂收了好多废铁废料，废料里经常掺着铝料。这东西铸造又用不上，就被村民们收集起来，想加工成锅子盆子，但铸造厂不给加工。你要是能干了这活儿，我保证你的活儿干都干不过来。"

"哦，还有这样的事？"王东雷高兴地说："老伯，谢谢你的提示，我试试。"

老人说："好，我让人从厂里弄点砂土来。不过，你要找一个偏僻的地方干，这里太显眼了，明白不？要是别人问起来，你可不要说是我出的主意啊。"

"老伯，放心吧，我明白怎么说的。"

老人从家里拿来一个旧铝锅和一个漏了洞的铝盆作为模具，又让人从机械厂里拿了些砂土来，交给了王东雷。

王东雷天生就对铸造有着特殊的天赋，再加上此前的工作经验，所以很快就完成了第一个样品。样品厚薄均匀，无砂眼，无裂纹。老人看后连连称赞："小伙子，就你这手艺，机械厂的老师傅也赶不上啊。"

这一下，引起了社员们的注意。这些年来，社员们都要轮流去机械厂的废料厂帮工，将大件的废料拆解成小件，料上夹带的铜、铝、锡等材料，也要拆下来，分类存放。其中，铝料比较多，用处也不大，好多社员就顺手带回了家。现在，王东雷来到村里铸造铝锅、铝盆，正合了社员们的心愿，大家便纷纷把家里储存的铝料拿出来，让王东雷给铸成用具。王东雷一下子忙起来，干了三天都没干完。

　　这天中午，李大海回到家，看到家里多了一个新铝锅，很好奇。母亲告诉他："街上来了一个小铁匠，会铸造铝锅。我就从家里找了些废铝，让他给铸了一个。早前我多次要你找人铸个铝锅，你总是怕影响不好，不帮我做。看看，这会儿不用你，我也做成了。"

　　李大海下意识地拿起了铝锅，职业性地翻来覆去地看，边看边暗暗赞叹这铁匠的好手艺——不管是细密程度还是形状，都非常好。更难得的是基本没有气泡，也没有蜂窝眼。很像一个经验丰富的老铸工做的活儿。

　　下午上班时，李大海有意绕了一个弯，去看看究竟是谁能铸出这么好的铝锅。

　　直到现在，李大海都忘不了他第一次看到王东雷时的情景：在那个墙角里，王东雷穿着一件满是洞眼的布衫，汗水已经湿透了衣背。他神情专注地把两片砂箱合上，然后打开手电筒，小心地从进水口和排气孔往里查看着。看了一会儿，王东雷又把合好的砂箱打开，俯下身子，噘起嘴把砂箱里的一小粒落砂吹出了箱外，却不小心被扬起的飞砂迷了眼。

　　李大海不禁笑了。王东雷一边揉眼睛一边回过头来，眯着眼看了看李大海，冲他讨好地一笑，又合上模型。李大海看着几个做好的铝锅，赞许地点点头："好手艺啊！"

　　王东雷笑了笑："您过奖了，从小跟爹爹学的手艺，用来混口饭吃。"

　　李大海又笑："但还是不够专业啊。比如，如果不是大片的塌箱，砂箱里小小的落砂，是不用开箱取的，这样如果弄不好会造成塌箱的。"

　　王东雷一愣，看着李大海，不好意思地笑了。

　　李大海说："用沾了水的软毛刷，轻轻一蘸，落砂就取出来了。也可以轻轻一压，把落砂压下去。"

　　"哦。"王东雷恍然大悟："原来是这样啊，我之前干的都是开模的活儿，闭箱的活儿没干过。还是您专业啊！"

　　看着衣衫褴褛的王东雷熟练地做模型、熔铝块，李大海的心一动，随口说了句："你有这技术，还不如到我们厂来干铸工，我们铸造车间正缺技术好手。"

王东雷一怔，停下了手中的活儿："真的？"转而又摇了摇头，"您说笑了。我这技术，哪里行啊？我听人说过，你们的铸造车间待遇好，对人员的要求也高，没有关系的人，根本去不成呢。"

李大海笑了："小铁匠，你是笑话我说大话吧？"

王东雷微微一笑，吐了吐舌头，不再说话，埋下头，又挥舞起铁锹，把型砂锹得啪啪响。

李大海有些恼怒：自己现在是厂里的技术科长，介绍一个技术工人到车间里做工，是很轻松的事。这个小铁匠，太轻看自己了！于是他没好气地说："你个小铁匠，狗眼看人低。你以为我在和你开玩笑吗？你要是愿意，明天就到我们机械厂上班，试用期一个月，满了一个月，你若考核不合格，我们也不留你。"

王东雷惊喜地抬起头："真的？您不是在开玩笑吧？"

这时，旁边走过来了一个社员："小铁匠，这是机械厂的李技术。他让你去，厂里就肯定能收你。你还不快谢谢李技术。"

李大海摆摆手："不用谢，你只要干出成绩来，就是对我的最大感谢了。"其实他还有另一层心机，他始终记着父亲的话，要韬光养晦。他发现王东雷有专业特长，又是外乡人，自己今日对他有恩，日后定能为自己所用，就当是自己提前笼络人才吧。

但凡是花，到了开放的季节，总会自然而然地开放的。就这样，王东雷来到了西营机械厂，来到了铸造车间。在这铁与火的丛林中，慢慢绽放着自己的生命之花。

4-3

熔炉呼呼地响着，铁水从出水口汨汨地流出来，绞车拉着装满铁水的炉包在车间里慢慢运行。王东雷端着小铁包，从大铁包中分倒出铁水，慢慢浇进砂模里。

炽热的铁水灼烫着王东雷的脸，也燃烧着他的心。

王东雷对铁器有着一种与生俱来的喜爱和敏感。任是隔着黑黑的型砂，他也能看到铁水在模型中轻松流动的姿态。他看到铁水轻快地流淌在砂模中，绕行在各个砂芯之间；他看到砂芯红了、燃烧起来了，砂模红了、愉悦地吐着蒸气；他看到白晃晃的铁水在慢慢变黄，又由黄变红、由红变青，最后舒展着在模型中停驻下来，成为新的铁器，在砂模中做起了快乐的梦。

在西营铸造厂，王东雷找到了自己最喜欢干的工作，得以暂时安下心来，而曾经的伤心经历，也被消磨得越来越淡薄。虽然铸造工作又脏又累，但工作生活有规律，吃得饱，睡得安。王东雷的身体一天比一天健壮，工作也一天比一天顺手。

这天，铸造的产品是市齿轮箱厂的一批齿轮。第二天扒开砂模，发现铸件的质量比昨天的还要好一些，成品率差不多达到了一半。车间主任金大牙喜得合不上嘴："伙计们，干得不错！"

"这样的成品率算不错？"王东雷不解地问车间主任金大牙。

金大牙把四颗黄牙一龇："你个新来的，懂什么啊？铸造行业有句话，'铸了仨，坏了俩，一个成品就不错'，我们现在能有这样的成品率，已经很好了！"

王东雷来的时间不长，之前对铸造成品率没有过多地考虑，现在一想，觉得这事不大对头：前期工人们付出的劳动一点也不少啊，翻砂、配料、制模、配芯、浇铸、清砂……费了这么多功夫，结果却产生了这么多的废品。这是多大的浪费啊！

从此，他开始留意铸造加工的全过程，终于发现了导致成品率低的一个重要原因。

他去找金大牙："金主任，我觉得成品率低与铁水的温度过高有关。"

金大牙一时摸不着头脑："你小子懂什么啊？我们这么些年就是这么过来的。铁水温度若是低了，那么不等你把铁水倒进模型里，它就凝固了，还怎么浇铸啊？"

王东雷摸了摸后脑勺："金主任，我发现铁水的温度越高，流动得就越快，在砂模中凝固的时间也越长。我们模型的抗高温性能不强，很有可能在铁水凝固前就发生变形、破裂，从而影响了铸件的质量。"

"你小子有什么根据吗？"金大牙很不屑地问。

"我留意过，用刚出炉的铁水包里的铁水浇铸的，废品率相对较高。而最后浇铸的，成品率要高很多。"

"是吗？"金大牙来了兴趣："想不到你小子还很有心。这样吧，今天铸造时，我专门拿出两包铁水，等温度稍稍降下来再浇铸，试试效果。"

这一批铸件的成品率竟然高达六成。这下子，车间沸腾了，连厂长苏红卫、副厂长李大江都被惊动了。眼前的这个黝黑朴实的小伙子，双眼间闪烁着聪慧的光芒，苏红卫心里没由来地有些喜欢。他详细询问了王东雷的经历，又问："东雷啊，你说，我们接下来应该怎么办？"

李大江插了一句话："东雷，你大胆说，你说怎么办，我们就怎么办！"

苏红卫斜了李大江一眼：这个女婿，人虽憨厚、能干，但就是有些笨拙，如果他能有他弟弟李大海一半的机灵，自己就可以重点培养他了。所以，李大江虽然是副厂长，但干的还是一些具体的事务工作。看来，他的培养价值不大啊！

王东雷说："我琢磨着，一是降低浇铸时铁水的温度，再就是提高砂模的耐高温性。砂模的进水口，可以从一个大口改成三个小口，这样不仅能提高铁水的浇铸速度，还能使铁水浇铸得更均匀。"

一试，效果大好。苏红卫又对相关流程进行了一下调整，使齿轮铸造的成品率提高到了七成，连齿轮箱厂也对他们的铸造质量给予了表扬。

王东雷小荷初露，苏红卫对他也愈加关注。春节过后的一天，苏红卫把王东雷叫到办公室，问道："你对我们现在的铸造工艺和技术，有什么看法？"

王东雷悄悄地看了苏红卫几眼，低声说："当年我爹教我们化铁水铸造铁件时，都要在铁水中加上石墨等一些添加剂，说这样不容易出废品。对这，我没研究过，也不知道其中的原理，但我感觉现在的铸造工艺，还是土方法，这样下去不是长久之计。我个人的建议是，我们在自己解决这些问题的同时，还得多请些有经验的技术人员，给我们提供技术上的指导。"

苏红卫叹口气："最初建厂时，我们也从一些铸造厂退休的技术人员中请了几个老师傅来做指导，但之后随着'运动'的到来，他们都吓跑了。我们现在的技术，还是当时那些技术人员留下的，现在的齿轮箱厂，也只是提供给我们一些配件加工的技术指导。目前看来，我们的技术力量全靠大海一个人撑着，明显跟不上发展需要啊。"

王东雷说："现在的形势和过去不一样了。我们再去一些企业打听一下，肯定有人才愿意来的。"

苏红卫点了点头："是啊，党的十一届三中全会上提出要将全党工作重心转移到社会主义现代化建设上来。我还听说，下一步要为一些过去挨批斗的人平反，还要给改造好的'四类分子'等人进行'摘帽'，这些人以后就全都是社员了。"

"真的？"王东雷摸摸自己的脑门，暗想：这么说，也要为我平反了？我再也不是"反动派坏分子"了。这时，他突然想到了花叶，心口一阵阵刺痛。

苏红卫诧异地看了王东雷一眼，王东雷不好意思地一笑："苏厂长，您接着说。"

苏红卫吸了一口烟："从当前的形势判断，我们机械厂正面临着一个全新的发展机遇。所以我们现在就应该做好两手准备，一只手抓技术——要实现'四个现代化'，科学技术现代化是基础啊，抓不好技术，就没有质量；另一只手抓产量——没有产量，就没有效益。"

王东雷搔搔后脑勺："苏厂长，您说得对，我全听您的。我一直就想，我们铸造行业，不管到了什么时候，都得把产品质量提上去，不然一切都是零，甚至是负数。"

苏红卫一愣："负数？"旋即又高兴地说，"对，说得对，和我想到一块儿了。"

4 – 4

苏红卫想到了前几年在这里下放劳动的张工程师，好多年与他没联系了，不知道他现在还在不在冶金公司，还能不能联系上他。

李大海说："要我说，这事您现在还没必要亲自去，咱先给省冶金公司写封信，把情况说明白，就说张工程师当年下放劳动时所在大队的社员们想他了，想打听一下他的情况。只要张工程师还在那儿干，就应该能联系上。"

苏红卫采纳了李大海的建议，寄去了一封信。别说，还真的联系上了。原来，张工程师已经退休了，但又被公司返聘了，现还在老岗位上班。

苏红卫专程去了一趟省城，带回来一个大喜讯："张工程师同意在技术上支持我们，并建议我们大队再建一个加工厂，他帮我们买几张二手车床，先为他们的下属公司加工一些简单的配件，打打基础，以后再慢慢发展。同时，答应帮我们培训几个技术人员。"

在苏红卫的提议下，李大海和王东雷作为首批培训学员，一块儿去了省城张工程师那儿。王东雷被安排到车间，在铸造车间待了三个月，又在加工车间待了三个月，一边工作，一边学习。王东雷有基础，头脑又灵活，很快就掌握了要领。李大海则被安排到了技术部，学习质量标准控制和模具研发。李大海人聪明，上学时成绩就好，到了省城，更是认真学习、刻苦钻研，技术水平得到了大幅度提高。

半年的时间很快就过去了，王东雷和李大海学习结束回来了。苏红卫专门把他们两个叫到自己家吃饭，一来算是接风，二来是了解一下他们的学习情况。

苏金凤见爸爸带着李大海和王东雷来到了家里，不由悄悄地和李大海交换了一下眼神，又看了王东雷几眼，很是纳闷：爸爸从来没请过厂里的职工来家里吃饭，今天是怎么了？此前，她听爸爸说过几件与王东雷有关的事情，对王东雷有些好奇，但现在看上去，也不过是个很普通的车间工人，与李大海比起来，少了几分灵气，多了几分拘束。

那边，李大江早在厨房里忙活开了，不一会，就做了几样菜。苏红卫一边吃饭，一边听他们两个讲学习期间的故事。

哥哥是这里的上门女婿，李大海对这里熟门熟路，他眉飞色舞，边吃边讲。李大江见状皱皱眉头，悄悄捅了李大海一把："大海，让东雷也讲讲吧。"

李大海心里好像有一个小本子，悄悄地记录着王东雷在西营机械厂中的每一步：他解决了铸件的质量问题，他在铸造车间进行了技术革新，他被提升为铸造车间技术员，这次他被选送去省里学习……

李大江对王东雷也非常赏识，但他的赏识，与李大海的赏识并不是一回事。李大海对哥哥则是恨铁不成钢。这个呆子，给苏家当了上门女婿，还真以为自己姓"苏"了，被苏红卫像牛一样吆来喝去，他自己也像牛一样勤勤恳恳地为厂里工作。哪里累，就跑去哪里，哪里苦，就冲向哪里。

李大海说："哥，你每天这么拼死拼活地干，就没个理想？没个目标？"

李大江乐呵呵地一笑："厂子效益好了，工资高了，村里利润多了，就是目标啊！怎么？不对吗？那你说说你的理想和目标是什么。"

李大海盯着哥哥，一字一顿地说："我的目标是当厂长。"

李大江瞪大了眼："你，当厂长？"

李大海郑重地点点头："对！哥，你别忘了，这个厂子的今天，是咱爸用命换来的。苏红卫不过是暂时替咱爸当一会厂长，早晚有一天，这厂长的位子会是我的。"

李大江哈哈大笑，伸手摸摸李大海的额头："你小子也没发烧啊，怎么说胡话呢？"

"胸无大志。"李大海白了李长江一眼，走开了。

王东雷喝了一杯酒，话题也放开了，便将自己来到机械厂前后经历的事大体说了一下，当然，他略过了自己感情上的事情。苏红卫拍了拍王东雷的肩膀："看来，还得感谢大海这个'伯乐'啊！小王，过去的事就让它过去吧，在这里好好干，过几年，你回你们老家把户口迁到我们大队来，就在这里落户吧。"

李大江说："我再告诉你们一个好消息，最近，地委提出了'下半年集中力量抓国民经济'的号召，我们厂又迎来了扩大业务发展的好时机。并且，张工程师帮我们联系了一个机械加工厂，以接近废铁的价格，购买了他们淘汰下来的二十张车床。我们厂已经成为市齿轮箱厂的主要配套厂家，我们的业务，也从以铸造为主转型为铸造和机械加工并重，跨出了生产转型的关键一步。"

看到三个年轻人谈得热火朝天,苏红卫越听越高兴:"好,好!年轻人,有出息!现在咱厂的近百号人中,就你们三个人既年轻,又有文化,还懂技术,以后你们就是我的左膀右臂了。好好干,这个厂子早晚是你们这一代的。"

之前,李大海一直是苏红卫厂长最器重的年轻人。听哥哥说,厂里已经把他列为重点培养对象。若按这趋势发展下去,李大海的理想和目标,是很可能实现的。但现在看苏红卫对王东雷的热乎劲儿,这事情可就有些不确定了。

看李大海闷在一边不说话,苏红卫说:"大海,怎么闷着头不说话?来,喝酒喝酒。"

酒过三巡,苏红卫突然问李大江:"大江啊,你和金凤结婚都三年了,怎么还不要孩子啊?一直催你们,你们总说不急,到底怎么回事啊?你妈妈还等着抱孙子呢。"

苏金凤嘴一撇:"爸,看你。"

苏红卫瞪了苏金凤一眼:"怎么?你们不着急,还不许我问问了?"

李大江忙插话:"爸,此前我刚当了副厂长,事情多,怕要孩子影响工作,没就急着要。现在厂子发展得这么好,我工作压力也小了,我们马上要,马上要。"

苏红卫满意地一笑:"这就对了嘛。"他突然转向李大海:"大海,有对象了没有?"

李大海一愣,不等他回答,苏金凤在一边说:"没有啊。为这事,我婆婆都找过我好几次了,爸,你要有合适的人选,就给大海介绍个呗。"

苏红卫哈哈一笑:"好,别说,我还真的有个不错的人选,供销社孙主任的侄女,我去给他们送货时见过,人长得俊,也老实,我看很适合大海。"

李大海手一歪,明明是要往嘴里送的半杯酒,却倒在了腮帮子上。

王东雷打趣地说:"看李科长高兴的,都不知道怎么喝酒了。"

李大海猛地把酒杯一蹾:"王东雷,你自己的事还没弄明白,你管我的事干什么啊。"然后对苏红卫说:"厂长,我还年轻,不急,不急。"

4 – 5

1981年的春天，比往年要暖和一些。刚进三月，桃花杏花就争相开放了。这时，王东雷已经是铸造车间的主任了。

这天，苏红卫把王东雷叫到办公室："东雷啊，你来咱们厂快三年了，我想，既然你梨村的家里已经没有和你有血缘关系的亲人了，你就回去把户口迁到这里来吧。"他拿出一张介绍信，"看，这是大队和公社开的介绍信，反正早晚要办，你就早回去办了吧。"

王东雷迟疑着，木木地接过了介绍信。

苏红卫慈爱地说："东雷啊，我和你说过很多次了，咱们厂是社队企业，你的户口不在这里，好多待遇你都享受不到，甚至提拔你担任车间主任，我都得多费好多心。你要是把户口落到大队里，就是社员了，就可以和我们享受一样的待遇了。你比大江小一岁，比金凤大一岁，都二十八岁的人了，也该成家了。"

是的，自改革开放以来，机械厂的效益好了，大队社员也享受到了实惠，每月都要分油、面、鸡蛋等，逢年过节，还要按人头分钱分物。但王东雷户口不在这里，自然享受不到。

其实，他对这些并不在意。现在的他孑然一身，无牵无挂，也没有成家的想法。他知道自己是做过结扎的人，就算结了婚，也生不了孩子，那结婚又有什么意思呢？再说，只结婚不生育，这日子也过不下去，早晚还得散，这样的例子，他耳闻目睹的已经不少了。

但他想了想，苏红卫说得也在理。自己这个年龄了，能把户口落到这里也不错。西营村离地委驻地只有三十公里，交通方便，地理位置好，比梨村富裕，就算自己单身一辈子，晚年也不至于穷困潦倒。

于是，王东雷决定回梨村把户口迁到这里来。

当年，自己在初春时离开了梨村，现在又到了春天了。算起来，离开梨村已整整三年了，也不知道梨村有了什么变化。

王东雷先坐公共汽车去了县城，又坐上了通往梨村所在县的长途客车。又破又旧的小客车，竟然挤上了近三十个人，王东雷真怕这车走着走着会突然走散了架。车在尘土飞扬的沙土路上时快时慢地晃了四个小时，终于到了终点，挤下车时，已是下午两点。

王东雷打听了一下去梨村的路，还有二十多公里。这个时间，已经没有到那里的公共汽车了，要去的话，只能挤三轮车了。

一辆破旧的巨力柴油三轮车，后车厢上一边架了一块长木板当坐凳，人须面对面坐着——这就是去梨村的"敞篷客车"了。

三轮车主是个四十多岁的中年人，黑红的脸上长满硬硬的胡须。他斜了王东雷一眼："去梨村，只能走到三岔口。"王东雷知道三岔口，那里距梨村还有五六里地。

"你多走点路送送我行不？我给你加钱？"

"加钱也不去，前两天下雨，路被冲得走不了车。"语气生硬，一点也没有商量的余地，"坐不？要坐就先交钱，五毛，不交钱就不给你留座。"

王东雷交了钱，爬上了车厢。一会儿，又来了一个坐车的，也爬上了车厢。等了一个小时，车还是没动。王东雷问："师傅，你几点发车走啊？"

"你急个毛啊！再等会儿。我什么时候想走了就走。"

坐在王东雷身边的一个中年人说："小伙子，城里来的？第一次坐这样的车吧？别急，这种车攒不满人是不走的。"

等到快四点半了，三轮车才扑通扑通地启动了，一路摇摇晃晃地向梨村驶去。行了十几公里，又拐过一个弯之后，就到大柳树公社了。过了大柳树公社，王东雷对前面的路就有印象了——这是梨村通往大柳树公社的必经之路。

王东雷的心有种莫名的悸动，压在心底的往事被这条路一丝一丝地勾了起来。当年，自己的爹爹王三铁就是推着独轮车，沿着这条路来到了梨村。后来，自己又推着那辆独轮车，载着爹爹留下来的铁匠家什，沿着这条路离开了梨村。今天，自己又要沿着这条路回梨村了。这一条弯弯曲曲的路啊，来来去去，承载了多少悲欢离合？上演了多少故事传说？这世界真奇妙啊！

三轮车颠颠晃晃，终于来到了三岔路口。王东雷从三轮车上下来，感觉身子还像在车上一般晃动不止。他摇摇晃晃地走着，脚下的路被雨水冲得坑坑洼洼，原先埋在沙土下的青石都露出了头，龇牙咧嘴地咬着他的鞋底板。

深一脚浅一脚地，王东雷终于来到了梨村。这时，天已经暗下来，村里还没有通电，灰蒙蒙一片。路还是那样的路，房还是那样的房，街依旧窄，巷依旧曲，好像王东雷离开这个村子的三年间，这村子停止了生长。除了路边的树看上去高了一些外，其他的一点也没有变化。

4 – 6

王东雷摸到自己家的院子，这里的变化倒很大。原来三间低矮的草房，已经坍塌了一半。院子里养了一群羊，见有生人进了院门，便咩咩地叫着，不安地骚动起来。

王东雷想到过，自己离开了三年，房子可能会破旧，但没想到会坍塌成这样，想再在这房子里住是不可能了。他一时不知如何是好：今晚到哪里去住呢？去槐米家？

他着实不愿意去槐米家。自从和槐米有了几个晚上的厮混后，他就陷入情感复杂的回味和自责中。一方面，他会回忆起自己和槐米从小到大的经历，甚至他们在一起时的激情与欢乐；一方面，他会迁怒于小石匠用可恶的手段抢走了槐米；同时，他也自责自己的不坚定，和槐米做出了越轨之事；甚至，他还迁怒于槐米的轻浮，都已经嫁给小石匠了，却还要挑逗自己，让自己无颜面对娘，故而长期住在水库工地，以致有了后来的一系列事情。

他正胡思乱想着，一个人影影绰绰地走了过来，粗壮的身材，却走得无精打采，远远就叫："别进羊圈里去啊，这么晚，羊也要睡觉了。"

听声音，像是小石匠。王东雷还以为听错了，想再听听时，那人已经走到了跟前，果然是小石匠。

小石匠倒没有认出王东雷来："你是谁？在这里干什么啊？"

王东雷不得已，才说："石匠，是我，东雷。"

"啊？"小石匠大吃一惊，围着王东雷转了两圈，"你是东雷？你真的是东雷？你是孩子他舅？"人接着扑过来，抓住了王东雷的胳膊："东雷，你果然没有死啊。你一走，三年没个信儿，村里人都说你在外面出了事，回不来了。要不是槐米拦着，村里都想给你把户口销了呢！天老爷啊，万幸啊，万幸。走，走，咱们回家，回家。"

王东雷很奇怪，三年不见，小石匠怎么没有原来的那股彪悍劲了，倒有些婆婆妈妈的味道了。

小石匠家，还是原来那四间草房，样子一点也没变。时间在梨村，像是凝滞了一般。屋里昏黄的煤油灯下，三个孩子正围着桌子，一边抢夺着一个盛着青菜的碗，一边大口地吃着窝头。

小石匠老远就叫："槐米，槐米，快看，快看谁来了！是东雷，孩子他舅回来了！"

灶台前忽地站起一个人来，几步就跨出了屋门，奔到王东雷面前，直直地看着王东雷。在入夜前的余晖里，眼睛一闪一闪，好长时间说不出话来。

王东雷脸上浮着复杂的笑意，也看着槐米不说话。几年不见，槐米老了许多。原先光滑的脸已然暗淡无光，身子愈发削瘦，原先凹凸有致的身材也变得僵硬呆板。

沉默了一会儿，槐米才一把抓住王东雷的手："哥，真的是你？你终于回来了，你终于回来了。"然后槐米一抹眼睛，"石匠，快去炒个菜，陪咱哥喝上几杯，说会儿话。"

然后她又松开手，围着王东雷转了好几圈，长长地舒了一口气，嘴里一个劲儿地念叨："回来就好，回来就好。"

王东雷把买来的点心放到饭桌上，三个孩子呼地扑过来抢。槐米说："大麦，松山，小路，不许抢，快过来叫舅舅。"

脏兮兮的三个孩子围过来，仰着脸冲王东雷叫舅舅。王东雷一边答应，一边仔细看三个孩子：那个女孩叫大麦，是槐米的第一个孩子，应该五岁了，活脱脱小石匠的模样；那个松山，三岁多了，跟在大麦身后转来转去。王东雷突然一震：怎么这孩子身上有自己的影子？再仔细看，虽然分明可见槐米的样貌，却总有自己切身的东西时隐时现。

"哥，坐，坐。"槐米递过一个凳子来。王东雷屁股刚沾到凳子，槐米就急切地问："哥，三年了，这三年你到哪里去了？当年怪我，我不应该骂你，我要是不骂你，你就不会半夜三更地悄悄推着铁匠家什走了。都怪我，当年咱娘去世时，我太伤心，说话也没个数，得罪了你。哥，你别怪我啊。你走后，我想去找你，但你看我这拖儿带女的，也没地儿去找你。这次回来，就不要再走了啊，在家里好好过日子吧。"

王东雷苦笑一声："槐米，都是哥不好。哥当年也是迫不得已啊，要是不走，可能还有更糟糕的事情落在我身上。还好，我在外面遇到了贵人，这几年日子过得还行。"王东雷简要地把自己一路打铁流浪，后来到了西营机械厂的经历向槐米说了一遍。

这时，小石匠炒了一盘土豆丝、一盘豆角，端到了桌子上。三个孩子又凑上来抢，槐米一脚一个，把三个孩子踢开："去去去，快睡觉去！我要和你们舅舅说话。"

王东雷这才定下心来细看槐米。任灯光昏黄，却依旧能看得分明，她原来粉红的脸盘变成了紫红色，额头眼角上竟然有了很密的皱纹，脸上的皮肤也没有了当年的光泽，唯有一双眼睛，还如当年一般闪着亮光。

岁月啊，才几年的时间，就把一个光鲜的姑娘磨成了个这副样子。

小石匠慢慢靠过来，依着桌子角坐下，讪讪地笑着："哥，多吃点。年前，咱大队作为公社的第一批试点，实行了'包产到户'，日子比过去好多了。今天时间急，就先凑合着吃点。等明天中午我到集上，多买点好吃的，再好好招待招待你。"

王东雷轻轻舒一口气，看到他们的日子比过去好了，自己心里也舒服些。这时，槐米说："石匠，你今天晚上去羊圈那儿睡，让哥睡这边，我要和哥好好说说话。"

小石匠没说话，低了头转身走了。

三个孩子早躲进了西厢房里，争抢着王东雷带来的点心和糖果。王东雷向槐米讲述了自己这三年的经历，槐米也断断续续地把这三年梨村发生的事讲了一下。这当口，三个孩子都睡着了。槐米的头慢慢地伏在了王东雷的肩头上："哥，都是命啊！我们原本应该是一家人的。想想看，当年要不是该死的小石匠，我们会是多么好的一家人啊，你下地，我持家，子女成群。唉，该死的小石匠！好在上天有眼，他也得到报应了。"

王东雷疑惑地问："槐米，小石匠的身体好了？"

"身体？"

"我记得多年前，娘说石匠吃了你去姥姥家拿的偏方抓的药，治好了身体了。"

"哥，不说这些了。不早了，你歇着吧，有事明天再说。你这次回来要住几天？"

"槐米，我这次回来是想把户口迁到西营村。明天我想去大队开证明，接着到公社办手续，可能要在村里住上三五天，不过，也许过些天还会回来的。迁户口这事，总得来来回回跑上几趟吧。"

"嗯。"槐米听后，脸色一下暗下去，好长时间没说话。半晌，槐米问："哥，当年听说你被结扎了，那时我也不懂，还以为你成了'太监'。后来才知道，那都是不懂事的人瞎说的。结扎与'太监'没关系的，是不是啊哥？"

"槐米，那都是过去的事了，不提了。"王东雷略略有些尴尬。

槐米的脸舒展开来："就是啊，哥，我就想肯定不会那样的。"槐米的脸上突然浮出了羞涩："哥，还记得我陪着你的那些日子吗？"她的手慢慢摸向了王东雷的胸膛，在王东雷的胸前摩挲着："哥，你比以前结实了。"

王东雷轻轻握住了槐米的手："槐米，天不早了，睡吧。我到西厢房和孩子们挤一挤。"

"不，哥，你到东厢房吧，我们一块儿睡。"

"不行，槐米。孩子都这么大了，我们不能再那样了。"

"哥，怎么，你真的成'太监'了？"槐米的手往王东雷的下身摸去。

王东雷生气了，一把捉住槐米的手，声音有些严厉："槐米，注意你的形象，不能这样的。"

槐米一下子扑进了王东雷怀里："我怎么了？我怎么了？你一去三年没音

信，你知道我受的累吗？你知道我吃的苦吗？难道让你安慰一下我也不行吗？"

王东雷坚决地推开槐米，声音缓下来："槐米，我知道你不容易，但那都是过去的事情了。那时我们都年轻，不懂事。现在你是三个孩子的娘，应该注意一下了。以后孩子们长大了，要是知道你现在的样子，会看不起的！"

"呸！王东雷，还轮不到你来教训我，随便你吧！"槐米突然变了脸，走到西厢房，把大麦抱到东厢房，和大麦一块儿睡了。

4 - 7

王东雷来到西厢房，挤在松山和小路两个孩子中间，一会儿就睡着了。坐了一天车，又走了七八里山路，他真的累了。

早上，他被一双小手摸醒了。睁眼一看，太阳已经老高了。摸他的是松山，那双似曾相识的眼睛，在静静地盯着他，清澈得如一泓湖水。

槐米到责任田去了，大麦、小路跟着小石匠去放羊了，留下松山在家里陪着王东雷。

看王东雷醒来，松山把脸凑上来："你为什么是我舅舅？"

王东雷笑了："因为我是你娘的哥哥啊。"

"那你从哪里来？"

"我从很远的地方来。"

"那你是怎么去的很远的地方？"

"我从咱们梨村去的，我走的时候，你才这么长呢！"王东雷随手一比画。

"哦，那你再走的时候带着我吧。我娘说，要是我愿意，就让你走时带着我。"

王东雷看了看这双安静的眼睛，里面透着秀气，透着羞涩，还透着某种让自己心动的东西。他突然想到了自己和槐米的那些疯狂的日子。难道？但转念又想，不可能的，如果真的有这事，槐米怎么会不和自己说呢？

王东雷拍拍松山的头："等你长大了，我就带你到我们厂去上班。"

松山伸出手指:"那,我们拉钩。"

松山的脸洗得白白的,身上竟然换上了一件看上去很新的衣服,小手也洗得很干净,纤细修长,像女孩儿的手。

王东雷的手和松山的手拉在一起,一种异样的感觉沿着王东雷的手指,一股股地向他的心头涌来。强烈的悸动感,让王东雷的呼吸急促了不少。

王东雷定定地看着松山,那双清澈的眼睛几乎模糊了他的神智。他使劲儿从迷乱中挣扎了出来,平定了一下心跳,故作轻松地说:"好的,松山,我们就这样说定了。你去地里找你娘吧,我要出去办点事。"

桌上有槐米给王东雷留的饭,王东雷简单地吃了点,就起身往队长家里走去。

小石匠的大伯早就被撤了职,新任的队长也姓刘,按辈分,王东雷得叫他叔。刘队长和王东雷寒暄了一阵子,得知了王东雷的大体情况后,高兴地说:"东雷啊,你现在有出息了,我也就放心了。不管怎么说,当年我也和你爹王铁匠喝了不少酒,要是你过得不好,我也愧对你爹啊。现在好了,你有了安稳的工作,这会儿把户口迁过去,我也赞成。事不宜迟,我今天就和你去公社,把手续办一下。你会骑自行车不?"

王东雷说:"我会,我们厂里就有自行车,出门办事经常骑呢。"

"好,那你骑车带着我,我们一块儿去公社。包产到户后,粮食产量一年比一年高。去年,咱村超额完成了公社的公粮任务,公社奖给大队一辆'大金鹿'自行车,就我一个人会骑呢!"刘队长坐在自行车后座上,自豪地向王东雷说。

两个人边走边说,刘队长也把槐米的情况向王东雷大致交代了一下:"东雷啊,小石匠算是毁了。他那年被牛伤了腰以后就干不了重活了。一家子里里外外都靠槐米撑着,也真难为槐米了。听说,小石匠那男人家伙也不中用了。这槐米年轻,熬不住,就和其他的男人来往,这不,大麦之后又有了松山、小路。唉,这也不能全怪槐米,她还不到两岁,爹就被大树砸死了,她娘守了五六年寡,才遇到了你们爷俩。你说,槐米这么年轻,她怎么能守得了活寡呢。"

　　前面是个上坡，路边有棵树。王东雷说："叔，我们在树下休息会儿吧。"

　　两个人坐下来，刘队长问："对了，东雷，听说你被红石崖村的老花给祸害了，逼你去动了手术。有这事？"

　　王东雷心里咯噔一下："叔，没，没这事。当时他们把我弄了去，打了我一顿，逼着我离开咱村，不然就上门祸害我全家。我是实在没办法，才连夜走了。"王东雷把脸扭向一边，不敢看刘队长的脸。

　　刘队长舒了一口气："哦，没有就好，没有就好。你正当年，找个好姑娘成个家吧。'人活一张脸，树活一张皮'，等有了孩子，你一定带回来让乡亲们看看，也好堵上他们的嘴，给你自己正名。"

　　王东雷重重地点点头："叔，我听你的。"话说得虽硬气，心里却是虚虚的。说话间，两人又启程了，只用了大半个小时，就到了公社派出所。刘队长和派出所的赵户籍很熟，很顺利地为王东雷办好了证明材料。

　　中午，王东雷找了个小饭馆请刘队长吃饭。两杯景芝白干落肚，刘队长的话就多起来，但话题却一直没有离开槐米和小石匠。

　　"唉，东雷啊，按说，这是你们家的私事，我不能说三道四，可这槐米是越来越过分了。一开始，小石匠他大伯当队长，槐米还偷偷摸摸的，后来小石匠他大伯被撤了职，槐米就无所顾忌了，直接让小石匠去羊圈里睡，她自己在家里睡，晚上院门从不上锁。她怀第一个孩子还不到五个月，小石匠就伤着了，你说，她后来的孩子是哪里来的？"

　　王东雷有些意外："叔，槐米不会是那样的人吧。"

　　刘队长侧着脸看了王东雷一眼："东雷，你别多心。其实这也难怪啊，这两年包产到户了，别人家有男人，身强力壮，运肥浇水，地侍弄得好，打的粮食就多。但小石匠身体毁了，不能干重活，槐米一个人带着几个孩子，地里的活干不过来，就着急，就求人来帮忙。但哪有白求人的？三求两求，就发生了这样的事情。"

　　刘队长又喝了口酒："不过，我这里倒想多句嘴。东雷啊，我怎么听村里人说，松山是你的娃啊？我想，这怎么可能呢？虽然你们不是一个爹娘所生，但毕竟是名义上的兄妹啊，对这事，你心里可一定要有个把量，别弄出什么乱子来。槐米和别人不清白，那是她自己的事，要是和你有什么说不清的事，会让全大队的老少爷们脸上都无光啊！"

王东雷的脑袋嗡地一下，刘队长的话，正说中了自己心中的迷惑。想到自己第一眼看到松山时的震惊，想到今天早上竟然是松山在家里陪自己，还穿得那么干净，想到松山的那些话，难道这是槐米在暗示自己？可自己还没结婚，在厂里的发展势头正旺，如果现在槐米非让自己把松山带回去，那会造成什么局面呢？

刘队长还在东家长西家短地说着，王东雷却一句也听不进去了。好不容易一瓶酒见了底，刘队长也关上了话匣子。

王东雷对刘队长说："刘叔，是这样，我厂里有重要的事，我今天下午必须赶回去，所以就不回梨村了。我这里有二十块钱，就当是我孝敬您老的，我户口的事情，我就不再回来跑了，您老就帮忙帮到底，办好了给我寄去吧。我这会儿赶公交车去县里，晚上就能回到厂里了，您就自己骑车回去吧！"

就这样，王东雷匆匆结束了梨村之行，赶回了西营机械厂。回去想了想，又给槐米写了一封信，圆说了自己那天为什么急着离开，并寄去了五百元钱。之后，王东雷隔段时间就给槐米寄些钱，有时也写上一两封信，简单问候几句。但槐米从来没有回信，也从没有联系过王东雷。

王东雷知道，槐米记恨着自己。他叹一口气："恨就恨吧。爱有爱的理由，恨也有恨的理由。没有爱，哪来的恨啊。"

第五章

5 – 1

社队企业办公室的干事小周，拿着国务院刚下发的《国务院关于社队企业贯彻国民经济调整方针的若干规定》文件，来找苏红卫。

小周干事说："苏厂长啊，国务院针对社队企业的发展，专门出台了文件，对社队企业给予大力支持。你可要抓住这个机会，加快发展啊。"

苏红卫接过文件，边看边读了出来："社队企业对于利用当地资源和发展地方经济，安排农村剩余劳动力，巩固壮大集体经济，增加社员收入有明显作用；对于逐步改变农村和农业的经济结构，支援农业发展，促进小集镇建设，起到了积极作用；对于发展商品生产，活跃市场，扩大出口，增加国家财政收入做出贡献。社队企业已成为农村经济的重要组成部分，符合农村经济综合发展的方向……"

他兴奋地一拍大腿："我们大发展的时机终于到来了。"苏红卫马上召开了骨干会议，研究贯彻意见。

王东雷说："苏厂长，我这些天仔细考虑了下一步的发展。虽然眼下我们的铸造质量相对稳定，技术水平越来越高，机械加工能力也有了，但产品依旧不行。喏，我们现在加工的齿轮，技术含量低，利润也不高。同样的成本，我们为什么不用来加工点技术含量高的产品呢？我前几天跟着货车去齿轮厂送货，顺便和他们的车间主任聊了聊，听说他们从市内燃机厂聘请了几个退休的老技术人员，帮助他们搞研发。我们是不是也向他们学习一下？"

苏红卫考虑了一下："这倒是个好办法。不过，我和他们没有接触，你有认识的人吗？"

"我问了齿轮厂聘请去的一个老技术人员，听说市内燃机厂铸造车间的徐工刚退休。他和原来车间主任的私人关系不好，坚决不答应返聘回厂，好多企业都想聘请他。我都打听清楚徐工家的住址了，要是您有想法，我们就早去找他，免得晚了被别人抢走了。"

苏红卫说："就是不知道人家愿不愿意来。"

王东雷说："我打听了，徐工曾经跟着张工程师学习过，对张工程师尊敬着呢。我们找张工程师帮着做做工作，问题应该不大。"

苏红卫一拍大腿："说干就干。"他转头对李大江说："大江啊，你明天和东雷一道，去省城拜访一下张工程师，一则向他汇报一下我们厂子最近的生产经营情况，二则让他帮着做做徐工的工作。"

一个月后，徐工来到了西营机械厂。之前，他已经来厂里考察了几次，对厂里的生产情况也算心中有数了。

正式上班的第一天，他就在厂务会上提出来："市内燃机厂原来的主打产品是6160柴油机。我听说他们今年要上新项目，想把6160柴油机的大部分配件生产委托给外面的单位代加工，他们只负责生产主件和装配。我感觉这是个好机会，只要我们的设备能力和技术力量跟得上，我就能从内燃机厂里争取一些加工指标过来。这样，我们产品的技术含量提高了，利润率也会跟着提高。只是我们的设备太陈旧了，如果能更新设备，就好办了。"

李大江说："徐工，我们也想进一些新设备，特别是熔炉。不怕你笑话，我们现在的熔炉还是'大炼钢铁'时建的呢，都用了二十多年了。但我们打听了，换新炉投资很大，虽然我们厂这两年有了点盈利，但一把也拿不出那么多钱来啊。"

徐工说："市内燃机厂有一台熔炉要淘汰换新的，虽然是淘汰品，但也比你们这个先进不少。不过由于他们正在开发新产品，资金紧张，所以对这个淘汰熔炉的出售概不赊欠。你们先想办法解决资金问题，我帮你们留意着，他们一旦进行更换，你们就去买过来，肯定合算。"

苏红卫叹了口气："事情是个好事情，就是钱的问题怎么解决呢？"

李大海说："苏厂长，徐工，这事还巧了。我前几天遇到一个供销社的熟人，他问我咱们厂库存的铁锭和废铁多不多，说市内燃机厂想扩大生产，但现在原材料紧张，想通过县供销社，从一些厂子转购一些。现在，内燃机厂想把这个熔炉卖成现金，我估计也不容易。规模大点儿的厂子，会嫌这设备老，而一些需要这设备的小厂子，又拿不出那么多的现金。我们厂虽然也没有这么多钱，但我们这几年库存积攒了好多的原材料，特别是去年铁路线改道，有两个小火车站被拆除了，我们从中收购了大量的废旧钢铁，库存充足。能不能这样，我们先付他们一部分现金，再用我们的库存材料和他们兑换。他们要扩大生产，肯定急需原料，我们和他们好好谈谈，应该有机会的。"

这倒是个大胆的想法。苏红卫和徐工交换了一下眼神，兴奋地一拍大腿："大海，关键时候还是你有主意啊！好，这事就安排你去落实，只许成功，不许失败。"

凭着李大海的三寸不烂之舌，西营机械厂终于和内燃机厂达成了购买熔炉的协议：一半付现金，一半用原材料抵交。但李大海同时附加了一个条件——内燃机厂要负责指导熔炉的拆移安装工作，同时提供技术指导；并且，在熔炉正常运转之后，内燃机厂要把西营机械厂定为配套生产厂家之一，协助和指导西营机械厂的生产工作。

很快，熔炉就安装好了。有了内燃机厂技术员的指导，再加上徐工的现场操作，熔炉很快就实现了正常运转。同时，西营机械厂与内燃机厂的合作协议也签订了——为其代加工以6160柴油机配件为主的十多种配件。

来了新任务，李大江和王东雷忙坏了。他们带领着技术人员白天黑夜地连轴转。忙了一个多月，第一批产品被顺利交付内燃机厂，并得到了厂方的高度评价。

5-2

　　秋天来了。今年刚开春，西营公社就全面推行了"包产到户"，仅半年时间，就见到了成效。地还是那些地，人还是那些人，但仅仅因为包产到户了，地里的庄稼就长疯了。玉米棒子长得又大又长，谷子顶着沉甸甸的谷穗，深深地躬下了腰，高粱仰着粉红的脸，对着太阳眯眯笑。丰收的景象，让每个人都笑逐颜开，风吹来，浓郁的粮食香气沁人心脾。

　　晚上，沐着秋风，王东雷带着两瓶"景阳春"酒，提着一包菜和几本书，敲开了徐工宿舍的门。徐工离家远，老伴在外地儿子家照看孙子，一般情况下，他多住在机械厂提供的技术楼里。王东雷住在厂里的单身宿舍，和徐工的住处离得不远。

　　看到王东雷提着两瓶酒进了门，徐工很奇怪："东雷啊，怎么了？还拿着酒来了？"

　　王东雷憨厚地一笑："徐工啊，您别误会，我一不是给您送礼，二不是来和您拉关系，我啊，是向您拜师来了。"

　　"拜师？"徐工更不明白了："东雷啊，你拜什么师啊？厂里聘我来就是当师傅的，专业上的事，我都倾囊相授，你怎么又来拜师呢？"

　　王东雷真诚地说："徐工，估计您也知道，我祖辈都是干铁匠的，从小就与铁打交道。来了这个厂里工作，干的依旧是与铁打交道的活。但随着厂子的发展和生产规模的扩大，我发现，我原来干铁匠掌握的那点专业知识，与我们现代化机械生产比较起来，简直不值一提。特别是跟您接触这么些天来，我发现您老真是一肚子学问啊，怕是我学上三辈子也学不完。咱们企业发展越来越快，规模越来越大，我要不多学习些专业知识，怕是没几年就被淘汰了。"

　　"哦，哦。"听着王东雷的话，徐工不住地点头：这个王东雷真的是有心人。其实，徐工也有着王东雷那样的心思：他是铸造专业出身，又干了一辈子机械铸造工作，无论是理论还是实践，都有着丰富的经验。之前，他还为自己一肚子专业知识没有传人而略有遗憾，想不到，马上就来了主动向他学习的。但他故作沉吟，半晌没有回答。

王东雷急了："徐工，我是真心实意地来跟您学习的。之前，我以为我做铁匠时积累的经验，已经能应付工作了，但我前年到省城学习时，才发现我专业知识的缺乏。特别是我担任了车间主任后，发现专业知识更不够用的了。之前我也买了一些相关书籍，但我没有专业底子，基本看不懂，所以我才来求您。"

徐工拿过王东雷买的书，翻了翻，指着其中一本说："傻小子，这本书，你估计得跟我学上三年才能看得懂。"

王东雷说："就是，所以我才来拜师，要不，我怕是一辈子也看不懂的。"

徐工点了点头，说："学习铸造专业知识，很是枯燥的事，你能静得下心来吗？"

王东雷坚定地点点头："能，能，我保证能。"

徐工哈哈地笑了："那好，那好，你倒上酒，连干三杯，算是拜师酒。敢不敢？"

"敢！"王东雷一口就干了第一杯，呛得连连咳嗽。徐工忙说："好了，好了，一杯就行了。快坐下，我先和你说说，你干铁匠啊，是以经验科学为主，但现代机械铸造行业，是以实践科学为主，所以，你要改变原来的思维模式啊……"

就这样，王东雷正式拜徐工为师，开始系统地学习相关专业知识。

这个秋天，不但西营村的庄稼丰收了，西营机械厂的业务也丰收了。没到10月份，他们的生产任务就排到了年底。但配套件供应滞后，成为制约生产的重要问题。为此，苏红卫带着李大海，到了省机电公司，专门去联系配套件业务。在他们的协调下，终于采购到了一批急用件，托运到机械厂。

接到"明天下午配套件到厂务必接货"的电报，李大江和王东雷非常高兴。然而他们等到快下班时，送货车依旧没有到。王东雷说："李厂长，您先回家吧，我光棍一人，晚上也没事，我在厂里等着接货就行了。"

李大江想了想，说："不行，这批货是苏厂长亲自采购的，他不在家，我必须亲自接货。不然，万一有什么差错，怎么向苏厂长交代呢？"

这注定是一个不寻常的夜晚。下午的天气还好好的，但刚吃过晚饭，天就阴了起来，风也慢慢大了起来。李大江和王东雷坐在传达室里，一边闲聊，一边等待着送货车的到来。

李大江说："东雷，听说你拜了徐工为师，向他学习机械铸造专业知识？"

王东雷不好意思地搔搔后脑勺："李厂长，我一个人住在单身宿舍，有好多的空闲时间，就想学点东西。别说，越跟徐工学，就越发现徐工的学问真多，我怕是学上三年，也学不来多少皮毛。"

李大江赞许地点点头："行啊，东雷，真没看出你还是个有心人。改革开放了，经济政策越来越好，我们厂的业务也越来越多，需要的人才肯定也越来越多，我看好你，你肯定能做一番大事的。"

王东雷不好意思地嘿嘿一笑："哪里，哪里，还得李厂长多多指导啊。"

李大江突然转了话题："这破天，别出什么意外啊，金凤已经怀上孩子了，真担心她啊！"

王东雷一愣，转而明白过来，有些抱怨地说："李厂长，你看你，嫂子正是需要你照顾的时候，你快回家吧，我在这里盯着就行，放心，不就是一车货嘛，我又不是没接过，不会有问题的。

李大江看了看黑黑的天，说："我再等会，等到九点，要是车还不来，我就回家，好不？"王东雷点了点头。

远处突然传来沙沙的声响，雨来了。雨点又粗又急，与秋雨的身份极不相称，一下子从北往南扑来。传达室的门被吹得啪啪作响，传达老刘有些惊惶地往里挪了挪身子，说："秋雨疾，非好事，你们可得注意啊。"

临近九点，送货的汽车终于出现在厂门口。司机停下车，钻进了传达室，歉意地说："不好意思，雨大，路上不好走，耽搁了时间。"

李大江说："冒这么大的雨，您受累了，来，先喝点茶水，等会雨住了，我们再卸货。"

茶浓了又淡，淡了又浓，雨虽然小了些，却没有停的意思。司机越来越焦急："李厂长，要不咱们就冒雨卸货吧，实在不好意思，车上还有另外一个厂家的货，人家也在等着呢。"

李大江点点头："好吧，东雷，我们开始卸货吧。"说罢，披上雨披，冲进雨里，王东雷紧随其后，引导着货车往仓库去。传达室的刘老嘟囔了句："两个愣头青，怎么穿着布鞋啊，还不得一下子就湿透了。"

货卸得很顺利，不用半个小时，就全卸下来了。司机摆摆手，往厂门口驶去。院子路口边上，有一根动力电线杆被风吹歪了，大货车拐弯时，车后尾不小心刮到了电线杆上，电线杆猛地摇晃几下，顶部"忽"地闪了一团亮光，一根高压线被扯断了，垂到了地上的雨水中。货车司机没有觉察到，径自开车走了。

李大江看到车走远了，就和王东雷说："东雷，入库的事交给你了，我早一步回家，陪陪金凤。这大风大雨的，我怕她害怕。"

"好，你快回吧，放心，这里一切有我。"王东雷冲李大江摆摆手。

李大江走出不多远，脚迈进了一个水洼，而那根垂下来的高压电线，恰恰就耷拉在这水洼的另一端。李大江猛地一抖，一头栽倒在水里，浑身抽搐起来。

王东雷他们忙了半个多小时，货物全部运进了库房。这时雨停了，天上阴阴的云，一下子闪出一大片蓝天来。大半片月亮，从云后露出来，地上立刻明亮了不少。

王东雷检查了一下，一切都没问题，就和库管员们一块往外走去。走到路口处，突然发现地上倒着一个人，他忙赶上前去扶。谁知左脚一沾到地上的水洼，立刻感觉好像被恶兽咬了一口，一股又痛又麻的强劲力道向他打来，一下把他弹出老远，跌倒在地上。

"不好了，快，李大江触电了！"王东雷一眼就认出那是李大江，大声喊起来。库管员刚要过去，被王东雷喝住了："不要过去，水里有高压电。"

库管员手足无措地站在那里，王东雷忍着腿上的麻痛站起来，冲库管员大喊："快去电工组找电工。"

不一会儿，路灯灭了，电工把总电路掐断了。紧接着，一群人跑了过来，七手八脚地把李大江和王东雷送到了医院。王东雷侥幸，只是脚裸被高压电灼烧了。但李长江因为触电时间过长，已经没有了生命迹象。

半小时前，还是一个大活人，转眼就再也听不到人们的呼唤，看不到人间的风雨了，这是何等悲哀。但谁也没有办法，这就是命运，这就是人间的阴阳之隔。

5-3

处理完了李大江的后事后，苏红卫才听说苏金凤有身孕了，他就劝道："金凤，你还年轻，这个孩子，咱们不要了吧。这样你以后再婚时，也少了些挂心事。"

苏金凤的脸立刻就沉了下来："爸，你死了这条心吧。这个孩子，是大江留下来的唯一骨血，除非我死了，要不，我非把这孩子生下来不可。你要是嫌我住在家里碍眼，那我就搬到大江家去，和婆婆一起住。"

苏红卫知道苏金凤的脾气，立刻住了口，不敢再劝说。转眼就是春节了，正月初三这天，李大海的妈妈来看苏金凤，未开口，先落下泪来："金凤啊，好孩子，大江拖累你了。"

苏金凤强忍着泪水，说："妈，你不要多想，眼下，我只想安安静静地把大江的孩子生下来，这是大江留给我的最后的念想，有了这孩子，就像大江还在我身边陪着我一样。"

苏妈妈接着李妈妈的手，说："大姐，你放心，我会照顾好金凤的。"两人拉了会家常，看苏金凤去了外间，李妈妈才悄悄对苏妈妈说："大妹子，我有个话，要说得不对，你可别多心。金凤肚子里的孩子，毕竟是大江的血脉，但大江不在了，我不想让孩子一生下来就没有爸爸。所以，我想请您考虑一下，金凤能不能和大海两个一块过？我问过大海，他说只要金凤愿意，他没有意见。"

"这……"苏妈妈没想到李妈妈这么说，一时回不上话来。李妈妈说："大妹子，不急，嫂子下嫁小叔，也不是稀奇事，你先征求一下金凤的意见，新社会了，这事是不能强求的。"

对此，苏金凤倒是有些动心。自己从小就和大江、大海一块长大，也算是知根知底的人。李大海是自己孩子的亲叔叔，肯定不会亏待了孩子，这样，也算是对李大江的在天之灵有个交待了。

但苏红卫坚决不同意："大江忠厚朴实，虽然没太大的能力，但让人放心。大海这孩子，只有小聪明，没有大智慧，做事浮躁，金凤已经受过一次变故了，可不能再把今后的日子托付给不可靠之人。反过来，我倒觉得王东雷是个不错的孩子，可以把他招来当上门女婿。"

苏金凤冷冷地说："我谁也不嫁，就和我的孩子过一辈子。"

1982 年夏天，苏金凤生下了女儿，苏红卫为她取名怀苏。孩子满月后，苏金凤有事要找苏红卫，刚走到苏红卫办公室门口，就听到里面有人在说话。原来是王东雷在苏红卫的办公室里。

苏金凤心中一动，想听听他们在说什么。

只听到苏红卫说："东雷啊，这时间过得真快啊，转眼大江去世半年多了，原来大江负责的好多工作，都由你兼顾着，你也受累了。"

王东雷笑了笑："苏厂长，您这么说就见外了，这都是我的本职工作。再说，也怪我大意，要不，大江厂长也许不会出事的。"

苏红卫咳嗽了两声，又喝了口水："东雷啊，你不用自责，这是意外事故，与你没有关系，只是苦了金凤了，非要生下她和大江的孩子，可怜的孩子，连她爸爸的面都没见过。唉！"

苏红卫又喝了口水，平复了一下情绪，说："东雷啊，我们厂现在发展得很快，不但规模大了，职工也达到了一百五十人。前些时间，我专门向公社党委和大队党支部做了汇报，建议再提拔一名副厂长，协助我的工作，特别推荐了你和大海作为候选人。但到底选哪个，要由公社和大队按组织程序来确定。现在，我算是违反组织原则，向你透露一下，你得有个心理准备。"

王东雷笑笑："苏厂长，我一个外乡人，在您的照顾之下，各方面都已经很好了。我也不在乎什么提拔，只要有点儿事干，我就心满意足了。"

苏红卫笑了笑："东雷啊，金凤有了孩子后，心情比原来好些了，你有空多关照一下金凤。"

果然如此。王东雷心里一震：他早就意识到苏红卫叫他来，可能与此有关。之前，苏红卫托徐工捎过话，有意招王东雷为上门女婿。但王东雷委婉地谢绝了，他知道自己做过结扎，要是娶了苏金凤却不能让她再有孩子，就相当于害了她，也更对不起苏红卫。

现在，苏红卫又提起此事，他便真诚地推辞道："苏厂长，您看，我虽然已经落户到你们村了，但毕竟是个外乡人。金凤长得漂亮，又懂事，跟了我会委屈她的。再说，她刚经过大变故，情绪也不是很好，我想，还是尊重她的个人意愿吧。"

苏金凤听了，泪水一下子就涌了出来，忙捂着脸走了。屋里，苏红卫不高兴地说："怎么，王东雷，你是因为我家金凤结过婚，还带着个女儿，配不上你？还是你认为给我当上门女婿丢你的人？我和你说，现在不知道有多少人盯着金凤，也不知道有多少人想给我当上门女婿呢！真不知好歹，给你个鼻子，你还想蹭着上脸啊！"

王东雷一看苏红卫要生气了，忙说："不，不，苏厂长，我可没有这想法，我是怕委屈了金凤。再说，金凤不同意，您若强逼，这不更委屈了金凤嘛！您可就这一个女儿，咱不能难为她啊。"

苏红卫不耐烦地摆摆手："好了，先这样吧，这事过几天再说。"

苏红卫把李大海叫到了自己办公室："大海啊，来，坐，我想和你谈点私人的事情。"

"苏厂长，请您安排。"

"不要这么拘束，我想征求一下你的意见。你看，你哥哥去世都一年多了，金凤的孩子也快半岁了。但金凤她们孤儿寡母的，也不是个长久之计。所以我有意撮合一下金凤和东雷。现在金凤毕竟是你的嫂子，所以我想征求一下你的意见。"

李大海没想到苏红卫开口就这样问，愣住了。之前，妈妈和大海商量，能不能让金凤改嫁给他，李大海想了想，同意了。金凤仅比自己大一岁，从小一块长大，双方互相了解。加之她爸爸是厂长，如果金凤真的嫁给自己，那么这厂长一职，早晚会是自己的。再说，金凤肚子里的孩子是哥哥的骨血，自己也能更好地照顾这孩子了。但听说苏红卫不同意，就知道自己和苏金凤的事是没戏了。

所以，此时他愣了好一会儿，才说："这，这，苏厂长，这事我没任何意见，一切全凭您作主。"

"那就好，大海啊，你看，你也二十六岁了，也算大龄青年了，总这么拖着也不是个事。我之前给你介绍了孙主任的侄女，你们也都见过面了，人家很愿意，你的意见呢？"

李大海抹了一把额头上的汗，艰难地说。"我，我再考虑一下，过几天给您答复，怎么样？"

过了几天，公社党委专门来人就副厂长人选进行了考察选拔。经过了层层程序，李大海和王东雷被确定为副厂长人选。

苏红卫叫来李大海，说："大海啊，你现在已经成为副厂长候选人了，可能公社和大队还要斟酌一些时间。我想，趁这空儿，你抓紧结婚吧。结了婚才算成人，才有能力挑起副厂长这副担子。"

李大海是个聪明人，自然明白苏红卫的意思：现在，可是自己前进路上最关键的一步。这个机会要是让王东雷先得了，那自己怕是再也赶不上了。于是不假思索地说："苏厂长，感谢您对我的栽培。孙主任的侄女，人俊，又老实能干，只要人家愿意，我就没意见。我争取下个月就结婚，一定不会给您增添烦心事。"

副长厂的人选终于确定了。因为王东雷进厂时间短，所以提拔了李大海担任副厂长，但考察小组又实在舍不得王东雷这个人才，于是决定任命王东雷为厂长助理。同时，也确定了二人的分工：副厂长李大海分管供应、销售工作，厂长助理王东雷则分管生产和技术工作。

西营机械厂配齐了领导班子，各项工作进展得更加顺利了。到年底，他们新上了一条日产万吨的铸造流水线，铸造作业从原来的以人工为主，转型为机械为主、人工为辅，产品质量进一步提高，产量也稳步上升，成为市齿轮箱厂的第一配套企业。

5－4

1984 年，按照中共中央、国务院关于"改变人民公社政社合一的体制，建立乡政权"的指示，西营公社被改为西营镇，西营大队被改为西营村。

而对西营村村民来说，还有一个更好的消息：听说刚改制成立的市政府正在制定下一步的区划调整计划，西营村所在的这个区域，很可能被划为市里的一个新郊区——西营区。又听说，区政府驻地可能就设在西营村。如果这事成了现实，那么以后西营村的全体村民还可能转成城镇户口，可以家家户户都吃"国家粮"了。

春风越来越暖，喜讯越来越多，改革开放的步伐越来越快，市场也越来越活跃。这时的王东雷，已经被提拔为副厂长，和李大海一起，成为苏红卫的左膀右臂。

这天的厂务会上，大家刚落座，苏红卫就拿着一份文件兴奋地站起来："同志们，今年的 3 月 1 日，中共中央、国务院转发了农牧渔业部和部党组《关于开创社队企业新局面的报告》，同意《报告》中提出的将社队企业名称改为乡镇企业的建议。中共中央、国务院还强调指出：发展多种经营，是我国实现农业现代化必须始终坚持的战略方针；乡镇企业是多种经营的重要组成部分，是农业生产的重要支柱，是广大农民群众走向共同富裕的重要途径，是国家财政收入新的重要来源；乡镇企业已成为国民经济的一支重要力量，是国营企业的重要补充。同志们，我们西营机械厂，以后就是乡镇企业了，我们大发展的时机全面到来了，能不能使我们的产品质量、技术含量、规模产量与经济效益同步增长，关键就看在座的各位了。"

会场上响起了热烈的掌声。

徐工首先提出来："现在，市内燃机厂的特种重型汽车发动机项目正在推进，下一步，我们供应的主要配件可能也要跟着调整。目前我们的 6160 柴油机系列产品的产量和质量比较稳定，我们也有能力提高其产量和质量，但如果转产或供货量下降，就会浪费我们此前投入的开发成本和生产成本。所以，我希望我们能在销售上扩大规模，通过足量生产来摊薄成本。"

李大海说："徐工，我此前了解到，现在浙江沿海一带的木船大多装上了6160柴油机，成了机帆船，他们肯定用配件。但我也听说海上的盐碱性气候对汽缸盖的腐蚀很厉害，汽缸盖很容易损坏，这么看来，那一带可能对配件的需求量不小。我想去考察一下，看看能不能把我们的配件直接供应过去。如果能打开他们的市场，那我们的发展就快多了。"

苏红卫想了想，说："大海，你这想法很好。我们以前从来没有出过远门，只是跟在主机厂屁股后面转，这不利于我们今后的长远发展。我们今后发展的重要思路，一方面是要为主机厂搞好配套生产，另一方面是要开发我们自己的主导产品和开拓我们自己的销售市场，做到'两条腿走路'，这样才能更好地发展。这样吧，你就和东雷去一趟，看看外面的市场。我们不能总闷在小小的西营村。"

但不等李大海和王东雷启程，市内燃机厂就来抽调李大海去协助处理特种重型汽车发动机项目的一些事宜，一忙就忙了小半年。直到国庆节之后，李大海和王东雷才踏上了行程。

到了浙江的南山市，两人坐在海边的屿石上。海浪轻轻拍打着礁石，发出清脆的响声，如欢快的歌谣。一艘艘机帆船轰鸣着，扬帆远航，在大海里渐行渐远。

王东雷看了看坐在身边的李大海："大海，这里真美，就像在梦里见到的一样。"

李大海咧了咧嘴。在他心里，对王东雷一种莫名的嫉恨，让他笑不起来。但他也知道，其实所有的事都与王东雷无关。

他强作笑颜："东雷，你来我们厂也有六年了吧？这六年间的变化可真大啊！"

"是啊，我们厂已经从当初的那个小手工作坊，变成了一个机械化程度越来越高的现代化企业。我们这次出来，如果能达成预期的目标，那我们的企业会发展得更快的。"

在一艘正要远航的机帆船上，王东雷和李大海发现，两个渔民一连往船上搬了七八个木箱，里面装的很像是汽缸盖。两个人走上前去一问，果然不错。

一个脸色黑红的渔民叹了一口气，用不太熟练的普通话说："你们是北方来的吧？现在实行了渔业大包干，大家出海的积极性全调动起来了，都把渔船改装成了机帆船。但海上的盐碱气重，对柴油机腐蚀得厉害，特别是汽缸盖，有时出一次海，就得换五六个汽缸盖。以防万一，我们机帆船出海时，都要多带些备件，特别是汽缸盖，不带上七八个，心里就不踏实。晓得不？在茫茫无边的大海上，坏了机器可不是闹着玩的。"

李大海递上一盒烟："大叔，不瞒您说，我们就是从专门生产汽缸盖的厂家来的，能不能把你们坏了的汽缸盖给我们几个？我们研究一下问题出在哪里，也好为你们提供高质量的配件。"

黑红脸的渔民大喜："真若这样就太谢谢你们了！那边刚卸下了两个坏了的汽缸盖，你们都拿去吧！"

李大海和王东雷气喘吁吁地把两个汽缸盖背回了招待所，对着两个汽缸盖琢磨了一晚上。

考察了十来天，两个人回了西营，也把那两个坏了的汽缸盖背回了厂里。徐工安排技术部对两个汽缸盖进行了拆解，研究了好几天，然后召集大家开了个技术会议。

会议由李大海主持。李大海先说了考察中的见闻，又把拆解后的两个汽缸盖放到桌子上。一群人围着翻来覆去地看，也没看出什么名堂来。

李大海说："据统计，目前光南山渔场的机帆船就有五百艘。我和东雷亲眼看到，他们的机帆船出海，一般要带七八个汽缸盖，因为他们配备的柴油机所用的汽缸盖不适应海洋气候，经常损坏。有时出一趟海，就要换六七个备件。我想，我们能不能抓住这一点，来提高我们的产品质量，争取让他们出一趟海，只用一个汽缸盖。这样算来，他们一年出二十次海，要用二十个，那么，光南山渔场一年的需求量就是一万个，都超过我们给主机厂的供货量了，再加上周边渔场的需求量，我们的产量相当于翻了一番。"

苏红卫大为振奋："东雷，能做到吗？"

王东雷说："我们有信心。不过要先听一下徐工的意见。"

徐工说："现在，我们的6160柴油机铸件用的是当前比较先进的蠕墨铸铁技术，比球墨铸铁硬度更高、更耐腐蚀。特别是我们当地就出产膨润土，这是蠕墨铸铁不可缺少的添加剂。从你们带回来的这两个汽缸盖来看，可能还是球墨铸铁，甚至是普通铸铁，耐用度当然不行。下一步，我们要有针对性地对之前的技术进行改进，围绕增强耐盐碱、腐蚀的特性来提高产品质量，这是没问题的。"

王东雷说："我们之前的生产流程，多是按照计划生产配套产品，生产全靠主机厂的工单。至于生产什么东西、多少数量、什么质量，我们都没有自主权，结果是全看人家脸色经营了。刚刚召开的党的十二届三中全会提出了'社会主义经济是在公有制基础上有计划的商品经济'的概念，可不可以理解为——我们的产品，不但可以按照主机厂的要求，为他们生产配套部件，也可以根据使用单位的要求，有针对性地开发新产品，并且不是通过农机公司，而是凭借我们自己的力量，直接面向客户销售。"

苏红卫说："大海，你什么意见？"

李大海思考了一会儿，才说："在当前形势下，我感觉自主销售的难度很大。目前，全部的农机产品，还是由农机公司专营的，若是绕开了农机公司，我们的产品怕是进不了南山市场。这样吧，我们一边研发新产品，一边再想办法，逐步解决。"

5-5

在大家的共同努力下，仅用了一个月，适应海洋性气候的汽缸盖产品就被顺利地开发出来了，但成本要比南山现在用的配件高一倍。他们决定再去一趟南山。

此时，正是渔民出海的时节。李大海带着销售部门的人员去了南山。他们带着十个汽缸盖，先找了两艘渔船试用。结果，两艘渔船出海航行了五天，回来后一检测，汽缸盖只是轻微磨损，若按这个程度，再出两次海也没有问题。成效远远超出了预期，这让渔民喜得合不拢嘴："这下好了，我们再也不怕出远门了。但我们的配件都是由农机公司供应的，我们之间是有服务协议的。你们的配件，我们试用一下可以，但如果要长期装配，还得他们同意才行。"

李大海立马就去了当地的农机公司。矮瘦的农机公司赵经理挤了挤三角眼，看了看李大海："就你们这样的小公司，生产的配件敢用吗？万一船到了海里出了问题，你们能负责吗？"

李大海说："赵经理，来找您之前，我们就已经找渔船试用过了，效果非常好，不然我们也不敢来打扰您啊。"

赵经理说："你们的报价比我们原来的配件价格高一倍还多，我怕这样的采购预算得不到上级公司的批准，并且产品也不一定容易销售。要是机帆船都不买，那我们采购来的配件不就成积压产品了？你们的产品如果和其他厂家的配件同价，我们倒是可以考虑一下。"

赵经理的态度非常强硬，谈判陷入了僵局。

这天，李大海又来找赵经理，看到一个人也来找赵经理。李大海听着，好像是赵经理的一个亲戚。原来，这两年实行了渔船承包责任制，今年又逢渔业大丰收，他们的产量大幅度提高，但供销部门压低了采购价格，还限制了收购数量，使得他们的产品严重积压。总不能让打来的鱼臭了吧？所以他就来找赵经理帮着出主意。

李大海计上心来——此前，他已经有过一次成功的经验了。看到赵经理的亲戚走了，他就和赵经理商量："赵经理，您看，你们这边也到了渔业生产的旺季了，现在的渔船也是个人承包了，再说，形势也和过去不一样了，都开始搞商品经济了，市场也都放开了。我们的产品来这边组织销售，从政策上说，也不违反十二届三中全会精神啊。"

赵经理眼睛一瞪："李厂长，你说的我都知道。十二届三中全会召开了，我们也学习了会议精神，其中是提出了要搞活商品经济。但搞商品经济，也要以计划经济为基础，你以为会像放鸭子一样不管啊？我和你说，在南山这块市场上，如果我们不说话，我保证你们的产品一件也卖不出去。"

李大海满脸堆笑："赵经理，您误会了。我意思是说，就算是您同意我们自己来这边销售，我们也是不会来的。您想啊，若加入人工、仓储、售后服务、技术支持等因素，我们的营销成本也就上来了。我是说，既然现在商品市场放开了，那么我们能不能联合一下，在这上面做做文章？"

赵经理有点迷惑："你说说，什么文章？"

李大海说："赵经理，您看啊，你们这里海产品多，我们那里海产品少，我叔丈人就是县供销社主任，整天为采购海产品的事情犯愁。我们是不是可以这样商议：我给你们提供汽缸盖配件，你们按照我们县供销社水产经营公司的要求，帮我们筹集等额货款的海产品，由我们县的供销社经销，经销完后，再由供销社与我们结算货款，行不？这样，你们既帮了你们这里的渔民销售了海产品，拓宽了他们的产品销路，我们也为我们当地的供销社找到了质优价廉的海产品，解决了他们的采购困难。更重要的一点是，渔民们可以不用再拿现金买配件了，他们会更乐意的！"

李大海悄悄捅了捅赵经理的胳膊："赵经理，您这么聪明，这货来货去的，中间肯定少不了您的好处啊。"

赵经理眼睛一亮："我说李厂长，都说我们南方人精明，可你们北方人也一点不差啊。不过你说的这事，我们从来没有做过，这样做能行吗？不会是'投机倒把'吧？"

李大海说："现在都改革开放了，党和政府也都鼓励我们转变发展思路，咱这也是'改革创新'啊。您是不知道，在两年前，我们厂就用我们库存的原材料，换了我们当地内燃机厂的一台二手熔炉，此举还得到了我们当地领导的充分肯定呢。这样吧，我先回去和我们县的供销社商量一下，至于政策上能不能行得通，您这边也向上级请示一下。如果这事能行，对各方可都大有益处啊。"

经李大海回来一说，苏红卫有些迟疑："大海啊，你上次虽用废铁换了台熔炉回来，但那毕竟是在本地。现在这样跨地区以物换物，会不会有政策上的不妥呢？中间的账务事宜，又该怎么处理呢？"

但王东雷却大力支持李大海："我们可以先去镇企管办征求一下他们的意

见，然后再去问问县供销社。他们经验多，一定会有好办法的。同时，我建议村党支部召开一次专题会，讨论一下。"

原来的社队办干事小周，现已是镇企管办主任了。他的意见很明确："改革就是要敢于尝试，我们支持。"

同时，供销社也大力支持，村党支部也非常鼓励。南山那边的消息也反馈回来了：此方案完全可行。

于是，一车车的汽缸盖被发往了南山，一车车的海产品也被捎了回来。县供销社有了质优价廉的产品，水产供应量空前充足。西营铸造厂的配件一下子打开了南山市场，不出半年，6160 汽缸盖的市场占有率就超过了 90%，在业内引起了轰动。这个案例，也被省里的报纸作为头条进行了宣传。

李大海作为这件事的主导者，受到了县里的表彰和厂里的奖励。他的心情大好，势头也一时压过了王东雷。

5 - 6

自李大江去世以后，苏金凤以为自己的心已经死了，要不是因为怀苏，可能她也就随大江而去了。在很长一段时间里，照顾好怀苏，成为她坚强活下来的理由。眼下，怀苏已经一岁半了，乖巧可爱，是苏金凤的心头肉。

这期间，也有人给苏金凤介绍对象，但苏金凤除了对李大海动了一下心外，再也没对其他人动过心。这一切，都源于女儿，除了李大海，她不相信其他人会对怀苏更好，所以她都拒绝了。

但一个女人带着一个孩子，日子也真的艰难。有时孩子会问苏金凤："妈妈，别的小朋友都有爸爸，那我的爸爸呢？"每每此时，苏金凤总是心如刀绞。

在爸爸和妈妈的劝说下，她也慢慢地心动了。但她却提了一个条件，只结婚，坚决不要孩子，结果又让对她有意思的人望而却步。

王东雷呢？在苏红卫的劝说下，也心有所动，但自己身体的隐私，一直是他心中最大的障碍。后来听说苏金凤提出了"只结婚，不生孩子"的条件，才动了心思，委托徐工给苏红卫回了话，说愿意做上门女婿，但他的内心，却总对这事犹豫不决，就一直拖着，没有实质性推进。

这几年，王东雷跟着徐工潜心学习专业知识，进步很快，工作也干得得心应手，赢得了全厂干部职工的信赖，成为苏红卫最得力的助手，也慢慢赢得了苏金凤的好感。

腊月二十三，西营机械厂放了年假。今年，厂里超额完成了任务指标，经营势头也非常好，利润较去年增长了一倍半，职工收入大幅上涨，从上到下，都欢欣鼓舞。下午，王东雷正在办公室里看书，苏金凤推门进来了。虽然厂里早就传出了"王东雷要给红苏红卫当上门女婿"的风言风语，但这还是王东雷第一次单独和苏金凤会面。

苏金凤开门见山："姓王的，怎么着，我爸要招你当上门女婿，听说你还不愿意？你也不找个镜子照照自己，人不大，架子倒不小。"

王东雷脸红了，一时不知道说什么好。苏金凤冷冷地说："我今天来，就是想证实一下，你有没有听说过我提出的条件？"

王东雷点了点头，有些不好意思地说："听说过，我不介意。"看苏金凤不相信的表情，王东雷又补充道，"真的。当年，我眼看着李大江的意外事故，却无能为力，一直是我心中挥之不去的阴影。我一个外乡人，要不是苏的叔叔大海介绍我到厂里来工作，要不是苏厂长、大江厂长关照我，哪里会有我的今天呢？能替大江来照顾你和他的女儿，这对我已经是莫大的荣幸了，我哪里又敢有其它的奢望呢？"

王东雷的一席话打动了苏金凤的心，她不露声色地逼问一句："姓王的，你说的都是真心话？不反悔？"

王东雷斩钉截铁地说："真心话，不后悔。"

苏金凤故作冰冷地扔下一句话："我爸妈让我来，叫你今天晚上到我家吃饭过小年。你要是不来，我饶不了你。"说完脸一红，扭头就跑了。

室外寒星闪闪，鞭炮声声。室内火炉红红，温暖如春。苏妈妈精心做了一桌饭菜，苏红卫给王东雷倒上了一杯酒，开心地说："东雷啊，你看，你的户口早就落到西营村了，今天是小年，你一个人在这边，无亲无故，所以我让金凤请你来我家，我们一块过小年。"

苏金凤坐在一边，脸红红的，心怦怦地跳。突然，王东雷的目光扫向这边，和她的目光碰到了一起，瞬时火星四溅，烧得两个人的心直打颤。苏红卫看苏金凤不说话，故意打趣她："金凤，想什么呢？快给东雷倒酒。"

苏金凤一惊，忙拿起酒瓶子给王东雷倒酒，却没留意王东雷的酒杯其实是满着的。眼看着酒漾了出来，王东雷忙低下头喝了一大口，呛得咳嗽起来。

苏红卫哈哈大笑。苏金凤满脸通红，起身进了里屋。

苏红卫笑着说："东雷，我们也不搞那些俗套了，等过了春节，就把你和金凤的婚事办了吧。"苏红卫喝了一口酒，又说，"好好干！等我退休了，你就接班做厂长。"

王东雷抬眼看了看苏红卫，又看了看苏金凤的房间，愣了一会儿，举起酒杯一饮而尽。

筹备婚事时，苏红卫一直感到很奇怪：王东雷对和苏金凤结婚这件事，表现得很淡然，淡得都有些冷了。于是苏红卫把王东雷叫过来："东雷，是不是想你老家的人了？不要紧，你往老家写封信，把结婚的事情告诉他们，他们谁愿来就来，我们给出车费。"

其实，王东雷也一直矛盾着。现在苏金凤已经把他当作未婚夫对待了，但他就是热情不起来。他知道自己结过扎，但结扎到底是怎么回事，有什么影响，他却弄不明白，也不敢找人问。公社医院好多人都认识他，自己一个未婚的人，却打听这事，该怎么向别人解释呢？去医院买药时，他总会偷偷盯着墙上的宣传画看，但依旧看不明白。

倒是有一次，在车间里，他听到别人谈论起计划生育的事，一个男工友问另一个人："老三，村里总要求我们这些有两个孩子的人去结扎。你说结扎后，还能和老婆'办事'不？"那个男人说："可千万不能结扎。告诉你，我有个表兄就结扎了，听说扎完之后就不行了，我表嫂整天和他吵架。"

这可能是王东雷听到的关于结扎的最多的说法，他不由得想到了自己。有时回想自己结扎的经历，竟然真的像一场梦，自己就这样被摁在手术床上十几分钟，从此便不能当男人了？

不过，他能很明显地感觉到，自己早上起来时，下体是有反应的，貌似正常。他不知道这是怎么回事，也不敢去医院问。幸亏苏金凤提出了只结婚不生孩子的条件，要不，结婚以后不能生育，很可能会被苏金凤发现自己身体的问题，甚至自己过去那段辛酸的历史，都可能被揭露出来。

他给槐米写了一封信，告诉了槐米自己要结婚的消息，但槐米没有回信。他知道，自己那天的不辞而别，一定伤了槐米的心。曾经的他，是那么喜欢槐米，槐米也是那么喜欢他，但生活就是这样，有太多的拐角，总是与正常的轨迹相悖。

他对苏红卫说："我往老家那边写信了，但我妹妹没有回信。估计是太远，她又带着三个孩子，来不了。算了，不来就不来吧，等结完婚，我给妹妹寄些喜糖回去就行。"

从王东雷回老家办户口回来后，他隔三岔五地就给槐米寄一些钱，他忘不了松山那双眼睛，但又不敢回想那双眼睛。此刻，他更不知道，如果有一天，苏金凤知道了那一双眼睛的存在，会是什么情形。

正月十六，天下起了雪。在纷纷扬扬的雪花中，王东雷和苏金凤结婚了。婚礼不大也不小。苏红卫说："这叫'移风易俗'。虽然咱厂不大，但我大小也是个厂长，所以要注意影响，婚礼不能办得太铺张，还是要勤俭节约的。"

婚礼红火热闹，村里基本上家家户户都来祝贺了。苏红卫是厂长，虽然倡导节俭，酒席安排得很少，但乡亲们还是都来了，有送暖瓶的，有送毛巾被的，多少表表心意。

但有一个人心里最别扭，这个人就是李大海，但他不能将之表现出来。他可是有过娶苏金凤的想法的，虽然在萌芽之中就被抹杀了，但也毕竟曾经动过心的。眼睁睁地看着苏金凤嫁给王东雷，自己还要跑前跑后地帮忙张罗，那滋味很古怪！

看着王东雷醉醺醺地进了洞房，苏金凤皱了皱眉："东雷，是不是喝得有些多啊？"

"对不起，金凤，他们都劝我，我实在挡不住。"

"东雷，喝酒容易误事，以后一定要注意啊。"

王东雷拉着苏金凤的手说："金凤，谢谢你不嫌弃我，嫁给我，不是，是

'娶'了我。我这人不太会说话，若说得不对，你别烦我。我从小跟着父亲流浪，后来好不容易过了点儿安生日子，却又背井离乡，出来讨饭吃。幸亏苏厂长不嫌弃我，培养我，又把你嫁给我，这是我祖宗八代修来的福气。金凤，没说的，我会好好对你的。"

苏金凤有点感动："东雷，喝多了吧？来，喝点水，早休息吧。"

看苏金凤对自己这么体贴，王东雷心情有点激动："真的，金凤，如果你发现我有对不起你的事，我听凭你发落，绝不会说一句你的不是。你放心，我会把怀苏当成自己的亲生女儿来对待的。为了让你放心，我发誓，我们两人只结婚，不要孩子，一心一意地照顾好怀苏。要是你还不放心，我明天就去做绝育手术。"

苏金凤一把捂住王东雷的嘴："东雷，看你，越说越没分寸。今天晚上可不许说不吉利的话，早休息吧。"

王东雷抓住苏金凤捂在自己嘴上的手，深深地吻了吻，另一只手把苏金凤搂进怀里。突然，王东雷感觉到被久久压抑的冲动涌了上来，他弯腰把苏金凤抱了起来，放到了床上。深冬的天气已经很冷了，但洞房里的热流却一阵阵涌动不息，黑夜里，传来苏金凤急切的声音："东雷，别忘了安全措施。"

5－7

1985年5月，市拖拉机厂新上了100马力大型拖拉机项目。如果能和他们达成业务合作，那么西营机械厂的发展前景就更加不可限量了。

王东雷领命去谈这项业务。这果然是块"硬骨头"，两个月的时间里，王东雷一连去了六次，都无功而返。他们那里的生产科屡次以西营机械厂规模小、设备差为由，拒绝合作。

这一天，王东雷一早就到了拖拉机厂，但生产科的人都到车间去了，说是有一种铸件，连续三批都不达标，影响了正常的生产进度，大家都急了。王东雷问明了车间的位置，随后也去了车间。

车间里，大家正对着一批铸件议论纷纷。这是一种新上的铸件，在试产时，一切指标正常，但在量产时，铸件的外表光滑度却严重偏离了质量指标，以致不能在主机上装配，而只能作为维修配件使用。再不解决这个问题，就会影响主机的正常装配了。为这，分管厂长带领着生产科、技术科的相关人员，来到了车间，现场研究问题所在。

该查验的全查验了，一切环节都没有问题，但铸件的外表光滑度为什么就差了这么多呢？

王东雷在一边认真查看了铸件，不得不佩服：大厂的设备就是先进，产品的质量也确实过硬。这批配件，除了光滑度差一些外，其他方面绝对没问题。而自己厂生产的产品若要达到这样的质量，还得下狠功夫啊。但其光滑度为什么会这么差呢？王东雷看到了车间一边码放着的一排膨润土，眼睛一亮。

他走过去，从袋角抠出些膨润土，放在嘴里嚼了又嚼，还仔细地品了品味道，才走到了这群人当中。

生产科的金科长认识他："哟，这不是王厂长嘛，你怎么跑到这里来了？我们现在正忙，合作的事情过两年再谈，你就先请便吧。"

王东雷冲金科长笑笑："金科长，恕我多说一句话吧。这批铸件的光滑度不够，我怀疑问题出在配砂上。"

其中一个人，可能是配砂工段长，冲王东雷一瞪眼："我说，你是哪根葱哪头蒜啊？当着我们分管生产的王厂长的面，你可不能信口开河啊。你说，我们的配砂哪里有问题？"

王厂长制止了他，面带微笑地对王东雷说："小伙子，继续说下去。"

王东雷抹了一把额头上的汗水："我是说配砂有问题，不是说工艺有问题。问题可能出在原料上。"他指了指那些膨润土，"我刚才过去尝了一下，感觉那些膨润土纯度不够。我怀疑里面掺了其他的东西，或者是质量不达标，才影响了铸件的光滑度。"

王厂长很感兴趣："哦，是吗？请你再详细说一下。"

王东雷便根据自己的生产经验，详细说了一遍。王厂长不住地点头："好，有道理，有道理！技术科的同志把这膨润土和其他型砂配料仔细检验一下，看一看问题出在什么地方。小王厂长，走，去我办公室坐一坐。"

检查结果很快出来了，果然是膨润土里面掺了其他代用品，虽然外观一样，但耐高温性能不同，故而影响了铸件表面的光滑度。

这么棘手的问题竟然被王东雷如此轻松地解决了，王厂长很高兴，对金科长说："我看，我们完全可以和他们厂合作。"

金科长说："但他们厂规模不大，设备也陈旧，和他们合作，产品质量怕是不敢保证了。"

王东雷诚恳地说："王厂长，金科长，我以为产品质量好不好，不是由企业规模的大小和生产设备的先进与否决定的，而是由相关技术指标和用户评价决定的。只要你们肯给我们合作的机会，等我们的经营效益好了，规模自然会越来越大，设备也会越来越先进啊。"

王厂长高兴地拍了一下桌子："对，产品质量的决定因素，不是企业规模的大小和设备先进程度，而是责任，是对各项质量指标的控制与用户的评价。金科长，你把这句话做成大牌子，立在车间门口，让工人们时刻牢记。明天你就带人去西营考察，协商合作事宜。"

西营机械厂终于和市拖拉机厂达成了年供货二百万吨铸件的合作协议，对照五年前，他们的年总产量还不到十万吨，实在可谓今非昔比。苏红卫非常开心，说："东雷，大海，咱们破破例，今晚找个高档点的酒店，我们三人喝酒庆祝一下！"

沐着初夏的夜风，三个人走进镇招待所，要了一个小雅间，点了五六个菜，专门要了三瓶驰名的"景阳春"酒。苏红卫说："今天晚上我们好好放松一下，一人一瓶，一醉方休！"

两杯酒下肚，苏红卫打开了话匣子："东雷，大海，好好干！现在我们厂的发展速度快了，我肩上的压力也更大了，你们俩是我的左膀右臂，等我退休了，我就推荐王东雷接班，李大海为第一副厂长。听好没有？大海，你要好好协助东雷的工作，你们两人要合伙干的事还有很多。"

王东雷忙说："爸，您喝多了吧，说的是什么话啊！"

苏红卫满不在乎："怕什么，又没外人。这个厂铸造熔炉的第一块砖就是我垒上的，除了我，谁也没有资格当厂长。就是我退了休，新厂长也得由我定。"

　　李大海皱了皱眉头：企业发展的规模越大，苏红卫的权力欲望也就越来越膨胀。苏红卫是厂长，女婿王东雷是副厂长，这个企业就和他们自己家的差不多了。但李大海对此却敢怒不敢言。他只能一口一口地喝闷酒，瓶中的酒见了底，三个人也都晕乎乎的了。

　　往回走的路上，王东雷和苏红卫晃晃悠悠地走在前面，李大海无精打采地跟在后面。看着偶尔来去的大卡车，李大海心里突然涌上了一个念头：要是苏红卫突然死了，会是什么情况？这念头一冒出来，就压不下去了。李大海知道自己这么想太卑鄙，但他却控制不住自己。

　　苏红卫明显喝多了，说话一磕一绊，走路也一歪一斜。王东雷也醉了，他扶着苏红卫，两个人歪歪扭扭地走着。李大海看着他们的背影，暗暗咬牙。

　　前面路边有个坑，王东雷看到后，便扶着苏红卫往路中间靠了靠。身后一辆大卡车疾驰而来，远远地鸣了一下喇叭。

　　苏红卫回过头，不高兴地嘟囔了一句："叫什么叫，什么破车啊。"就在苏红卫回头的一瞬，他脚下一个趔趄，人往路中央歪去。王东雷急忙伸手去拉，却没拉住，苏红卫一下摔倒在了路中央。而就在此时，身后的大卡车也驶了过来，再刹车已经来不及了，只在转瞬间，苏红卫就被卷到了车底下。

　　苏红卫伤到了内脏，送到医院抢救了几天，人慢慢的就不行了。苏红卫虚弱地看着来来去去的人，拉着老伴和苏金凤、王东雷的手，"别悲伤，人终有一死，这也是天意。你们要好好过日子，抓紧生个孩子，让苏家有后。只要你们过得好，我在天上也开心啊。"

　　镇企管办周主任和村党支部书记来看望苏红卫，苏红卫拉着周主任的手说："周主任，'人之将死，其言也善'。西营机械厂的发展才刚开始起步，可一定不能倒啊。"

　　周主任拉着苏红卫的手，安慰道："苏厂长，你放心，有镇上支持着，乱不了。你安心治疗，其他的就不要多想了。"

　　苏红卫说："周主任啊，我们也结交五六年了，就别来这些虚套了。我自己的身体状况我自己清楚，这一关是过不去了。我向镇党委、镇政府和村党支部郑重提议，万一我不行了，你们一定要让王东雷代理厂长。"

苏红卫喘了一阵，又说："请相信我，我也是三十年党龄的老党员了。现在的两个副厂长，王东雷和李大海，都是我亲手培养起来的，谁什么脾性，我心里最明白。我举贤不避亲，王东雷踏实、能干、技术强、管理能力强、处事公正、群众基础好；李大海头脑灵活、点子多、善于处理人际关系，但他只有小聪明，缺少大智慧，他如果担任了企业主要负责人，企业怕是走不长远的。所以，我强烈建议让王东雷代理厂长，哪怕只代理个两三年，等企业发展得稳定一些时，再按组织程序推选厂长——这对企业来说，至关重要啊！"

周主任点点头："苏厂长，我相信你，我一定把你的意愿汇报给镇党委、镇政府。"

晚上，苏金凤和王东雷陪床。苏红卫把苏金凤支开，单独对王东雷说："东雷啊，你来咱厂快七年了，这些年，我总算没看错你。我不行了，已经向镇上推荐你代理厂长，你要有思想准备。代理厂长期间，凡与人事、财务相关的事情，你要让李大海拿主意，因为这些事情太敏感，处理起来很费精力。你只须把产品质量、技术开发和市场营销抓起来，这才是立身之本啊，没有了这些，什么人事、财务，全是无根之木。以后啊，你要好好和金凤过日子，你们结婚三年多了，却一直没有孩子，虽然厂里这几年事情多，占用了你的精力，但总这样也不是个办法啊。实在不行，就去医院检查一下，看看到底是什么原因。只可惜，我是看不到你们的孩子了。"

在市医院抢救了几天，苏红卫终因伤势过重，撒手人寰。

世间最令人痛苦的事，莫过于眼看着至亲之人慢慢离去却回天无力。在苏大妈和苏金凤撕心裂肺的哭声中，苏红卫慢慢闭上了眼睛。

第六章

6 – 1

镇党委、镇政府采纳了苏红卫的建议，任命王东雷为代理厂长。镇党委进行了明确的分工：王东雷代理厂长，负责产品质量、技术开发和销售工作；厂里最核心的人事、财务等工作，则由李大海分管。虽然做了这样的分工，但李大海还是接受不了这个事实。

从职务上看，李大海早就是第一副厂长了，并且他担任副厂长时，王东雷仅仅是个挂名的厂长助理。现在王东雷越过了自己，成了代理厂长，而自己还是副厂长，这让李大海很难接受。他恨王东雷恨得牙都痒。

这事都怪苏红卫，这一切肯定是苏红卫生前安排的，但在表面上，李大海一点也不敢表露出来。镇党委的意见很明确：王东雷只是暂时代理，到了适当的时机，会重新考察选拔厂长人选的。"留得青山在，不怕没柴烧。"李大海想。

晚上，李大海回到家后，还是忍不住长吁短叹。老婆孙二芳凑上前，小心地问："大海啊，怎么了，又有什么不开心的事？"李大海白了孙二芳一眼，当初自己怎么就瞎了眼，看上了她，要不是她叔是供销社的主任，自己怎么会和她结婚呢。这辈子也只能和孙二芳这么过下去了，都怪苏红卫，要是自己和苏金凤成了亲，那么一切可能就是另一个样子了。

下午下班后，苏金凤来到了李大海的办公室。现在厂里的办公区是两排平房，王东雷在前排，和办公室、生产科、质检科等在一排上，李大海在后排，和财务科、人事科、劳资科等在一排。苏金凤和李大海之间，隔了四间屋的距离。

苏金凤是来送上个月的财务报表的。放下报表才要走，李大海叫住了她："嫂子，别急着走啊。来，坐一坐。家里的事情都处理好了吧？你要注意保重自己啊！"

苏金凤一听，眼睛又开始红起来。李大海忙转移话题："上月财务情况如何？应该不错吧？"

苏金凤平复了一下心情，说："不错，比前一月更好了。看来，你提出的控制成本的办法真的不错啊。虽然东雷怕影响了工人和销售人员的积极性，但这个月的成本明显下降了，说明你的办法是对的。"

上个月，王东雷和李大海因为工人计件工资的事情，发生了较为激烈的争论，但最后，王东雷还是依从了李大海的意见。听苏金凤这么说，李大海的脸上浮出了笑容："嫂子，我提出对工人的计件工资和销售人员的提成实行封顶的办法，一是为了控制成本，二也是为了平衡各工种、各产品间的劳动和收入的平衡。打个比方说，一个工作段，如果这段时间正好接到了一批技术含量低、劳动强度小的工作，他会超产很多的，若再按照原来的计件工资制度，他会拿到特别高工资，这样就会影响其他工序人员的情绪，同时，也会因这个工序中生产的产品过多，而与上下游生产的配件数量不平衡。这样，不就影响整个生产计划了吗？"

苏金凤点点头："大海，我早就知道你是个有能力的人。其实咱厂的一大半事情，是由你顶着的。"

李大海谦虚着："嫂子，说得过分了呀，明明是东雷代理厂长领导得好啊！"他起身给苏金凤倒了杯水，看着苏金凤憔悴的面容，心里也不是滋味。苏金凤毕竟曾经是自己的嫂子啊，遇到这么大的变故，内心肯定非常痛苦！

好几天没见怀苏了，李大海买了一堆礼物，去看怀苏。自从哥哥去世后，李大海主动承担起了责任，经常去看怀苏，带着她出去玩，视怀苏如掌上名珠。这一点，让苏金凤很感动。

来到苏金凤家，王东雷正好出去了。李大海说："嫂子，你一定要照顾好自己啊，你身体好了，才有精力照顾怀苏。"

苏金凤叹了口气："你放心吧，不会有事的。怀苏她爸爸走了，我爸又去世了，我的心又乱又空六神无主的。现在，你和东雷是这厂子的主心骨，你一定要多多用心啊。我是做财务的，知道厂子现在正是大发展的关键时期，可一定不能松懈啊。"

李大海点点头："嫂子，你放心。你知道这个厂对我们意味着什么吗？意味着我们两家人的生命。为了这个厂，我爸、我哥、你爸，都献出了宝贵的生命，所以，干好工作，让企业不断地发展壮大，其实就是在延续我们亲人的生命，让他们在另一个世界可以安息。"

李大海说得悲壮激扬，苏金凤的眼圈又红了，眼泪不由自主地掉下来。李大海缓和了一下语气："嫂子，你放心，我一定全力培养怀苏，我的最终目标是让怀苏担任厂长，继承她的先辈遗志，宽慰我哥的在天之灵。"

苏金凤吃惊地瞪大了双眼，说："让怀苏当厂长？"

李大海说："当然了。嫂子，你想想，王东雷终是一个外来人，其出身也不清不白的。我真不知道上级是怎么想的，让王东雷来代理厂长，我怕王东雷搞来搞去，这厂子不但不姓'李'了，甚至也不姓'苏'了。怀苏是我哥哥的女儿，是我的侄女，身上流着的是我们两家的血啊。"

看着苏金凤吃惊又疑惑的表情，李大海暗暗松了口气。

6-2

下午，李大海带着财务科的人员，对仓库进行了全面盘点。结束后，看到其它财务人员走了，李大海试探地对苏金凤说："嫂子，老厂长走了四个多月了，我有句话不知道该讲不该讲，我要是讲了，你可不要怪我啊。"

"怎么会呢？你是怀苏的叔叔，有什么话你直说就行。"

"是这样啊，我现在回过头来想，越想越觉得老厂长的事故发生得很蹊跷。我记得清清楚楚，虽然那天你爸爸喝得有点多，但我和东雷喝得并不多。而且发生事故的时候，你爸爸和王东雷走在前面，我走在后面，但就在我弯腰系鞋带的工夫，事故便发生了。"

"李大海，你，你什么意思啊？"苏金凤似乎明白了李大海的意思，又好像不明白，紧张地看着李大海："大海，你想表达什么意思？"

李大海压低了嗓音，怯怯地说："嫂子，那我可就把我知道的都告诉你了啊，要是说多了，你别怪我！嫂子，你就没觉察出王东雷与以前有什么不同吗？"

"不同？"苏金凤疑惑地看了看李大海，迟疑地摇了摇头，"没有啊，除了工作又忙了，还和过去一样啊。怎么？难道他……"她的眼睛虽然看着李大海，但脑子里想的却是王东雷。

李大海说："那是他对你隐藏得深。我可感觉出来了，他的权力欲望越来越强了。"李大海压低了声音，"他老早就想当厂长了，我怀疑苏厂长的事故与他有关。"

"怎么会呢？那可是我的爸爸，是他的岳父啊。"

"嫂子，王东雷经常和我说，也和他手下的一些工人说，如果他是厂长，他会如何如何。他难道就没有对你这么说过？"

被这么一提醒，苏金凤倒是想起来王东雷是这么说过。有一次，王东雷和自己谈起厂里管理方面的事时，就随口说过一句话："咱爸太心慈手软了，要是我当了厂长，我会把那些占着地方不干活儿的人赶回家去。比如，咱们的仓库并不大，却配了四个仓库管理员，这不是白白浪费人力资源成本嘛？我要是厂长的话，我可不管谁是谁的熟人，谁和谁有情面，一杆子全把他们赶回家去。"

当时，苏金凤还说："王东雷，怎么我爸爸还干得好好的，你就想接班了？"王东雷忙住了嘴，解释说："金凤，没那意思，没那意思，我只是打比方。现在从上到下都搞改革，搞科学管理，我也越来越觉得我们厂子需要改革了。"

苏金凤白了王东雷一眼："你抓好你的生产就行了，其他的事情有我爸爸呢，你就别'咸吃萝卜淡操心'了。"

现在想来，难道王东雷早就有野心？

看苏金凤在沉思，李大海暗暗一笑，继续说："那年，我和他去浙江南山市出差，他就对你爸爸的发展思路不以为然。说你爸爸有小农思想、墨守成规，南山有这么好的市场，也不知道主动开发。说你爸爸在用人上太讲情面，谁也不想得罪，现在厂里光管理人员就占了三分之一，一个小小的厂办公室，就配了一个主任、两个副主任、六个工作人员。他说如果他是厂长，办公室里三个人就足够了。"

苏金凤点了点头："嗯，这话他对我也说过。有时和我爸爸闲聊时，也对我爸爸说过。"

"是不是你爸爸不喜欢他这样说？"

"倒也说不上喜欢不喜欢，我爸爸只是听，没做评论。"

"那是当着你的面给他留面子。有一次在厂里，你爸爸就直接训斥他：'王东雷，等我死了你当了厂长后再改革吧。有我在，这个家还轮不到你来当！'"

苏金凤情不自禁地为王东雷辩解："王东雷说话就是心直口快，但这也不能说明他有什么问题啊！"

李大海四下看看，压低嗓子说："有一次我们两个喝酒，他喝多了，竟然和我说，可惜苏厂长才五十来岁，自己不知道哪年哪月才能接上班呢。"

苏金凤看着李大海，一时插不上话。李大海又说："我曾经问过王东雷，都结婚这么长时间了，怎么还不要孩子。他竟然说，他还没想好，说现在改革开放了，听说南方改革开放的步子大，需要大批的管理人才。他跟徐工学习了四五年了，对专业知识已经完全掌握了，万一有机会去南方，没有孩子会少很多牵绊。"

李大海关切地看着苏金凤："他这意思，是不是一有机会就甩了你自己去南方啊？他一个外乡人在这里，没有父母兄弟，无牵无挂，说走就走，你可要注意啊。如果他真的要走，你若不跟去，你们的家可能就散了；可你若跟着去了，则不但你自己背井离乡，连你妈妈和怀苏都没人照顾了。"

苏金凤不敢再听下去了，只是喃喃地说："不会的，不会的，东雷不会这样的。"

李大海又说："那天晚上，你爸爸和我们两个是喝了点酒，但你爸爸喝得并不是很多。回家时，你爸爸和王东雷两个摇摇晃晃地走在前面，两个人的肩膀好几次都撞到一块儿，我几次提醒王东雷好好照顾你爸爸，但事故还是发生了，这真的很古怪。事后，我越想越觉得蹊跷，明明是王东雷走在外侧，你爸爸走在里侧，可你爸爸怎么会摔倒在路中间呢？那车怎么只撞了你爸爸，王东雷却一点事也没有呢？都怪我当时在系鞋带，不然这件事或许就不会发生了。"

苏金凤猛地站起来："不会的，大海，你不要胡说！我爸爸的事故是个意外。我爸爸走时，我一直守在他身边，他没有说一句东雷的不好。"

"那是你爸爸为了你家的和睦，有意不点破。你爸爸是个宽厚大度的人。"李大海轻声地说："嫂子，你可一定要保持清醒啊！"

6 – 3

这几天，王东雷总是很晚才回家。苏金凤回想着李大海的话——其实她自己也感觉出来了，王东雷对自己越来越冷淡，连夫妻的房事，都是自己主动要求的。虽然自己说过不要孩子，但不要孩子，并不代表不过夫妻生活。并且，王东雷是个正常的男人，现在也算是事业有成，他怎么能够轻易地答应自己不要孩子的要求呢？难道，他真的有什么见不得人的想法？

"不行，我一定要调查清楚，告慰父亲的在天之灵。"苏金凤想来想去，觉得这事还得问李大海。

李大海盯着苏金凤看了好一会儿，把苏金凤看得心乱乱的："大海，你一个劲儿地盯着我干什么啊。"

李大海说："嫂子，你先说说，你到底想要干什么，你是不想和王东雷过了吗？还是想把这个厂闹垮了？就算你真的确认了你爸爸的事故是王东雷所为，那也没有直接证据，从法律上也不能把王东雷怎么样。这样，除了让你们夫妻的关系变得更僵，让更多的人笑话你们外，有什么意义呢？"

苏金凤愣了愣，琢磨了一下李大海的话，的确很有道理。但又一想，虽然有道理，但她过不了自己心中的那道坎。想想，如果爸爸的事故真的与王东雷有关，而自己却天天和王东雷同床共枕，这真的让她难以忍受。

想来想去，她坚定地对李大海说："不行，这事弄不明白，我心里不踏实。大海，你就帮帮我吧。"

李大海想了想，仿佛下了很大决心才说："嫂子，我真心疼爱怀苏，也很理解你的心情。我记得当时派出所有一个事故调查报告，王东雷和我都去做过笔录。我想，你去派出所问问，看能不能看看那份笔录。这样吧，我帮你找找私人关系，看看行不行。"

过了几天，苏金凤看到了那份笔录。的确和李大海说的差不多：王东雷和苏红卫走在前面，李大海在后面系鞋带，李大海要王东雷注意照顾苏红卫，王东雷就和苏红卫换了位置，让苏红卫靠路边走。恰好路边有个坑，苏红卫为了避开这个坑，便往路中央靠，结果摔倒在了路中央，正好被后面来的一辆卡车撞到，发生了事故。

李大海说的都是真的。苏金凤的心一下子沉了下去，她不愿相信，但又不得不相信——爸爸的事故真的与王东雷有关。

这天，苏金凤炒了一盘鸡蛋土豆丝、一盘肉丝芹菜，等王东雷回来。坐下后，苏金凤给王东雷倒了一杯酒，说："东雷，怎么又回来得这么晚？爸爸去世后，你又要处理家里的事情，又要忙活厂里的事情，真的很辛苦，要多注意身体啊。"

王东雷叹口气："我今天去盘点仓库了。唉，金凤，配套件仓库那么小的地方，却安排了三个保管员；入库的一千个铜套筒，才装配了不到六百个就断货了。我去清点仓库时，才发现这仓库里乱七八糟的，问那四百个怎么没有了，保管员却一问三不知，真是气死人了。要是我早代理了厂长，早把他们一个个全撵回家了。"

又是一个"要是我早代理了厂长"。苏金凤心里咯噔一下：难道他早就有异心？如果是这样，爸爸的事故就真的与他有关了。

苏金凤尽量压住情绪："东雷，你是不是很想当厂长啊？"

王东雷喝了一口酒，顺口答道："当然了。这几个月来，我感觉我这人还是很有管理天赋的。我发现了好多原来的管理漏洞，也都进行了整改，现在的管理比过去严谨多了，产品质量、产量都稳步提升。照这势头发展下去，到今年十月份，就能完成全年的任务目标了。"

王东雷又喝了一口酒："我原来没主持过工作，还以为管理有多难，所以不敢想得太多，只是低着头干。现在看来，从前我是太过小心了，如果早点儿放开手脚大胆干，说不定早就有好的局面了。"

苏金凤打断了王东雷的话："东雷，你刚才说什么？"

"什么说什么？"

"你刚才说的那句话。"

"说不定早就有好的局面了！"

"不是这句，是上面那句。"

王东雷疑惑地看了苏金凤一眼："如果早点儿放开手脚大胆干啊！怎么了，有什么问题？"

苏金凤的脑袋里嗡的一声："王东雷，你个没良心的。你告诉我，'如果早点儿放开手脚大胆干'是什么意思？"

王东雷抬眼看看苏金凤，看到苏金凤的脸绷得紧紧的，眼瞪得大大的，嘴角都有些歪斜了，整个人看上去有种狰狞的感觉。他不由得倒吸口凉气："怎么了，我说错什么了？"

苏金凤的心越来越沉：狐狸尾巴终于露出来了，爸爸的事故果然与王东雷有关。

苏金凤的声音阴阴地："王东雷，你是不是早就希望我爸爸出事了？这样，你就好早一天占据我爸爸的位置。"

王东雷这才发现问题所在："金凤，你在胡说什么啊！爸爸对我有知遇之恩，我报答他还来不及，怎么会希望他出事呢？你别胡思乱想。最近这段时间，你精神压力很大，早去休息吧。"

苏金凤再也控制不住了，她有些歇斯底里："王东雷，你说，我爸爸出事的时候，你到底做了什么？是你害了我爸爸，是你害了我爸爸，是你害了我爸爸！"

王东雷也生气了："苏金凤，你闹够了没有？四五个月了，你还没从小情绪中走出来，看你都乱说了些什么啊！我在厂里工作压力这么大，回到家你也不让我安生，你以为这一摊子事是好干的？"

苏金凤呜呜地哭起来："王东雷，你狼心狗肺！你蛇蝎心肠！你害死了我爸爸。"

住在东头房间的母亲听到这边有争吵声，过来敲了敲门："东雷，金凤，怎么了？"

苏金凤忙止住哭声。这些日子，妈妈也是整天以泪洗面，她心脏本来就不好，因为爸爸事故的打击，身子更虚弱了。不能再给妈妈增添心事！于是，她故作平静地说："妈，没事。今天工作上有点闹心事，现在没事了，您早休息吧。"

妈妈又说了句："东雷，金凤心里难受，你多照应着她啊。"

6－4

听着妈妈远去的脚步声，苏金凤往门口走去。王东雷一把拉住她："你要去哪？"

"不要你管！"

"不行，不说清楚不许出去。"

"王东雷，你个狼心狗肺的恶人！你说，我爸爸是不是你害死的？"

"金凤，你，你怎么能乱说啊？"

"我都打听过了，也去看过当时的事故调查记录。当时你和我爸爸并肩走着，我爸爸还走在你的右边，可为什么那车没撞到你，却偏偏撞到我爸爸呢？"

"金凤，我和你说过多少次了，那晚我喝醉了酒，对当时的情景真的记不清了。但我很确定的是，那件事情真的是意外，真的与我没有关系。"

"王东雷，再狡猾的狐狸也会有露出尾巴的一天，但我想不到你的尾巴会这么快就露出来。"苏金凤的脸越来越僵硬，说的话也硬邦邦的，砸得王东雷的心生疼。

王东雷急得直跺脚，却又不知道如何证明自己。后来他说："你可以去问问李大海。当时他就在我们身后，他可以证明这绝对是意外。"

苏金凤说："你还记得在派出所做笔录的时候你说的话吗？白纸黑字，清清楚楚，你还不承认？"

正说话间，门外突然传来扑通一声，王东雷忙推门出去，是妈妈。此刻，她正捂着胸口倒在地上，痉挛着说不出话来。坏了，她的心脏病又发作了！

王东雷抱起苏妈妈平放在床上，苏金凤在妈妈的胸口上按摩着，王东雷忙取了药来给妈妈服下。好久，妈妈才缓过来，示意王东雷把她扶到东厢房里，说："东雷，你先回去休息吧，让金凤陪我会儿。"

看王东雷走了，妈妈才严肃地对苏金凤说："金凤，你刚才说什么了，你爸爸的事故与王东雷有关？"

苏金凤忙掩饰道："没有，妈妈，你别多心，我是烦他又回来得这么晚，才顺口说出来的。"

妈妈叹了一口气："金凤啊，你爸爸走了，我也很伤心，但你可不能怀疑王东雷啊。我都问了，这是个意外。王东雷虽然是个外乡人，但户口已经落到了我们村里，并且也和我们一起生活了三年多了，东雷的人品、性格、为人处事，我们都很熟知，他不是那样的人。或许是因为他代理了厂长，有些人眼红气不过，才在背后说他坏话，挑拨你们的关系。对此，你心里要有个准数啊。"

苏金凤闷不作声。妈妈叹口气："金凤啊，我知道你心气硬，心里放不下事，但你就相信妈妈一回吧。你爸爸的事情真的是意外，王东雷不会做那种事的。"

苏金凤沉默良久，才轻声说："好的，妈妈，我不计较这事了，你保重身体要紧。"

苏金凤回到西厢房时，王东雷已经睡着了，鼾声打得正急。她在床上躺下来，心里却总是不安，好长时间睡不着，于是又回到了妈妈屋里。

妈妈说："怎么又过来了？"

苏金凤说："妈妈，我在那边睡不着，想靠着你睡。"

妈妈侧了侧身，给苏金凤留出个位置："都这么大的人了，还孩子气。"

这一晚，苏金凤偎在妈妈身边，睡得特别踏实。

王东雷和苏金凤结婚后，需要调动户口并户。当时苏红卫说："金凤，怀苏从小就没有爸爸，我看得出，东雷很喜欢怀苏，就趁新建户口的机会，让怀苏改成东雷的姓吧。这样，慢慢的怀苏就把东雷当成爸爸了，对孩子也算是一份弥补，等你和东雷有了孩子，再跟你姓苏，好不？孩子不能一辈子都生活在没有爸爸的家庭里啊。"苏金凤想了想，听从了爸爸的建议。

苏金凤在妈妈屋里睡的那些天，怀苏倒是高兴了，每天晚上都跑去和爸爸睡。王东雷也特别喜欢活泼可爱的小怀苏，他知道，自己可能不会再生育了，有这么一个女儿，对自己来说也是一件幸事。

这样过了好多天，妈妈说："金凤，回你们屋睡吧。你们结婚都几年了，也应该要个孩子了。王东雷是上门女婿，按国家政策可以生二胎的，你们不急，我急啊。"

其实，苏金凤的爸爸妈妈，一直都不知道苏金凤和王东雷"只结婚，不生育"的约定，也不知道王东雷对苏金凤的承诺。

苏金凤拗不过妈妈，只好回了自己屋，回屋后她发现王东雷搂着王怀苏睡得正香。小怀苏乖巧地躺在王东雷的臂弯里，一只手还捏着王东雷的耳垂，小嘴一张一翕，还轻轻打着香甜的鼾声。此情此景，让苏金凤的心一下子软了下来。王东雷对自己的女儿这么亲昵，怎么可能害自己的爸爸呢？也许是自己误会他了。

她轻轻地躺在女儿身边，没想到惊醒了王东雷。王东雷伸手轻轻地拍了拍苏金凤的肩膀，说："金凤，别怄气了好不？都怪我，明知道你心里不好受，还和你吵。"苏金凤没作声，翻过身去睡了。

时间是疗伤的良药，转眼两个月过去了，天渐渐转凉，冬天就要来了。苏金凤对王东雷的怀疑也渐渐淡了，她发现事情好像并没有李大海说的那么严重，也不像自己想像的那个样子。她甚至想，倒不如抛弃杂念，和王东雷生个孩子，一家人安安心心地过日子。

6-5

这天中午，快下班时，苏金凤办公桌上的电话响了，是李大海。苏金凤尽量平静地说："大海，是你啊。有什么事吗？"

李大海说："你来我办公室一趟吧。"

苏金凤问："有什么事不能在电话里说吗？"

李大海压低了嗓音，说："不能，必须当面说。"

苏金凤很奇怪。今天早上上班，在走廊里遇到李大海时，他没头没脑地问自己："嫂子，这几天家里是不是来客人了？做的什么好吃的啊？"

苏金凤莫名其妙："大海，你是不是没睡醒啊？我家里哪来什么客人了。"

李大海一愣，打了个哈哈："哦，哦，那是我看错了，看错了。"

这会儿，李大海又特意让自己去他办公室，是因为什么呢？苏金凤纳闷着，来到了李大海的办公室。

李大海工作忙，经常加班，为了方便休息，他在办公室的里屋安了一张床。他把苏金凤拉到了里屋，又把外面的门关严。苏金凤吓了一跳，她的心怦怦跳着，不解地问："大海，你神神秘秘地干什么，到底是什么事？"

李大海悄声问苏金凤："你没注意到王东雷这两天有点反常？"

"反常？"苏金凤摸不着头脑了，"什么意思啊？"

李大海说："李大宾告诉我，昨天上午，有娘俩来找王东雷，是一个三十岁左右的女人和一个七八岁的小男孩。王东雷安排他们住在了镇招待所207房间。我让人去打听了一下，说那娘俩和王东雷关系很亲密的样子，好像还听到那个男孩管王东雷叫爹。"

苏金凤的脑袋里又是嗡的一下。这一次的事，比之前听李大海说爸爸的事故和王东雷有关还让她震惊，她几乎要晕过去："大海，你可千万别乱说。"

李大海说："开始我也不信，后来我亲自去调查了一下，那娘俩果然住在那儿，他们就是从王东雷老家来的。你要是不信，亲自去看看不就知道了？"

苏金凤想了想，这几天中午和晚上，王东雷都没在家吃饭，当时她也没往心里去——王东雷应酬多，中午晚上经常不回家吃饭。但现在再想，难道他是陪这娘俩去了？

从李大海屋里出来，苏金凤拨通了王东雷办公室的电话。果然，王东雷说中午有应酬，不回家吃饭。苏金凤应了一声，暗地里留意着王东雷。她从后窗户里看到王东雷骑着自行车出了厂，便也连忙骑上自行车跟了过去。

果然，王东雷来到了招待所；果然，王东雷上了二楼；果然，王东雷进了207房间。苏金凤悄悄伏在房间门口，听到里面传出王东雷的说话声：貌似是在争吵，又像在谈什么条件。

王东雷说："都这样了，如果你还不满足，就随便你吧。"

一个女的说："哥，我也是没办法了才来找你的。你放心，只要你答应了我的条件，我保证以后不会再来找你。我和孩子在老家安安稳稳地过我们的日子，你在这里好好当你的厂长。但你若不答应，我就闹到你的厂里去。"

这时，一个孩子说："爹，要不你就跟我们回老家吧。"

王东雷制止道："不是和你说过好多次了嘛，不要叫爹，要叫舅舅。快和你娘回去吧。"

苏金凤听不下去了，她想推门进去，但手都碰到门把手了，却没有了力气。她在门口呆立了三分钟，悄悄地离开了。

下午，苏金凤没上班。她越想越觉得不对头，拿起电话打到了王东雷的办公室："东雷，我身体不舒服，你回家一趟吧！"

王东雷说："怎么回事？下午还有个客户要来，我没时间啊。"

苏金凤说："好，既然你没时间，就不用回来了。我今天下午不上班，有的是时间，我一会儿就去招待所看看那娘俩。"

王东雷愣了一愣："什么娘俩？"

苏金凤几乎要咆哮了："王东雷，你想骗我骗到什么时候？招待所207房间里的那娘俩，需要我去把他们请到家里来吗？"

王东雷一下子慌了："金凤，你别急，别急。我这就回家，这就回家。"

来的是槐米和松山，让王东雷又想又怕的两个人。

他们是晚上到的这里，下了公交车，已经是凌晨了。娘俩在客运站候车室的排椅上睡了一晚，天一亮，就打听着找到了西营机械厂。当他们来到工厂门口时，已经快十一点了。门卫老刘听说是王东雷老家的人，还是他妹妹，自然不敢怠慢，忙不迭地跑到办公室找王东雷，听说王东雷到了车间，又一溜小跑到了车间。他见王东雷正在和车间的技术人员研究问题，便把王东雷拉到一边，小声说："王厂长，您妹妹来找您了，还带着个孩子。"

王东雷横了老刘一眼："刘师傅，你睡迷糊了吧，我哪里来的妹妹？"

老刘压着嗓子，连说带比划："是真的。说是从梨村来的，还带着个这么高的小孩子，说是你外甥。说找了大半天才找到这里，还说昨天晚上他们是在汽车站的候车室里睡的。"

啊？王东雷一惊，难道真的是槐米来了？自己给她寄钱时，明确说过不许她到这里来找他，她怎么还是来了？居然还带着孩子。自己代理厂长已经大半年了，各项工作做得非常好，照这形势发展下去，估计用不了多久就能把"代理"两个字去掉了。在这节骨眼上，槐米却带着孩子来了，万一传出去，自己这厂长恐怕就当不成了。

王东雷跟着老刘走到大门口，发现果然是槐米。虽然四年不见，但他还是老远就认出了她，只是松山长高了许多，模样也和王东雷越来越像了。

王东雷从口袋中掏出一盒烟递给老刘："刘师傅，麻烦你了。拜托，这件事你和谁也不要说，省得这个来看那个来看的影响工作。千万记住啊。"

老刘一拍胸口："放心吧，王厂长。"

王东雷把槐米拉到一边："你怎么来了？我给你寄钱时，不是说不让你来这里找我吗？"

槐米斜了王东雷一眼："哥，看你说的是什么话啊！快晌午了，我们娘俩连早饭都没吃呢。怎么一见面，你二话不说就训我们啊，你说的这叫人话吗？"

王东雷立刻住了嘴，小声说："槐米，你别误会。你看，我不知道你们没吃饭。别急，走，我先给你们找地方住下，再带你们去吃饭。"

6-6

王东雷先带他们到了镇招待所住下，又带他们找了个饭店吃饭。松山第一次在饭店里吃饭，对着桌上的大鱼大肉，吃了个肚儿圆。王东雷看着松山吃得有滋有味，心里是又喜又悲——喜的是自己总算有个后代，悲的是明明知道他是自己的儿子，却不能相认。

槐米明显瘦了，人也憔悴了。高高的颧骨撑得眼角也斜了几分，几颗黄牙不时地闪现在白白的馒头和红红的肉片之间，吧叽吧叽急切地吃着。

看到槐米这副样子，王东雷心里百味杂陈：岁月啊，你怎么就把当年那个水灵得如嫩葱一样的槐米变成了枯草了呢？按说，这些年农村政策这么好，土地承包到户，农民的生产积极性被充分调动起来了，应该是吃穿不愁了，可槐米为什么这般憔悴？

槐米和松山头都不抬，一口气把桌上的饭菜扫光。之后，槐米说："松山，你不是喜欢看'小卧车'吗？你到门口看一会儿吧，别跑远了。"

松山听话地到门外去了。槐米舒服地打了个饱嗝儿，才对王东雷说："我是来跟你要钱的。"

"要钱？"王东雷一时没明白怎么回事。这几年，自己隔些日子就给槐米寄些钱，虽然不是很多，但对梨村人而言，也算一笔大款项了。槐米怎么又跑来要钱呢？细细问了之后，真把王东雷恨得牙痒痒。

原来这些年来，小石匠干不了重活，槐米一人拉扯着三个孩子，也侍弄不好庄稼地，收成就不怎么好。王东雷往家里寄的钱虽不少，但也只能勉强应付槐米的开销。本来，槐米已经有三个孩子了，谁知去年竟然又生了个女儿，严重违反了计划生育，自然免不了一大笔罚款。可问题是槐米也说不上这孩子到底是谁的，她又不敢明着查问，只能逼着那几个和她有关系的男人给她凑了点钱，剩下的空缺，让槐米想到了王东雷，所以就按照王东雷汇款单上的地址，找到了西营机械厂。

王东雷气得不知道说什么好："槐米，你怎么这么不自重啊？我不是给你写信，要你注意自己的形象吗。你这样影响多不好啊！"

槐米又斜了王东雷一眼，"哥"也不叫了："王东雷，小石匠已经不是男人了，你难道还要我守活寡？当年要不是为了你，我能嫁给小石匠吗？你要是不出来，一直在家里陪着我的话，我肯定只为你一个人守着。但你离家六七年了，回来只待了一个晚上，我连影子都没沾着你，你就偷偷跑了。你难道不知道松山是你的孩子？你难道不知道那天我把松山打扮得干干净净的，就是为了让你多陪陪孩子？你没良心，还有脸说我？村里的土地都承包到户了，各人干各人的，小石匠下不了地，我带着三个孩子也忙不过来，我不得求人帮忙吗？我要钱没钱，要物没物，用什么求？不得用身子换吗？我有什么错？我要不这样，三个孩子不早就饿死了吗？"

"你，你。"虽然槐米的话说得糙，但理不糙，王东雷一时语塞，顿了顿说，"那你不会去流产啊？你把孩子生下来干什么啊？"

"你以为我想生下来啊？我想去流产，但医生说我有很严重的妇科病，要先治好了病再流产。但治病又要花钱，家里也没那么多钱，我就一拖再拖，后来孩子大了，不敢流了，只能生下来了。"

"那乡里的计划生育部门就不来找你？"

"找什么啊？乡里没钱，专门等孩子生下来，好来罚款呢。"

王东雷不知该如何接话，过了一会儿，问："那你说，这次有什么打算呢？"

"还能怎么打算？反正你心里已经没有我了。我把这孩子给你留下，梨村穷乡僻壤，他跟着我也捞不着好。你现在是大厂长了，有钱有权，孩子跟着你肯定比跟着我好。你再给我些钱，我回去缴了罚款，以后就和小石匠好好过日子。"

"你想要多少？"

"不多，你是大厂长，给六千就行。"

六千？王东雷倒吸口凉气。自己一个月的收入满打满算都不到五百元，六千元可是自己一年的工资啊！他没好气地瞪了槐米一眼："张口就要六千，好大的胃口！我哪里是什么'大厂长'啊，我只是代理的。"

"王东雷，你少来了。看门的老头都和我说了，你都当了快一年的厂长了，还装什么穷酸?"

"好好，就算我是厂长，但你让我到哪里给你弄这么多钱?"

"你随便拿厂里的东西卖一卖，六千块钱不就来了嘛。"

王东雷哭笑不得，说："算了，你们先回去休息吧，其他的事情，我们晚上再商量，行不?"

晚上，王东雷又来到了招待所，给他们娘俩买了饭菜，看他们吃饱了，王东雷又打了一盆水让松山洗脚。小孩子瞌睡来得急，加上前一天晚上没休息好，今天上午走了不少路，又兴奋地看了一下午街景，这会儿早累了，脚都没洗完，就倒在床上睡着了。

王东雷看松山睡了，便给松山盖上了被子，爱怜地抚摸着松山黑瘦的脸蛋，久久舍不得移开手。

槐米看着王东雷，也没有说话。过了一会儿，王东雷收回手来："槐米，你早点休息吧，我也回去了。有什么事情，明天我们再商量。"

槐米一把抱住王东雷："东雷，我不要你走，你留下来陪我好不?"

王东雷突然感到没由来的厌恶，他奋力拨开槐米的手："槐米，你放尊重点儿，我是你哥。过去的事情不要再提了，你好自为之!"

槐米愣了，看着王东雷一副正气凛然的样子，她又羞又恼："好，好，王东雷，你是正人君子，你，你，你有本事，是大人物，我没有本事，不守妇道。但你有本事别让人家绑了去结扎啊，你有本事别推着铁匠车子远远躲开啊，你有本事走的时候把你的孩子也带走啊，你有本事让现在的老婆也生个孩子啊，你有本事别让我给你带八年孩子啊。"

王东雷被槐米骂得狗血喷头，脸上青红乱窜，他生气地一跺脚，摔门而去，身后传来槐米压抑的哭泣声。

6 – 7

第二天中午，王东雷想了想，还是来到了招待所。没成想却被苏金凤盯上了。

原来，头一天槐米在门口等王东雷时，正好被外出办事回来的供应科科长李大宾看到了。李大宾是李大海的堂弟，他好奇地看看这娘俩，随口问了老刘头一句："那是找谁的啊？"

老刘头见是李大宾，忙说："是找王厂长的。听说是王厂长老家的妹妹，昨天晚上就来了，在候车室睡了一晚，现在才找到这里来。这不，我刚给办公室打了电话，说王厂长去车间了，我才要去车间找他呢。"

李大宾一愣，此前倒是听李大海说过，王东雷老家里有个没有血缘关系的妹妹，这会儿怎么突然来了？按常理来说，多年不见的妹妹要来这里，应该提前告知王东雷，而且王东雷也应该把他们接回家才是。可他们怎么在候车室住了一晚，还自己找到厂里来？

于是，李大宾就悄悄地留意着王东雷，他发现王东雷带着他们娘俩出了厂区，往招待所的方向去了，就派人悄悄跟着查探，知道了大体情形。下午下了班，他见王东雷又要往招待所去，就偷偷跟在后面，见王东雷进了207房间，便伏在门口偷听了几句话，然后悄悄地回去了。

想来想到，李大宾也想不出处理这件事的办法，他就去和李大海说了，在他心里，李大海是个大聪明人，他一定有办法的。

果然，李大海听了李大宾说的事，立刻说："大宾，你说的这事很重要，也很敏感。从现在开始，这件事由我来处理，你就当这件事不存在，明白不？万一因为这事惹出了乱子，你会吃不了兜着走。"

第二天，李大海把这事告诉了苏金凤。

王东雷一回到家，苏金凤就问怎么回事。王东雷只说那女人是自己的妹妹，孩子是自己的外甥。苏金凤问："这么些年来，除了结婚前，你从来都没提过妹妹的事，怎么他们这会儿突然来了？"

见瞒不过去了，王东雷只好耐下心来，把自己过去的事情向苏金凤大体说了一下，却隐瞒了小石匠受伤和槐米与自己不清白的事，只说他们因超生被罚款，所以来找自己要钱。

"事实就是这样，虽然她和我没有血缘关系，但我们毕竟是一个锅里吃饭，一起从小长到大的兄妹。"

苏金凤听完王东雷的话后并不罢休，说："既然是你妹妹和外甥，怎么不让他们住到咱家来？"

"咱家？嗨，这不是他们从乡下来，又穷又脏，我怕你不喜欢嘛。再说，我讨厌这个妹妹，也懒得理她，但她大老远地来了，我总不能让他们住在街头吧。其实，我今天中午本来是想让他们来咱家里吃饭的，但他们脸皮薄不肯来。对了，你怎么知道他们来了？"

"我怎么知道？我不会看吗？你昨天晚上回来得那么晚，又一晚上没睡好，今天一大早就走了，中午又神神秘秘偷偷摸摸地，贴着墙根溜到招待所里去——我就知道你肯定有见不得人的事。"苏金凤停了一下，又问，"为什么那个孩子叫你爹啊？"

"咳，这是我们那儿的风俗，孩子管舅舅叫舅爹。大舅舅是大舅爹，二舅舅是二舅爹，有时也直接叫爹。"

苏金凤白了王东雷一眼："王东雷，我希望你这次说的是真话。要是让我知道你对我说了假话，看我怎么收拾你。"

王东雷上班去了。苏金凤还是不放心，便亲自去了招待所。她要正面会会槐米。

苏金凤敲开槐米的门，槐米惊异地问："你是谁？"

苏金凤开门见山："我是王东雷的老婆。"

槐米吃了一惊："哦，你是嫂子啊。"

"等等，你先别叫我嫂子。我还不知道你到底是不是东雷的妹妹呢。"

"嗬，嫂子你说到哪里去了！我们虽然不是一个爹娘所生，但毕竟也是从小就一个锅里摸勺子，一条河里捞鱼虾的。我们一块从小长到大，不是亲兄妹却胜似亲兄妹呢。"槐米对答得滴水不漏。

松山从槐米身后转出来："娘，这是谁啊？"

苏金凤一眼看到松山，心里一震：这孩子乍一看很像槐米，但再一看，眉宇之间，却又是王东雷的样子，并且越看越像。

苏金凤问槐米："这是你的儿子？"

"是的，叫刘松山。"

苏金凤又问松山："松山，你知道你应该叫我什么吗？"

"不知道啊。"松山搔了搔头。

"你应该叫我舅妈。"苏金凤拉长了声音。

"舅妈。"松山清脆地叫了声。

"这小孩长得真像东雷啊。"苏金凤故意说道。

"俗话说，'外甥像娘舅'嘛！这有什么好奇怪的？"槐米掩饰地说。

苏金凤皱了皱眉头："也是。不过他这娘舅好像不是亲娘舅吧。"

槐米一愣，看看苏金凤，又看看松山，一把把松山拉到身边，低下头给他整理起衣服来。苏金凤知道再这么说下去，也没有什么意义，于是问："槐米，你准备什么时候回去啊？要不来我们家住吧，在这里住着多不方便啊。"

槐米看着苏金凤，没由来地有些心慌："不了，不了，俺们明天一早就走了。家里还有十来亩地要打理呢。"

苏金凤笑了笑："也好，我让东雷明天来送你。喏，这是五百块钱，你拿着，给孩子买点东西。"

槐米推辞："这怎么行？怎么能要你的钱啊。"

苏金凤说："槐米啊，因为东雷的关系，我们也算是一家人了，一家人不说两家话——东雷已经是代理厂长了，正是干一番大事业的关键时期，我们都是他的亲人，所以一定要支持他，不能给他添麻烦。我这么说，你能明白吗？"

槐米看看苏金凤，又看看松山，咬了咬嘴唇，没说话。

晚上，王东雷来到招待所，带来了三千块钱，说："槐米，钱我就这么多了。你明天一早就回去吧，别误了地里的活儿。"

槐米接过钱，说："王东雷，你老婆下午来过了。"

王东雷一惊："她来干什么？"

槐米淡淡一笑："她没说什么，就说你现在干得很不错，都成了代理厂长了。还说你正在干大事业，让我们娘俩不要给你添麻烦。"

看王东雷没说话，槐米又说："不过，如果我们吃不上饭，那么就可能做不到像你老婆说的那样。"槐米的话听上去酸溜溜的。

王东雷沉了脸，过了好一会儿，才说："槐米，现在说什么也不管用。既然有了前因，这后果我自然会承担。孩子暂时还是跟着你，以后我每月都会给你寄钱的，你要好好带他，该上学就上学。我保证，只要有我吃的，就缺不了你的。现在条件不成熟，我还是代理厂长，所以我还不能把他留下。但你也知道，我是不可能再有孩子了，这个孩子是我唯一的骨肉，我不会不管的。你要相信我，等时机成熟了，我肯定会把孩子接过来，继承我的家业。你想想，这孩子毕竟是你生下来的，不管到了什么时候，你都是他的亲娘，将来他发达了，你肯定也不会吃亏的。"

槐米看了王东雷一眼："这话才像个样。既然有你这话，那我就先替你养着孩子吧。你也放心，只要你说到做到，我就一定听你的。"

第七章

7 – 1

槐米和孩子走了，但苏金凤总感觉心里堵得慌：刘松山肯定和王东雷有关系，但她又找不到证据。妈妈看到她闷闷不乐，便问她怎么回事，苏金凤就把事情大致说了一下。

妈妈皱了皱眉头："金凤，那孩子多大？"

"七八岁吧。"

"嗯，这么算来，即使这孩子真的是东雷所生，那也发生在他来我们这里之前。那个年代，稀奇古怪的事情特别多，你别往心里去。你相信也罢，不相信也罢，孩子都在那里摆着，这是事实。不过，只要东雷不承认，只要你抓紧和东雷生个孩子，我想东雷自然会把心思放在咱们这里。"

苏金凤沉思着，不说话。

妈妈又说："对了，金凤，你是不是还有心事？"

苏金凤看了妈妈一眼，好一会儿才说："妈妈，说真的，我也不知道东雷是什么想法。前些时间，我因为爸爸的事情心烦意乱，现在好不容易静下来，他妹妹又带着个孩子找上门来。你说，我的心能放得下吗？"

妈妈说："不管怎么说，东雷和槐米总是从小一块长大的兄妹俩。我想，不管他们多大胆，兄妹之间总还是会有所顾忌的。这件事只要东雷不承认，咱就不要主动去揭谜底。只要你们有了孩子，就不怕王东雷的心收不回来。"

虽然有妈妈的宽慰，但苏金凤的心还是放不下。李大海看出了苏金凤的心事，就把她叫了过去："嫂子，这事简单。槐米不是给你留下地址了吗？你找个可靠的人去打听一下，不就行了？这又不是多么难的事情。"

苏金凤一听，也对，这么简单的办法，自己怎么想不到呢？

但找谁去呢？李大海说："嫂子，你一个女人家出门不方便，我来找人吧，这事你就不用管了。"

过了几天，去打听的人回来了。虽然带回来的消息不是很确定，但多半与苏金凤所担心的相吻合：一是王东雷的爹是和槐米的娘结婚了，王东雷和槐米是没有血缘关系的兄妹，而且最早时，双方的父母有让他们兄妹俩成亲的意思；二是槐米是突然嫁给小石匠的，原因是小石匠用王东雷威胁槐米，槐米是迫不得已的；三是因为槐米嫁给了小石匠，所以王东雷把小石匠狠狠揍了一顿，以后就一直待在水库工地，过年都不回家；四是小石匠受过伤，槐米和不少男人不清不白，在生下大麦后，槐米又生了松山、小路两个男孩和小麦一个女孩；五是尚无直接证据可以证实松山是王东雷的孩子，只是村里有一些风言风语；六是王东雷在水库工地上时，和红石崖村的一个姑娘好过，为此还挨过批斗，但后来红石崖村的那姑娘突然意外落水去世了。

苏金凤听了，心里凉一阵苦一阵，呆呆地说不出话来。

李大海见状，继续火上浇油："这件事的苗头可不是很正常啊。没想到王东雷过去的经历这么复杂。你想想，先是你爸爸事故中的一些环节不明不白，现在又冒出个疑似王东雷私生子的孩子来。你就没捉摸出里面有什么玄机？"

看苏金凤云里雾里的样子，李大海进一步提示："是不是可以这样理解？王东雷现在有两个想法：一个是想在这里扎下根来，等以后时机成熟了，就把自己的私生子接来，培养他做接班人，这样，你爸爸为之付出了半辈子心血的企业，就悄无声息地成了他王东雷的了；再一个就是他王东雷压根儿没想在这里扎根，他只是把这里当成一块跳板，等到了适当的时机，他就会撇下你和企业，无牵无挂地远走高飞。但不管他有什么想法，最终受伤最深的人都是你，这对你不公平。嫂子，这事我一定要管，我是你爸爸培养起来的人，这厂子不管到了什么时候，都得是咱们西营村的，这样才不算枉费你爸爸的心血啊。"

苏金凤双手抱头："大海，求求你，别说了，让我静一静吧。"

回到家，苏金凤又问王东雷刘松山到底是怎么回事，王东雷这会儿真的是上火了："苏金凤，你什么意思啊？还有完没完？松山的事情，我已经和你说明白了，你爱信不信。难道非要我承认什么事情，你才甘心吗？"

苏金凤心里的火气一下子冒了上来："王东雷，你说，你到底有多少事瞒着我？说实话！我找人去过你的老家，打听过你的底细，你别以为你不说就能瞒得过我，我并不傻，我只是不愿意相信那些事情。我只要你坦白地对我说一次真话，我也好认真地考虑我们以后的路怎么走。"

一听苏金凤去过他的老家，王东雷又气又怕，不由得压低声音："金凤，那个年代，流言到处有，你不要随便相信别人的话。请你相信我，自从我来到西营村，我就把西营村当成了自己的家。自你嫁给我，这些年来，我从没有生过二心。过去的事情，你就让它过去吧。我现在一心想的是如何完成经营计划，如何管理好企业，如何才能对得起你爸爸对我的知遇之恩。"

"那你说，你和你那个槐米妹妹有没有过不正常的关系？"

"还是那句话，这都是过去的事情了，你计较这事还有意思吗？"

"那你再说，你和那个红石崖村的女人是怎么回事？"

苏金凤一下子扯到了王东雷最揪心的那块伤疤，王东雷再也控制不住了："你，你，苏金凤，你别欺人太甚！谁没有点儿过去的事情，你干嘛老揪着这些不放呢？你是个二婚的女人，我也答应过你只结婚不生孩子，你还和我计较什么呢？你又有什么资格去查我的底？"

"王东雷，你个混蛋！我在问你问题呢，你干嘛扯到我身上？"愤怒让苏金凤失去了理智。

王东雷铁青着脸，咬着牙说："我凭什么不能扯到你身上？"

苏金凤气得浑身颤抖，推开门就走了出去，好久才回来，一言不发，抱着自己的被子，去了妈妈屋里睡了。

7 - 2

1986 年 10 月，按照市委、市政府区划调整总体方案，西营镇及周围的七八个乡镇被新组建为西营区，驻地设在原西营镇驻地。西营机械厂也同时升格为区属集体企业，由区乡镇企业局主管。

这天，区乡镇企业局的周局长来厂里调研。此前，他是西营镇的企管办主任，西营区成立后，他被提拔为区乡镇企业局的局长。他既是西营机械厂的主管部门领导，也是王东雷的老朋友。

转了一圈，回到王东雷的办公室后，周局长说："王厂长，咱们机械厂过去是西营镇的标兵企业，现在升格为区属集体企业了，也要当全区的标兵企业。"

王东雷乐呵呵地说："只要有您周局长的支持，我们就有信心与能力争当全区标兵企业。"

周局长高兴地说："有你东雷厂长这句话，我就放心了。按照相关政策精神，我们下一步要全面推行厂长负责制，实行企业承包经营责任制。但你目前还是代理厂长，这就不利于相关工作的推进了。此前，我局已经向区委做了汇报，决定按照程序，指导咱们厂建立工会组织，成立职工代表大会。同时，按照法定程序，来厂里考察确定厂长候选人，再由职工代表大会选举出厂长。我们计划在这两三天，就组织相关人员来咱厂工作，你要做好相关准备工作啊！"

第三天，区委组织部相关同志和周局长一行，来到了西营机械厂。他们兵分两路：一路和管理人员、相关职工进行谈话，征求意见，确定厂长候选人；另一路指导着西营机械厂顺利成立了工会，又选举出职工代表，组建了职工代表大会。

谈话时，第一个找的是李大海。本来，周局长以为李大海会提出反对意见，没想到李大海却态度鲜明地支持王东雷："东雷代理厂长三年了，他的业绩是有目共睹的。不但使工厂超额完成了经营目标，而且让工厂的技术改革步伐也不断加快。我们新上的全自动铸造流水线，是目前我市乡镇企业中最先进的。我们生产的特种载重汽车系列配件，产量稳定、质量优秀，连年获得主机厂的好评。可以说，没有东雷，就没有厂子的今天，所以我坚决推举王东雷作为第一候选人。"

组织谈话推举候选人的工作进行得很顺利，最终，王东雷成为了第一候选人，李大海则为第二候选人。

随后，由职工代表大会组织进行了正式选举，王东雷以绝对优势当选为新一届厂长。

对此结果，周局长很是吃惊。因为据他之前了解的情况，李大海一直与王东雷面和心不和，也一直想与王东雷竞争厂长的位置，怎么现在却转变得这么快呢？

原来，前几天晚上，苏金凤和王东雷大吵一通，恨恨地走出了家门，漫无目的地走着，不知不觉就来到了厂门口。她抬脚走了进去，传达室老刘头热情地打着招呼："金凤，这么晚还来加班啊？"

"哦，刘大爷，白天有个账没对明白，趁晚上安静，我过来对对账。"

苏金凤走进自己的办公室，坐在椅子上，心里乱糟糟的。正当她胡思乱想之际，有人敲门，开门一看，原来是李大海。

苏金凤诧异地问："大海，怎么还没走？"

李大海无奈地一笑："唉，真没办法了。这不，今天下午盘点，发现出库数和销售数不符。我和销售部的人一直查到天黑，出去吃了点饭，想回办公室理一理思绪。你知道，我一回到家，孙二芳就和我嘟嘟囔囔，一点儿也静不下心来。"

李大海看了苏金凤一眼，见她脸色难看，心中不由一喜，又加了一句话："下午，王东雷又发火了，说如果他早代理了厂长，早就把仓库保管员撵回家种地去了。"

王东雷果然还是这样说，将王东雷的话与松山的事综合起来考虑看，王东雷在爸爸的事故上脱不了干系。苏金凤的身子微微颤抖起来。

李大海真诚地说："嫂子，你受委屈了，都怪我哥走得早，留下你一个人受苦。"

苏金凤木然地坐着，过了好一会儿，才说："大海，我爸爸的事情肯定和王东雷有关，但又没有证据，怎么办呢？我要为我爸爸报仇。"

看到苏金凤真的认定了爸爸的事故与王东雷有关，李大海也有些心虚，他怕这事会扯到他自己身上，就劝道："嫂子，我也只是随口那么一说，你别当真啊。我估计王东雷肯定不会有意害苏厂长，就是借他个胆子他也不敢。我想，估计是因为他喝了点酒，手脚不便，所以在事故发生时没能及时反应过来。这件事或许真的只是意外，你就别再多想了，保重身体要紧。"

"不，我要报仇。王东雷害了我爸爸，我不能让他那么舒服。"苏金凤突然想起什么，"大海，你还记得你以前的计划吗？"

"计划？"李大海有些懵。

"对，就是你说那个，培养怀苏当企业接班人的事情。"

"当然记得，怎么可能忘呢？西营机械厂，永远都是西营村的，是我们的爸爸的，坚决不能让王东雷为所欲为。"

"那好，从今天开始，我们两人齐心协力，一定把怀苏培养成厂长接班人。"

因为有了这个计划，李大海心想：自己的威信、专业知识都比不上王东雷，估计上级早就暗定王东雷担任厂长了，以自己一个人的力量来反对，不但改变不了结果，而且会暴露了自己，让王东雷对自己有所戒备，还不如扶持他好好干。如果苏金凤不再要孩子，那么他们的家业，早晚会是怀苏的。而怀苏是自己的亲侄女，这就等于王东雷在为自己的后代创造着未来，这是多好的事啊！

所以，他不但自己支持王东雷担任厂长，还说服了几个和他关系比较好的中层管理人员，一起支持王东雷。

就这样，王东雷顺利地担任了西营机械厂的厂长。

7 – 3

这一年 12 月，西营区决定在全区的乡镇企业中推行生产经营承包责任制。为保证经营承包责任制的有效推进，区政府便在该区的乡镇企业中首先选择了西营机械厂作为试点单位。周局长带领工作人员，和王东雷、李大海一起，对过去的经营情况进行了全面的审计，又对以后的生产经营进行了测算，签订了首期五年的经营承包合同——从 1987 年 1 月 1 日开始，至 1991 年 12 月 31 日截止。为此，西营机械厂专门召开了职工代表大会，王东雷代表企业，郑重地在承包合同上签了字。

周局长代表区政府在合同上签了字，并特别指出："同志们，承包经营责任制的原则是'包死基数，确保上缴，超收多留，欠收自补'，基本内容是'双保一挂'。'双保'，是指我们要保证完成承包合同规定的上缴税利指标，保证完成国家规定的技术改造任务。'一挂'，是指我们的工资总额与实现利税挂钩。到那时，大家拿多少工资，要看你们完成了多少任务，真正体现了多劳多得的分配原则。大家一定要在东雷厂长的统一领导下，努力工作，积极奉献，完成承包任务，提高自己的收入，改善自己的生活！"

周局长的讲话，引来了一阵阵热烈的掌声。

围绕着经营承包责任制的目标，王东雷把五年内的经营任务进行了详细的分解，逐一落实到部门与个人。李大海则牵头制定了详细的考核奖励办法，把"多劳多得，按劳分配"的精神发挥到了极致，极大地调动了企业职工的工作积极性。西营机械厂的各项工作也呈现出了崭新的局面。

春风徐来，万象更新，1988 年的春天，风调雨顺，西营机械厂的各项工作蒸蒸日上。推行经营承包责任制的第一年，产值、利润就翻了一番，工人的工资收入也翻了一番。工人手里有钱了，人人喜笑颜开。

王东雷踱到窗前，眺望着远处。田野里，拖拉机来来回回奔跑不停，耕牛摇头晃脑起劲地走着，肩挑手担的村民，在地里忙来忙去，一派繁忙的春耕春种景象。西营村已经全面推行了土地承包制，土地一包十五年不变，充分调动了村民的种植积极性。新翻开的泥土黑黑油油的，散着依依袅袅的水气；过冬的小麦、油菜、菠菜等，如一片片翡翠，散布在地里；地里绿黑黄三色相映，看上去赏心悦目。

王东雷的心却轻松不起来。通过这一年的工作，他发现了企业生产经营中的若干问题，有些问题，甚至到了积重难返的程度。

晚上吃饭时，他问苏金凤："金凤，你能把我们厂里各科室负责人之间的关系细细地给我讲讲吗？"

苏金凤一愣："东雷，你问这些干什么呢？"

"是这样，"王东雷喝了一口水，"去年虽然生产经营效益大幅提高，但随之也发生了一些新问题。比如，随着生产经营规模的扩大，我们新招进了一批员工，又新设了几个管理科室，有的管理科室还增加了管理人员。但我发现，此举不但没有使工作得到应有的推进，反而在一定程度上导致了工作的推诿扯皮，人事结构混乱的现象更加突出。"

苏金凤不解地问："有这么严重？我只是从账面上发现，我们的管理成本呈上升趋势，听你这么一说，就能联系起来了。"

王东雷叹口气："这几年，人事和财务，一直由李大海负责。我知道，咱们厂的职工，大部分都是西营村的村民。我还听说咱们西营村有一个婚嫁风俗特点，'好女不出庄，好儿不下乡'，是不是这样？"

苏金凤笑了："这倒是真的，自从咱们村有了这个厂，村民收入就比其他村子的村民高，福利待遇也比其他村好很多。所以，村里的姑娘到了出嫁年龄，就尽量嫁给本村人；本村的小伙子找对象时，也尽量找本村的姑娘，这就是'好女不出庄，好儿不下乡'的由来，不过想想，事实确是如此，连我不也是这样吗？"

小怀苏已经 5 岁了，好像听懂了大人的谈话，认真地对王东雷说："爸爸，我长大了也要在咱村里找对象。"

王东雷哈哈大笑："好，好，咱们的怀苏懂事了，放心，到时候你想在哪里找对象，爸爸就帮你在哪里找。"

苏金凤笑着点了一下王怀苏的头："小姑娘家家，羞不羞啊？"然后又和王东雷说，"别说，你一提醒，我倒也发现了，咱们厂里的人际关系确实够复杂的。我先把几个部门负责人之间的关系给你说一说吧。"

苏金凤说，王东雷记，什么张科长是李科长的丈人的侄子，什么孙部长是赵主任的堂兄，什么朱会计是工会刘主席的大姨子的堂妹……王东雷的头都大了："金凤，你慢点说，我都被你绕晕了。"

刚上班，李大海就来到了王东雷的办公室："王厂长，有个事情，我想请您合计一下。"

"大海，有事你就说，咱哥俩，不用那么客气的。"看到李大海突然这么客气，王东雷还真有些不适应。

李大海胖胖的脸上堆满了笑："是这样的，咱厂往西两公里，有一个电器厂，你知道吗？"

"知道啊，前几年，我们还给他们加工过配件呢。怎么，又有业务了？"王东雷故意问李大海。其实，他已经听说了，这个厂这几年经营不善，已经濒临倒闭。

李大海说："听说他们这两年经营得不行，已经快倒闭了。我算了算，这个厂占地面积大，地理位置不错，有些业务还和我们有关联，如果我们能兼并这个厂，可谓是优势互补啊！"

"哦，这倒真的是个好消息。"王东雷想了想，说，"大海，我记得，这个厂的厂长，好像和你是亲戚吧。"

李大海一愣，这个厂长是他姨家的表弟，电器厂实在经营不下去了，几次来找李大海，想和机械厂合并，并答应了李大海，会给李大海一定的好处。见王东雷这样说，他略有尴尬地说："东雷，你真神了，连这都知道啊。"

王东雷笑笑："我也是偶然间听那个厂的厂长说和你是亲戚。这个事，我的意见是，你和金凤先去做一个调查，熟人好办事嘛，主要是看看这个厂的负债情况，如果是个烫手山药，可不敢随便接手啊。"

"好，好，你放心，我肯定把事情搞明白。"

看李大海起身要走，王东雷叫住了他："大海，再坐会，我还有个事要和你聊聊，你知道'好女不出庄，好儿不下乡'是什么意思吗？"

李大海一愣，又笑了："当然知道了，你不是也知道嘛。"

王东雷叹口气："唉，正是因为我知道，所以我才要请教你。这么些年，我们村的年轻人同村结亲，亲上加亲，裙带关系复杂。我担心的是，这些复杂的裙带关系，已经带到了我们厂里，影响了正常的管理和生产。就拿管理层来说，你能说明白谁和谁之间的关系吗？这些裙带关系不破，就相当于在企业身上缠上了若干绳索，长此以往，不利于发展啊。"

李大海点点头："是啊，这些事情我也注意到了，有时想破解，但碍于面子，又无从下手。"

"所以，"王东雷坚定的说，"我们一定要找到突破口，来破解这些事。你今天说的电器厂的事，就是个很好的例子。如果这个厂还有价值，我们可以兼并过来。区里由我负责汇报，你负责处理好厂里的债权债务和摸底调研。一旦我们兼并了电器厂，那么必然需要进行人力资源的再调整，就顺势解决一下我们目前面临的问题。你看可行不？"

"好，好，你这办法好。我马上去办。"

看李大海出去了，王东雷摇了摇头。他知道，这些裙带关心的核心，其实就是他李大海。这些年，李大海利用自己分管人事的优势，处心积虑地安插他的一些裙带关系，以此与王东雷抗衡。但经营企业是系统性的大事，仅凭这些小聪明是远远不够的。

7 –4

王东雷和苏金凤结婚几年了，一直没有孩子。外界不知道苏金凤和王东雷的约定，由此传出了些风言风语，说王东雷没有生育能力什么的。

这样的话听多了，连苏妈妈都相信了。她严肃地对苏金凤说："你和东雷到底是怎么回事，这么长时间也不要孩子？我们让东雷当上门女婿，不就是为了让你多生个孩子？要是不要孩子，你们结婚干什么呢？"

其实，和东雷结婚三年多了，苏金凤的思想也在发生改变。她原来是怕王东雷对怀苏不好，所以和王东雷约定不要孩子。现在，看到王东雷视怀苏如己出，并且，王东雷一心一意地扑在工作上，带动西营机械厂得到了快速发展，让苏金凤看到了王东雷的真诚和能干，不由自主地改变了主意。

晚上，她有意问王东雷："东雷，你对怀苏这么好，这么喜欢孩子，要不，我们也生一个吧。"

王东雷说："金凤，我答应过你不要孩子的，既然答应了的事，我就不会反悔，也不会后悔的，你放心好了。"

王东雷越这样说，苏金凤越是感动，更为自己之前对王东雷的误会感觉惭愧，就说："东雷，谢谢你这么说，我想大江的在天之灵也能感受到你的心意的。但妈妈一直催我们，希望我们再要一个孩子，这也不会影响我们照顾怀苏的，是不是？妈妈说，你要是不同意，她就亲自找你说。"

苏金凤都这样说了，王东雷没法再推托，就点点头，含糊地说："金凤，我们就顺其自然吧，好不好？"王东雷之所以这么说，是他有时还心存幻想，也许那时他的结扎是一场梦，也许那时的结扎技术不行，不会影响到他的生育功能的。

王东雷心虚地把目光转向窗外。初夏的风，从窗隙涌进来，暖融融的。窗前的杏树枝繁叶茂，在室内灯光的映衬下，指尖大的青杏，闪头莹绿的光亮，簇在枝头，随风起起落落。

苏金凤和王东雷顺其自然地过了半年，依旧没有怀孕。在苏妈妈的逼迫之下，他们两人只好来到了医院进行检查。

在去医院检查之前，王东雷专门把区医院生殖科刘主任约到了办公室："刘主任啊，是这样，我听说你儿子高中毕业后就不上学了，现在也没有工作？"

刘主任说："是啊，整天在社会上瞎混，我真为他担心啊。"

王东雷点点头："我们厂刚买了几辆车，就让你家孩子来我们厂吧，由厂里出钱，去学习驾驶证，然后就在厂里当司机，你看怎么样？"

刘主任大喜过望："王厂长，您看这事，我该怎么感谢您啊，现在你们厂是我们区最好的企业，人家都说'要上班，机酒韩'。"

"哦？"王东雷好奇地问："机酒韩？"

"就是咱们机械厂、酒厂、还有韩资乐器厂。"

王东雷哈哈大笑："我们真的有这么好的口碑?"

"那当然了,这可不是我说的。不过,我一个小医生,真不知道该怎么感谢您。"

王东雷止住笑："不用感谢,只是我有件事想向你交待一下。"

刘主任说："有事您就说。不管什么事,只要是我能做到的,绝没二话。"

王东雷说："你知道,我和爱人结婚这么多年了,一直没有孩子,明天我们两人要去你们医院检查一下,这事是你负责吧?"

刘主任自豪地说："王厂长,不但在咱们医院,就是在全省的生殖专科里,我也是挂得上号的,像您这样的企业家来我们医院,院里肯定安排我亲自给您检查的。您放心,我一定尽力而为。"

王东雷笑了："好,好,刘主任。其实我想要说的是,每个人都有一些隐私,或者说有一些不宜声张的问题,这也是我今天专门找你来的原因。"

看到刘主任不解的神情,王东雷进一步说："我的意思是,我的身体可能受过伤,可能因此不能让爱人受孕。我今天找你来,就是因为我怕在检查中,会发生让你吃惊的事情。所以,不管你检查出什么,你都将它装在心里,不要声张出去就行了。你孩子的事情,我肯定会负责的。行不?"

刘主任有些疑惑地说："好,我听您的,保护病人的隐私,本来就是我的职责。只要不违背原则和医德,我都答应您。"

经过检查,刘主任发现了王东雷的问题,他知道王东雷做过结扎手术,但他没有声张。

当了王东雷夫妇的面,刘主任说："从检查结果看,王总可能存在影响生育的问题,但为了慎重起见,我想陪王总一同到省城去,找更权威的专家给检查一下,确保诊治正确。您二位的意见如何?"

听到这话,苏金凤的心突然没来由地一阵轻松,但随即又是一阵失落。她判断不明白,自己到底是喜是忧。

刘主任劝苏金凤说："您也不用太担心。现在科技发达了,如果王总不是先天性或器质性病变问题,通过科学手段,一样可以解决生育问题的。"

刘主任陪王东雷去了省城医院，王东雷坦诚地对专家和刘主任说："你们都是专家，我也就不隐瞒了，十年前，我就做过结扎手术。之前我听说，结扎手术是可以复通的，所以我想问一问，像我这样的，还有没有复通的可能。"

省城医院的专家无奈地说："结扎复通术，从理论上说是存在的，但目前还没有一例成功的病例。特别是十年之前的手术，技术和方法同现在也有所不同，估计很难实现复通。即便能复通，也可能因为时间太久，严重影响身体的机能。"

"那还有什么办法吗？"

"目前看，像你这样的情况只有两种办法：一是人工受精，在我们国内，从首例人工受精技术成功到现在，也不过五年，技术还很不稳定，成功率极低，并且，还要面对伦理、社会舆论和情感上的压力；二是试管婴儿技术，在国外，这项技术也才仅仅十年时间，并且国内尚无先例，所以，这事难呐。您还年轻，我建议您可以等上几年。现在全面改革开放了，医学技术进步一日千里。届时技术成熟了，这些问题也许就不是问题了。"

回到西营区医院，王东雷感激地对刘主任说："谢谢你，具体的情况，我让我爱人来你这里咨询吧。回头你就和你孩子说，让他去厂办报到。"

7-5

厂长负责制和经营承包责任制的推行，有力地维护了王东雷的管理权威，也极大地调动了全厂上下的工作积极性，到了1991年3月，西营机械厂就完成了第一个承包期的经营任务，职工收入大幅度提高，企业也有了厚实的积累。1991年底，他们又顺利签订了第二个五年承包期的合同。

1992年，清明节刚过，王东雷就召集企业全体管理人员，召开了一次重要会议。王东雷拿着一张报纸，激动地说："同志们，看到没有？这是我专门托南方的客户给我们寄来的《深圳特区报》。3月26日，在这份报纸上刊登了《东方风来满眼春——邓小平同志在深圳纪实》的重要社论，集中阐述了邓小平同志南巡讲话的要点内容。我反复看了多遍，很受鼓舞。这对于我们企业的发展，是一个重要的机遇。"

"我把这一段读一读，让大家的思想也跟着解放一下。"王东雷咳了两声，清了清嗓子，大声读起来，"小平同志说，走社会主义道路，就要逐步实现共同富裕。共同富裕的构想是这样提出来的：一部分地区有条件先发展起来，一部分地区发展慢点，先发展起来的地区带动后发展的地区，最终达到共同富裕。如果富的愈来愈富，穷的愈来愈穷，两极分化就会产生，而社会主义制度就应该而且能够避免两极分化。解决的办法之一，就是先富起来的地区多交点利税，支持贫困地区的发展。当然，太早这样办也不行，现在不能削弱发达地区的活力，也不能鼓励吃'大锅饭'"。

读到这里，王东雷诚恳地说："听到没有？小平同志都鼓励我们，要大胆改革创新，有本事的先富，带动大家共同富裕，特别提出来不能吃'大锅饭'。所以，我们的改革步伐还要再快一点，胆子也要更大一点，思路也要多一点。比如说，我们区的电器厂，因为经营不善，濒临倒闭，前段时间大海厂长提出来，我们能不能把电器厂兼并了，我当时还有些顾虑。现在看来，是我多虑了。企业要发展，必须上能力，要上能力，必须扩大厂区规模，这是相辅相承的。下面，我们请大海厂长，来给大家讲一讲电器厂的具体情况。"

此前，西营机械厂是靠自身的实力和积累自然发展的，从没有过兼并经验。况且，西营电器厂是个大厂，老厂，占地400多亩，比西营机械厂的占地面积还多一些。兼并电器厂，无疑是蛇吞蛋。吞好了还行，一旦吞不好，怕是会伤及自己的。

王东雷来到了乡镇企业局，向周局长详细汇报了他们的想法。周局长听了很高兴："王厂长啊，你们的想法太好了。其实，这半年来，电器厂一直是我的一块心病，他们的职工都一年没有发过工资了，好多生产线都荒废了。原来我向区里建议过，动员有实力的企业兼并这个厂，但电器厂盘子太大了，区领导怕把兼并的企业也拖垮了，迟迟下不了决心。现在正是好的时机。走，我们现在就找分管副区长汇报一下你的想法。"

分管副区长听说了两人的来意，立刻把正在排队汇报工作的几帮人打发了出去："急件放在这里，不急的明天再谈。眼下，如何救活电器厂才是头等大事。王厂长啊，说说你们的想法。"

王东雷深深地吸了一口气，转头看了周局长一眼，才回过头来说："我们之前去电器厂调研过好几次了，其实他们的产品质量还是过硬的，销售渠道也很健全，主要的问题还在于产品创新和内部管理上，这个厂之前也是村办企业，职工间裙带关系突出，导致管理涣散，内耗严重。其实，目前我们厂也存在这样的情况，也让我很困扰。"

分管副区长赞许地点头："对，对，我们区目前的这些乡镇企业啊，多是从村办企业、家族企业慢慢发展起来的，职工知识结构普遍较低、人情大于法、人浮于事是通病。"

王东雷受到鼓励，一口气说下去："我们兼并电器厂，是想让两个厂以股份合作的方式进行兼并。比如，我们可以把电器厂现有的资产进行清算，然后我们再注入一定比例的流动资金、技术、设备等，原来所欠职工的工资，折合成职工的股份，联合成立一个新的公司。企业内部则实行承包制，完成重奖，完不成重罚。然后，借机把我们机械厂的职工和电器厂的职工进行对调整合，拆裙断带，让两个企业都轻装前进。当然，具体事宜，我们双方会进一步协商，形成报告，经区里同意后再进行。"

分管副区长大手一挥："好，一切按照你的思路办。小平同志谈到改革，说'第一不要怕犯错误，第二是发现问题赶快改正'，他老人家八十八岁了，还有这么开放的思想，我们就更不要有顾虑了。要把做好电器厂的兼并工作，作为我区贯彻邓小平深圳讲话精神的重要实践，抓好抓实。"

有了区里的支持，有了科学合理的方案，仅用了三个月时间，西营机械厂就完成了对电器厂的兼并，并迅速对生产经营工作进行了一系列的调整和重组，一个瘫痪了一年多的厂子，又活了过来。仅半年时间，就扭转了亏损局面。

沐着东风，西营机械厂如一艘帆高舵正的快船，在商品经济大潮中疾速行进。1992 年 8 月，他们提前完成了当年的生产计划，职工收入同步增长，王东雷的个人威信也空前提高，机械厂中的大事小事，可以说都是唯王东雷马首是瞻了。

但只有一人除外，那就是李大海。从王东雷代理厂长时开始，企业中核心工作的人事和财务，就由李大海负责。但在王东雷担任了厂长后，甚至是在推行了厂长负责制后，厂里的人事和财务依旧由李大海负责。

李大海专门来找王东雷："东雷啊，你现在是厂长了，按照常规，厂长应该分管人事和财务，但现在这些依旧由我来管，不合适啊！而且，这也不利于工作的推进。所以我建议，咱们还是调整一下工作分工吧。"

王东雷笑了："大海啊，看你这话说的。什么叫'不合适'？什么叫'不利于'啊？只要对企业管理合适，只要对经营发展有利，就都是正确的。我们现在的工作重点是如何保质保量乃至超额地完成经营承包任务，至于谁分管什么并不重要。再说，你分管人事和财务多年了，一直做得非常好，就不要换来换去。特别是我们机械厂兼并了电器厂，你不怕得罪人，快刀斩乱麻，把两个厂职工间那么复杂的裙带关系都理顺了。所以我相信你，企业也相信你，职工代表大会更相信你。"

虽然不知道王东雷葫芦里到底卖的什么药，但在那一瞬间，李大海还是有些感动的。人非草木，被别人如此信任，怎么能不感动呢？

7 - 6

党的第十四届代表大会隆重召开了。王东雷精神振奋："同志们，党的十四大正式确定了我国经济体制改革的核心是建立社会主义市场经济体制，这不但是邓小平同志南巡讲话精神的具体化和理论化，也为我们企业下一步的发展和改革指明了方向。今后，我们改革的胆子要再大一点，步子要再快一点，技术革新的投资要再多一点；要在超额完成第一个承包期任务的基础上，向改革要效益，向管理要效益，向技术要效益，争取提前一年完成第二期承包任务。"

借着十四大的春风，又有了相对宽松的信贷政策，西营机械厂的规模不断扩大。第二年七月，他们盖起了三层的办公楼，在村北的洼地中建起了铸造分厂，新上了自动化铸造流水线，对加工车间也进行了扩建，新上了三条机床生产线。企业走上了跳跃式发展的道路。

乡镇企业局的周局长对王东雷非常满意。他专门把王东雷约到他的办公室："王厂长啊，我这次找你，就是想和你聊聊乡镇企业公司制改革的事情。今年1月1日起，《中华人民共和国城镇集体所有制企业条例》正式实施。之前我就和你说过这事，你也应该有了充分的思想准备吧？你们厂是咱区的模范企业，这个头可要带好啊。"

王东雷说："周局长，你别说，我们前几天还真的研究过这个问题。我的建议是，我们厂可以按照《条例》规定，率先进行公司制改革试点工作。区里可以把我们企业这几年上交区、镇的利润，作为股份再投到厂里；同时，将原来镇上投入的固定设施、土地等，也都折成股份——这些加起来可能就会占到近一半的股份。然后，我们村集体占20%左右的股份，厂里的职工共同占30%的股份。这样，股权就明晰了，我们干着也顺心，有盼头了。"

周局长很高兴："王厂长，难得你有这样的想法。好，我们乡镇企业局全力支持你！"

年底，西营铸造厂正式更名为西营机械有限责任公司，王东雷被任命为总经理。

改制不仅是企业名字的改换，更是分配方式的改革。现在，企业职工占有公司30%的股份，工作积极性进一步提高。承包期的第三年，他们就完成了总承包任务的75%，照这进度，再有一年，就可以完成第二期的全部经营承包任务了，而如果超额完成了任务，职工们的分红肯定会非常可观！

就在职工们信心百倍地投入到生产经营中时，形势又有了新变化。针对当前的国民经济发展形势，国家实行了紧缩型的宏观调控措施，提高存贷款利率、控制信贷规模。原本宽松的信贷政策发生了变化，针对乡镇企业的信贷规模被不断压缩，企业的流动资金紧张起来，公司的经营受到了困扰。

这天，王东雷把苏金凤叫到了办公室："金凤，今天银行的那笔款子有没有放下来?"

"没有。我问银行了,他们说今年上级对利润率考核得更严了,特别是对我们这样的乡镇企业的贷款,审批手续比原来更严格了。我还听银行的周科长说,我们区的乔山集团已经申请破产了,乔山集团光欠他们银行的贷款就有六千多万,早就资不抵债了。明天,银行清算组就要进驻乔山集团,他们集团的乔总可能也要负刑事责任。"

苏金凤又说:"我昨天查了查账,发现我们今年光应收的货款,就有八百多万没有收上来,其中一小半是主机厂欠的配件费用,一大半是南方沿海的经销公司欠的配件费用,有的都大半年没有结算了,这事得抓紧时间想办法处理。还有,我们已经拖欠工人们三个月的工资了,而这个月的财务更紧张,我看工资怕是又不能按时发放了。"

王东雷搔搔头:"都是些什么事啊。经销商欠我们货款,我们欠人家的原材料费,这样一环一环地欠下去,真是一个难破的怪圈。"

苏金凤说:"我们还有一笔五百万元的贷款,再有一个月就到期了,不过据我了解,这笔款到期后,银行很有可能不再贷款给我们——如果真的这样,我们的财务就要断档了。"

王东雷说:"是啊。前两年,我们大力扩大规模,新上了不少设备,占用了大量生产流动资金。加之我们重点抓产能,放松了对经营成本的控制与工人操作技能的培训,从而导致了生产成本大增、产品质量不稳定。前段时间,我们向主机厂供应的配件,再次发生了批量性的质量事故,被主机厂全部退回,并责令我们停线整改,到现在,已经停线三个月了。看这形势,就算是整改好了,估计产量一时半会儿也上不去。公司管理真的是个系统工程啊,只凭一两个'能人'是不行的。"

苏金凤看着头发已经开始发白的王东雷,有些心疼——这毕竟是和自己一起生活了十多年的丈夫啊。她轻声问:"东雷,你有什么想法?"

王东雷深吸一口气,坚定地说:"先抓内,再拓外。"

7 – 7

这一年，王东雷遇到了前所未有的巨大压力。前几年，凭借着良好的政策环境、信贷环境和市场环境，王东雷的主要精力都用在了扩大规模、加快生产、强化经营、确保完成承包任务上，却忽视了企业基础管理、职工技术培训和财务指标控制。所以，当前乡镇企业普遍存在的"缺乏核心竞争力、严重依赖廉价劳动力、资源消耗量大、环境污染严重、产品附加值低、配套服务不完善、企业管理水平与效率低下"等问题，此刻在厂里也全部显露出来。

针对这些问题，王东雷专门与李大海进行了一次长谈。共事多年了，他们彼此深知对方的性格和脾气，但这样面对面的单独交谈，还是让两人有些不太自然。

李大海悄悄地避开王东雷的目光："东雷，有什么事你安排就行啊，我百分百服从。"

王东雷叹了口气："大海啊，你也知道现在公司面临的形势。虽然此前的企业承包任务完成得很不错，但现在银行对乡镇企业的信贷政策不断收紧，我们的资金陷入了困境。现在，我们已经拖欠了工人三个月的工资了，外面的欠款，也有八百多万没有收回来，这占了我们一半的家底啊。再加上产品质量遇到了瓶颈，生产的产品还处于一般技术水平上，在市场上没有核心竞争力。其实这些问题此前就存在了，只是当时还处于宽松的货币政策环境中，我们没有重视罢了。所以，下一步，我们对这些问题一定要重视起来，切实加强内部管理，降低管理成本，争取平安渡过本次危机。"

李大海有点儿脸红。外面八百万的欠账，有一大半其实是能收回的，但李大海与相关单位私下达成了协议，以借贷的形式，把这些钱放在相关单位继续使用，而相关单位则把利息折成好处费，直接给了李大海个人。这些事情，是李大海亲自操作的，而王东雷过去对李大海分管的工作很少过问，所以李大海以为这些事神不知鬼不觉。

现在，王东雷既然把有关事情向他挑明，李大海便知道，王东雷肯定已经对其中的内幕有所怀疑，只是不愿意点破。

王东雷又说："大海，其实你可能不知道，我和苏金凤结婚之前，苏金凤提了一个条件，'只结婚，不生育'，以便更好地照顾怀苏。我感念大江厂长因公殉职，也自责出现意外时，我无力救他，所以答应了金凤，你也看到了，这些年来，我答应金凤的事，都做到了。我们只有怀苏一个孩子，今后我和金凤的全部家业，自然都是怀苏的。所以，我们现在必须全力以赴，共渡难关。"

闻听此言，李大海的心怦怦直跳。看王东雷的样子，再看王东雷现在的实际情况，不像是假的。既然这样，那不正预示着他和苏金凤原来确定的计划，即将实现了吗？于是，他定了定心，果断地说："东雷，你说的我都理解，我坚决支持你的决定。"

王东雷沉思了一会儿，说："明天，我们召开全体管理人员会议，一是成立以我为组长的质量管理小组，对产品质量从严管控，对质量不合格的产品的相关责任人员，要从严处罚。二是成立以你为组长的清欠小组，人人立军令状，人人领任务，最大限度地把外面的欠款追回来。三是成立以金凤为组长的成本控制小组，推行倒逼成本法，实行成本承包，超出成本的部分，由责任人自己垫付。我们要动员全部力量，共同渡过难关。"

第二天，管理人员会议一结束，王东雷就把大家召集到了院子里。那里，早摆上了一大片质量不合格的产品。王东雷安排了人发给每个管理人员一个大锤，命令每人必须砸碎一件不合格产品。

这些管理人员，平时养尊处优，从不到车间从事劳动，这会儿却让他们举着大锤砸烂铸铁配件，自然是难于登天。但他们看到王东雷少有的一脸严肃，又不敢不服从，只好费力地叮叮当当地砸起来。

大家砸了半天，除了几个年轻的男性管理人员砸碎了几个铸件外，其余的人只是把铸件砸出了些坑洼，想砸破是不可能的。

王东雷说："大家现在应该有所体会了吧？这些产品是我们辛辛苦苦、像养育自己的孩子一样，历经制模、熔铁、浇铸、清砂、加工、装配、包装等一道道工序生产出来并送到主机厂的，但它们被主机厂检查为不合格，又给退了回来。这些产品，有的是在铸造环节中就报废了，但检验员没有检测出来；有的是在加工、装配等环节中，由于操作人员工作责任心不够或技术不过关而导致报废的；有的是因总检人员不负责任，导致了不合格产品出了公司；还有的是因技术岗位人员失职而造成数据指标错误，导致的成批报废。想想吧，我们生产出一个废品的成本是多少？哪一个产品不是用我们的血汗凝成的？我们还有什么理由漠视质量、应付工作？在这些由我们自己生产出来的成堆的废品面前，我感到痛心、羞愧和耻辱，我们是在用自己的双手砸自己的饭碗。"

满院子的人皆默不作声。两只麻雀飞进人群，在一件废品上略作停留，便惊惧地叽喳两声，扑棱一下飞走了。

王东雷宣布，对于这批废品，要逐一查清相关责任人，按制度给予处分，该扣奖金的扣奖金，该记过的记过，管理层人员每人扣发一个月奖金，自己扣发三个月奖金。即日起，管理人员每周必须有一天的时间参加车间劳动，以此来换位思考，转变观念。

"质量是我们的生命，不重视质量的人，就不是西营机械人。谁不更换质量观念，我就更换谁的岗位。"王东雷环视四周，掷地有声地说。人群中响起了一片掌声。

经过大家的共同努力，公司的产品质量得到了明显提高，外部的欠款也回收得比较理想。虽然还拖欠着工人三个月的工资，但公司总算渡过了最艰难的一关。虽然依旧举步维艰，但到第二个承包期结束时，加上第一个承包期的留存部分，王东雷算是勉强完成了经营承包任务。

王东雷暗暗松了一口气，他想，已经过了两年紧日子了，政策环境和市场环境也应该宽松了吧。但他不曾想到，又一个巨大的危机，如潜伏已久的猛虎，猛然扑了过来：亚洲金融风暴来了。

这天，生产科长推开王东雷的门："王总，今天主机厂又来电话了。他们那边的生产任务被进一步压缩，对于配件的需求量又下降了。我们在这个月，已经连续压缩了三次产量，再这样下去，我们的生产任务可能会断档，工厂甚至也要暂停部分生产线。"

王东雷叹了一口气:"唉,这亚洲金融风暴的影响真是巨大啊,完全超出了我们的预料。前两年,虽然经营形势不是很好,但我们的生产经营还能正常进行。谁知今年的金融风暴影响到了主机厂的出口任务,使他们的产量大幅压缩,国内市场也进一步疲软。我们作为配件厂,真的是无能为力啊。"

王东雷紧急召开了生产专题会议,确定了当前亟须采取的三项措施:一是和全部的协作企业联系,确定具体的产量和供货量,以此确定下一步的生产配套计划,该削减的人员要削减,该压缩的开支要压缩;二是以公司的名义借用工人工资,和工人签订借款合同,到时连同利息一并补发;三是立即寻求新的合作企业,重点开发民用产品,按照保本微利的原则,尽量保证熔炉生火不断档——要是熄了火停了炉,那损失就大得多了。

这些措施切实到位,虽然暂时稳定了局面,但在大环境下,补益仍旧不大。西营铸造公司的产量同比下降了三分之二,生产利润也只能按保本的标准计算,以应付当前的困境。苏金凤对王东雷说:"再这样下去,我们怕是要步乔山集团的后尘了。"

王东雷说:"在这样的大环境、大形势下,我们这粒小沙子又能抵抗多大的风?"是啊,公司正如风暴中的一片落叶,随风飘荡,身不由己。

第八章

8 – 1

整整两年，王东雷他们熬得很辛苦。原来五百多人的公司，现在只剩下一百多人在支撑着。他们已经拖欠了工人们整整十个月的工资，前来讨要工资的工人经常堵住公司的大门。给主机厂配套的出口产品已经被全部停产，只靠部分民用产品来维持着公司的运营，维持着炉火的不熄。

生产经营效益已严重滑坡，第三期经营承包责任制合同自然也就没法签订。

西营机械公司何去何从？是存是亡？这不但是王东雷、李大海和全体职工面临的问题，更是区委、区政府非常关注的一大问题。

王东雷找来了李大海："大海啊，依你之见，当前我们应该怎么办呢？你可是咱们公司的'诸葛亮'，你要是再不拿出个好主意，我这总经理可要让给你当了，让你也尝尝坐在熔炉里的滋味。"

李大海笑了笑："东雷啊，我早就有谱了，就等你来找我了。"

"哦？"王东雷一愣，他压根儿没想到李大海会这么说，"大海，都什么时候了，你就别卖关子了，快说来听听。"

李大海只说了三个字："金卖光。"

王东雷眼睛亮了一下，旋即又暗了下去："你确定我们能这样做吗？"

李大海一笑："为什么不能呢？国务院总理都肯定了'金卖光'了，我们又有什么理由不能做？并且，这可是个最好的时机啊。"

这个"金卖光"，说的是当时的一个县的县委书记，名叫金光。从1992年开始，金光就着手企业改革，将该县总共二百八十多家国有企业和集体企业全部改制，将其中90%以上的企业改成股份合作制，即将企业净资产卖给内部职工，并在十五个月内基本"卖光"。这事一时在全国引起轰动，而金光本人竟然也被一家媒体送了一顶"金卖光"的"帽子"。此后，这一改革一直被业界广泛争论。前段时间，中央联合调查组赴该县调研，最后得出的结论是：他们的改革方向正确，措施有力、效果显著、群众满意。随后，国家有关领导人亲抵该县，对其采取多种形式探索、搞活中小企业的做法给予了肯定。

王东雷两眼放光："大海，说说你的想法。"

李大海说："现在，我们的公司虽然是区属企业，但你是知道我们的实际家底的。这一次金融危机，一下子把我们这几年攒下的那点家底全赔进去了。"

王东雷叹口气："是啊，我们现在正面临着严重的债务问题，要是再算上拖欠工人的工资，差不多就到了资不低债的地步了。"

李大海摇摇头："不对，要是算上外面欠我们的那些货款，我们还是有富余的。"

李大海说："我之前向你提过好几次企业民营化改制的事情，就是让区政府把西营机械公司卖给我们全体职工。对此，乡镇企业局也大力支持我们。现在，已经到了最好的时机了。当前，我们的人员大幅减少，生产任务被压缩，折旧增多，效益降低，外债增加，是净资产最低的时候，而区里也有减压力、降亏损的想法。所以在这个时候对公司进行民营股份制改制，正是恰逢时机。我建议，我们去乡镇企业局主动要求进行民营股份改制吧。"

王东雷说："大海，你现在依旧分管财务和人事，对企业改制的事情最有数。这样吧，这事我就交给你来操作，我只管好生产经营就行了。"

李大海说："东雷，我建议我们立刻给区乡镇企业局写份报告，主动要求将我们公司拍卖。我测算过，应该问题不大。我的原则是：对于原来区里和乡镇投入的资产，能报废的尽量报废，在用的，尽量从中提取折旧；厂房、土地等是村集体的，尽量让村集体将之无偿转让给我们，我们再折算成股份分给村民；外面的欠债，基本上是死债；对于我们欠外面的原料钱和工人工资，可以灵活掌握。这样，经过清算，我们的净资产就很少了，拍卖时的叫价也就低多了。"

王东雷一笑："好的，李总。在这方面，你是行家，我全听你的。但有三条，你要掌握好：一是不能违背政策；二是不能损害国家利益；三是不能伤害职工感情。其他的我都没意见。这么多年来，我们风雨同舟，多少困难都挺过来了。现在按照政策对企业进行改制，是利国利企的好事，你就放手大胆地干吧。"

李大海临出门时，偷偷地瞥了王东雷一眼，暗暗骂了一声："老狐狸！"

西营机械公司民营化股份制改制进行得很顺利。上级领导大力支持，将其作为西营区乡镇企业民营化改制的破冰工作来抓。周局长从西营铸造厂改制为西营机械公司开始，就一直参与到西营机械公司的经营发展中，和王东雷私人关系很好，对王东雷的经营思路、管理理念也非常赞同，同时，经常和王东雷探讨有关企业发展经营的工作。在西营机械公司改制方案出台的过程中，周局长也亲自参与，做了大量的工作，方案很快通过了区委、区政府的批准。

公司民营股份制改制终于完成了。王东雷、李大海和十三名中层管理人员，购买了公司80%的股权，都成为了公司的董事会成员。原先为村集体所有的厂房、土地等，折抵了20%的股份，以村集体的名义入股。董事会中，王东雷占股33.5%，为董事长；李大海占股15.5%，为执行董事；苏金凤占股4.5%，为财务总监；其他人也按岗位职级分配和自愿认购股权相结合的原则，认购了股权。

公司产权结构明晰了，管理关系理顺了，王东雷可以放开手脚大干一番了。

改制会议结束后，王东雷回家吃饭时对苏金凤打趣地说："苏金凤同志，现在我们都是公司的股东了，以后我可得好好地讨好你们，要不，你们一联合，就把我控股了。"

王怀苏已经十二岁了，她依偎在王东雷的身旁："爸爸，你要和妈妈联合控制谁啊？"

王东雷哈哈大笑："怀苏，我想和你妈妈控制你，行不行？"

"不行，我不想被你们控制，你们要是控制了我，我还哪有时间出去玩啊。"

王东雷亲昵地抚了一下怀苏的头，疼爱地说："小宝贝，放心，爸爸永远舍不得控制你，只要你能保证学习不掉队，你想去哪里玩就去哪里，爸爸支持你。"

王东雷对怀苏越疼爱，苏金凤就越不自然。当年王东雷从省城回来后，并没有详细和她说明检查情况，只是搪塞了一句："刘主任说，具体情况请你向他咨询，他对我不方便说。"

因为此前苏金凤已经陪王东雷检查过一次了，从王东雷的语气中，知道情况不容乐观。果然，刘主任告诉她："王总因器质性病变，通俗的说法，就是输精管先天性闭锁，可能导致终生没有让您受孕的能力。"

看苏金凤没说话，刘主任又说："不过您也不要悲观失望。现在科学发达了，在外国，已经有试管婴儿技术了，我国也有人工受精技术成功的先例了，您再等上几年，等这些技术成熟了，你们的问题就都解决了。"

苏金凤不敢和妈妈说实情，只是说东雷可能有点小问题，已经去省城医院看医生了，也拿了药回来，估计调理上一段时间，就可以要孩子了。后来企业经营陷入困境，王东雷压力陡然加大，苏妈妈也就没有再催，就这么拖下来了。可惜，妈妈年老多病，去年去世了，就更没人过问他们生育的事了，王东雷和苏金凤也就慢慢地老了。

"唉，"苏金凤长叹一口气，对王东雷说："人这一生啊，真的不知道，什么时候能发生什么事。既然一切无法避免，就即来之则安之，顺其自然吧。"

8 – 2

改制工作持续了半年才全面结束。此时，金融危机的影响正在慢慢消除，市内燃机公司的生产经营已经步入了正轨，特种重型发动机被全面推向市场。西营机械公司紧跟其后，也迎来了产销不断提高的大好局面。

借此机会，王东雷组织召开了全体董事会议，明确指出："当前，我们顺利完成了民营股份制改制。从某种意义上说，现在的公司已经为我们全体股东、也是全体职工所有了，生产经营迎来了良好的发展机会。但从实际来看，我们面对的仍是一副烂摊子。虽然银行信贷政策开始宽松，但我们现在是民营企业了，没有了政府信用背书，银行对我们的态度有了根本变化，所以，从银行融资的难度进一步加大，额度受到了严格限制，成本也增加了不少。

"拖欠工人的工资和利息一直没有补发，外面的欠款、清收比例依旧不理想，产品质量还不能稳步提高，生产的产品还处于一般技术水平，没有形成自己的拳头产品，公司还缺乏核心竞争力。

"特别是生产成本，一直降不下来。拿我们的有色金属分公司来说，此前我们投入了六十万的流动资金，配备了八名职工，经营了大半年，结果亏损了近二十万元，这样可不行。所以，我想在根本上对企业动个大手术。我在此表态，这次是动真的、来硬的——该动刀的，不管是谁，只要有超过半数的股东表决同意，我就绝不手软。"

有色金属分公司经理李大宾，是李大海力主聘任的。听闻此言，李大海抬手抹了一把额头上的汗水，狠狠地瞪了李大宾一眼。

王东雷在企业工作了近二十年了，谁能用，谁不能用，谁能动，谁不能动，他是非常清楚的。所以，这次改革的力度之大，超出了大家的想象。

首先，改革生产经营机构，成立了铸造分公司、加工分公司、销售分公司、采购分公司、仓储分公司，实行内部经营成本承包制，同时也为以后成立集团公司做准备；其次，改革用工制度，对各单位进行定岗、定编、定员，实行全员竞争上岗等；再次，压缩管理人员数量，将公司的十六个科室，合并成六个大部室，将一百四十名管理人员，精减为五十人，其余人员全部参加生产岗位的竞争，将不适合工作的人员全部辞退，并对之妥善安排。在职在岗者，全体享受五险一金劳动保障，从而稳定了队伍，开了西营民营企业推行劳动保障制度的先河。

但也有人不服气。原供应科长苏红星，是苏金凤的堂叔，也是公司董事之一，这次竞争供应科长没竞争上，被精减下来。没办法，他批量采购的物资，价格比市场上的零售价都高，只是因为企业原先管理粗放，又有李大海的支持，所以他还能干得下去，但这次的竞争上岗，使民意得以突显，他自然也就落选了。

好在王东雷看在去世的老厂长苏红卫的面子上，安排他到仓储公司去做仓储员。这本来已经是照顾他了，但他却大为恼火，不服从安排，还指着王东雷的鼻子骂开了："姓王的，你个外来户，当时我和我哥他们几个老哥们筹建这厂子的时候，你还不知道在哪个旮旯里呢，什么时候轮到你来管我了？我告诉你，我就在供应科当我的科长，哪里也不去，看你有什么办法。"

王东雷沉了脸，在第二天的董事会上，提出了解聘苏红星而只保留其董事身份的建议，并让大家来表决。结果，这次除苏红星以外的全体股东对此提议一致表决通过，苏红星被解聘了。

同时，有色金属销售公司因半年亏损了二十万元，公司便专门聘请区审计局的审计人员对该公司进行审计，其中的不合理开支，由公司经理自行承担。

2000 年，注定是一个具有特殊意义的年份。这一年是王东雷最忙的一年，也是他的各项措施被切实贯彻执行的一年。从春至秋的这段光阴，好像在王东雷转个身的工夫间就过去了。

改革产生动力，管理产生效益。通过改革，公司轻装上阵，管理畅通。工人们有了劳动保障，极大地调动了工作积极性；公司加大了对外产品的开发力度，积极寻求合作商；公司还加大了民用产品的开发力度，着力培植具有自己品牌的整机产品。

仅仅半年的时间，公司就呈现出了新局面：出口东南亚的管道配件开发顺利，第一批产品已经交付对方，下一步也将批量生产；新开发的矿机配件已被验收并完全达标，只等配套厂家装机试用后，就可以量产了；其开发的电子智能鼓风机，属于公司第一件自主生产的整机产品，也已经达到了量产能力，并开始产生效益。

王东雷看在眼里，喜在心头，每当回到家，看到在身边嬉闹的女儿时，他的心中却喜忧交加。女儿虽然不是自己的亲骨肉，却是自己从小带大的，虽无血缘，却有感情。对于这一点，他并不否认。正是这个可爱的女孩儿，在他疲惫时，给他慰藉；在他烦恼时，为他宽心。

他觉得自己对得起老厂长苏红卫的知遇之恩了，对得起因公殉的李大江了，也对得起与苏金凤多年的夫妻之情了。

8 – 3

企业走上了健康的发展之路，李大海也非常高兴。特别是他亲自听到王东雷说他和苏金凤约定"只结婚，不生育"后，更是高兴。他仿佛看到，不远的将来，王怀苏顺利地接下了王东雷的全部家业，甚至成为西营机械公司的 CEO。企业终于又姓"李"了。届时，他李大海也能对得起去世的爸爸和哥哥了。

所以李大海做事，更加谨慎了。因为形势不一样了：王东雷是大股东，左右着公司的局势，特别是他最近的一系列改革措施，让李大海颇为震惊。此前，他一直以为自己是公司的"小诸葛"，一直以为王东雷也就是在生产技术上有特长，但不曾想到，他抓起管理来，一点也不比自己差。连李大海曾自以为擅长的人事管理和财务指标控制能力，和王东雷比起来，也简直不值一提。

他不得不佩服王东雷的城府，但他同时也感觉到，王东雷应该不会轻易地把一切都交给王怀苏的。特别是几年前，王东雷的妹妹和他外甥来找过王东雷，虽然苏金凤穷追不舍，虽然李大海多方打听，但王东雷拒不说明实情，这事也就不了了之了。一晃七八年过去了，难道王东雷和他们娘俩中断联系了？

虽然李大海心里依旧不踏实，但他知道，现在王东雷对他依然是畏惧三分的。一则他和苏金凤都是公司大股东，在公司决策中有着不小的话语权；二则，在这次企业民营股份制改制，之所以能顺利改制，客观因素固然重要，但更重要的，是李大海在财务指标和资产核算中充分发挥了他的聪明才智，在合规的范围内，进行了合理的核算，把资产压到了最低，才使得他们顺利地完成了改制工作。

为此，王东雷多次半真半假地提醒李大海说："大海，规避损失固然重要，但万事须合规啊，要不，会给企业发展留下重大隐患的，万一哪天因些出现了问题，是要负法律责任的。"

王东雷想得比自己长远！李大海叹了口气。现在看来，自己这辈子要想胜过王东雷，是不可能的了。他的这一生，注定只能活在王东雷的阴影下了。没办法，自己职业生涯的第一步，就落在了王东雷的后面，以后就更难赶超了。

但他不急，他还有孩子。他的老婆给他生了一女一儿。论起来，他们都叫怀苏姐姐。等王东雷百年后，他的一切都由怀苏继承，不管怎么说，怀苏和自己的儿女，身上都流淌着李家的血脉，姐姐哪有不帮衬弟弟妹妹的道理？到那时，这企业也就成了他们李家儿女的了。

想到这些，他心中就会生出无尽的喜悦：王东雷，人算不如天算。你就努力干吧，你干得越好，企业越兴旺，你留给我李家的家业就越大。

心里有鬼，就难以坦然面对。所以，每当王东雷约李大海商量事情时，李大海就有些不自在。这种感觉已经存在好多年了，有时两人会因为工作上的分歧争论起来了，但最后往往以李大海的妥协结束。没办法，在面对王东雷时，李大海总是心虚。

因心虚才胆怯，因胆怯才妥协。这也正是王东雷想要的。但没人知道王东雷的苦。他清楚地知道，自己这一生，是不可能再有孩子了，心里自然有些深深的失落，但他又庆幸，幸亏还有刘松山。

秋日悠悠而去，冬天依时而来。2001 年的冬天异常和暖，雪花少而轻，像西营机械公司的发展势头，步履轻快，蒸蒸日上。然而，这个冬天却多了些雾气，不知有多少个清晨，太阳都是从浓雾后迟疑着露出头来，就像王东雷的心情一样，每一天的早晨，都是从自己那些目标清晰却又千头万绪的梦中醒来。

这一年，是企业发展的关键一年。最具有标志性的是，西营机械集团的组建。其实，早在多年前，乡镇企业局的周局长，就建议王东雷以西营机械公司为核心，组建企业集团，但王东雷拒绝了。因为他深知条件还远不成熟。那时好多乡镇企业之所以一窝蜂似的组建企业集团，不外乎是看中了国家的产业政策支持和税费减免等优势。但明知不具备条件，而为那点蝇头小利强为之，其结果必然不会乐观。当时，管理层好多人还对王东雷的做法不理解。但这些年来，他们亲眼见到，当时那些红红火火的企业集团，现在一个个灰飞烟灭，才不得不佩服王东雷的远见。

但现在，条件已经成熟了，公司已经拥有了电器公司、铸造公司、配件公司、营销公司、套件设备公司等近二十个公司，形成了以铸造和加工为核心、纵贯上下游产业的机械配件全产业链结构。在这样的形势下，组建集团公司，强化各公司的独立核算能力，降低生产成本，减少管理损耗，就成为势在必行之事。

2001 年元旦，西营机械集团正式成立了。西营区的领导、各关联企业的负责人等出席了开业剪彩。金剪刀剪断了大红绸，大红绸随风飞扬起来，王东雷的心也随风飞扬起来了，甚至飞到了梨村，飞到了刘松山身边。

8 - 4

屈指算来，王东雷已经四十八岁了，快到知天命之年了。他长叹一声：这半世浮生恍如梦境。

他经常梦到自己推着载有铁匠家什的独轮车奔走在路上。前面是一个大大的下坡，独轮车的刹车闸坏了，强大的惯性带着自己往坡下冲去，肩上的车绊又缠住了自己，让自己挣脱不开。而李大海在边上冷冷地看着自己，苏金凤也在边上冷冷地看着自己，王怀苏也远远地躲开了。他无能为力，只能任由车子拖着自己往下坠落，他呼喊，他大叫，突然，松山出现了，他坚定地站在路中间，伸出手，稳稳地把控住了车子，然后满眼悲伤地看着王东雷：这么些年了，你为什么不来找我？只有我，才是你的骨肉，才是与你血脉相通的儿子啊！你如果再抛弃我，我也抛弃你。王东雷眼看着刘松山的手慢慢松开，车子又慢慢往下滑去。

"松山，松山！"王东雷大叫着，从梦中醒来。苏金凤在一边关切地看着他："老王，怎么了？又做梦了？你最近的睡眠很不好啊。"

王东雷看了一眼苏金凤，叹了口气："也不知道怎么了，最近的工作没那么紧张了，睡眠反倒不好了。"

"我经常听到你在梦里叫你的外甥松山，怎么回事啊？"

"嗯，梦就是胡思乱想呗。不过我想，松山也是二十二岁的人了，估计在老家过得也不是很好，我想把他接到公司上班，对他也好有个接济。你以为呢？"

离上次槐米带着松山找到这里，转眼间，已经过去十多年了。在这十多年里，王东雷从不曾在苏金凤面前提起过刘松山，但苏金凤深知，王东雷从来都没有忘记过那个孩子，纵然王东雷不承认那是他的孩子，苏金凤也不想再去证实他是不是王东雷的孩子。事情就是这样：客观存在的，就像墙上的钉子，既然拔不出来，就只能把它深深地钉嵌进去，图个眼不见为净了。

但苏金凤知道，这是件绕不过去的事，阻止也是没有用的。企业改制快三年了，在这三年中，王东雷积聚多年的能力，得到了井喷式的爆发。谁也没有想到，在王东雷这平素看似朴实憨厚的身上，竟然蕴藏了这么大的管理能力和人格魅力，企业上下对他莫不敬重，连李大海也再三叹唱："王东雷比我强太多了，我已经不是他的对手了。但我相信，无论他多么强大，都要向岁月低头。等我们都老了，也就无所谓胜负高低了。"

现在，王东雷提议让刘松山来公司，苏金凤自然没有任何理由拒绝。其实，从最近一段时间王东雷经常在梦里大叫刘松山的名字开始，苏金凤就料到早晚会有这一天的。

既然刘松山是王东雷的外甥，公司现在又做得这么大，每年都要招收大量工人，那么让总裁的外甥来公司上班，也是再自然不过的事情了。但苏金凤打心里又着实不想让刘松山来：如果刘松山来到了公司，王东雷肯定会慢慢培养他，而刘松山如果最终接管了公司，那么，她的爸爸苏红卫亲手创办起来的企业，就会落入与自己没有血缘关系的外人之手了。

但自己又有什么理由来拒绝呢？苏金凤曾经委婉地说："东雷，其实我们多给你外甥些钱，让他在老家好好照顾他娘，就很好啊，不一定非得到这里来上班的。"

王东雷皱了皱眉。之前，他怕苏金凤疑心他和刘松山的关系，一直不敢反驳苏金凤，但现在他不愿再依顺了，便冷冷地说："为什么不能让刘松山来厂里上班，顺便把他娘也接到这里来呢？他娘虽然和我没有血缘关系，但我们毕竟从小一起长大，没有血缘也有亲情啊。"

苏金凤只好说："那好吧，松山是你的外甥，你看着办就行。"

王东雷说："好，这事你就不用再过问了，我会安排好的。"

8－5

算来，王东雷这次回梨村，与上次回去正好隔了二十年。这一次，王东雷是坐着奥迪车回的梨村。

"时间真快！"王东雷一边走一边感慨。回想起自己上次回梨村的一路所见，很多事物还都历历在目：崎岖的山道、高瘦的槐树、小石匠的羊、矮旧的草房，还有槐米那冷冷的眼神，好像都还停留在昨天，但却又实实在在地过去了二十年。

岁月就是这样，总在不经意间，留下一幅让你刻骨铭心的画卷。

三百多公里的路程，也不是很难走。初冬的日子，树叶尽落，极目空旷。早上六点启程，不到十一点，王东雷就来到了梨村。他让司机把车停在村外，一个人走进了村子。现在，梨村的面貌已经有了很大的改变。

"村村通公路"工程惠及了梨村：原来崎岖的山路，这会儿被修成了可容两车对行的水泥路；村子里的几条主要街道也被硬化了，虽然依旧高低不平，但不再硌脚，走上去舒服多了；原来那些矮旧的房屋也大多不见了，取而代之的是高高的砖瓦房，除了因为地处丘陵，没法被建造得与平原地带的一样外，倒也时尚现代。进进出出的村民，从衣着到神情，都透露着富裕而满足的讯息。

看到梨村如此巨大的变化，王东雷欣慰地笑了。时代在向前发展，只有国家安定，人民才能安康啊！

放眼望去，只有有限的几样东西没有变：街道的走向没有变，依旧依山傍水；村头的小石桥没有变，只是在其边上又建了座更宽的桥；村中的大槐树没有变，只是枝干又苍老了一些。

和其他的村子一样，梨村里现在剩下的也多是老人和孩子了。王东雷绕来绕去，找了好一会儿，才找到了自己曾经住过的老房子。老房子样貌依旧，只是原来的茅草屋顶变成了红瓦顶，原来坍塌的院墙又用石片砌了起来——一看就是小石匠的手艺，砌得整齐而结实。

院子里喂的依旧是羊，还是老样子，让人依稀以为，这还是二十年前的那一群。一见陌生人靠近，羊群骚动起来。院中的一个人抬起头来，正是石匠。他年龄其实和王东雷一样大，但现在看起来，倒像比王东雷大十多岁一般，腰明显地弯下去了，头发全白了，脸上的胡子乱糟糟的，连走路都需要拄着一根木棍。

石匠看清是王东雷，一愣，旋即露出一脸惊喜："你，你，你是东雷啊！怎么也不早说声啊，哪怕是打个电话也好啊，现在家里都装了电话呢！哦，是了，你没有家里的电话号码。"

他边说边推开篱笆门走了出来，想握王东雷的手，但看看衣着光鲜的王东雷，再看看自己脏兮兮的粗糙大手，便又将手缩了回去，双手不住地搓着，"东雷啊，真的是你回来了啊！都这些年了，我说你肯定要回来的，他们还不信。走，走，回家，回家。"

不等王东雷回话，他已经拄着木棍在前边带路了。没走多远，就到了家门口。他一把推开门，大声喊："槐米，你快看，是谁来了。"

屋门推开，槐米从屋里走了出来。十多年不见了，槐米也老了许多，人虽瘦削，但穿戴却很时尚。她正在吃午饭，左手一块馒头，右手一根大葱，一边咀嚼着，一边含糊不清地说："你叫什么啊，大中午的，正吃饭呢。"突然看见王东雷，她一下愣在那里，嘴里的饭也忘了咀嚼，都挤在腮上，鼓起了两个大包，在斑驳的梧桐树影下，泛着青色的光。

王东雷的心莫名地怦怦跳："槐米，是我，东雷。"

槐米直直地盯着王东雷，半晌，猛地把嘴里含着的饭吐到地上，哇的一声哭起来："王东雷，你个没良心的，你还知道回来啊。你回来干什么啊？你还有脸回来？"

槐米边哭边叫，有些歇斯底里。王东雷不知道说什么才好，愣愣地站在那里。石匠推了槐米一把："你看你，哭什么啊？东雷回来是喜事啊，这说明他心里还有他这个老家，还知道回来看看你这个妹妹，你哭什么啊。"

槐米止住了哭声。这时，周围的村民因为听到哭声，都凑到了院门前，有几个还进了院子，热情地和王东雷打招呼。

石匠说："东雷，还没吃饭吧？快屋里坐，我给你做饭。"又回头对乡亲们说，"各位，一块儿来屋里坐吧。"乡亲们摆手作罢，离开了院子。

刘石匠拿出来一张凳子，让王东雷在院子里坐下。槐米不坐，不远不近地站着，冷冷地看着王东雷。

王东雷被她盯得心里有些发毛，不由道："槐米，你盯着我看什么啊，不认得我了？"

槐米不说话，围着王东雷绕了三圈，才冷冷地说："哟，我刚才看花眼了，还以为是什么人呢，原来是孩子他舅舅来了，稀客啊。说吧，你来有什么事？"

对于槐米的态度，王东雷并不意外。他笑了笑："槐米，我来看看你，也顺便来看看孩子。"

槐米一笑："是啊，孩子都成人了，我知道你也该回来找了。"说着，翻了翻眼皮，瞅了王东雷一眼，"说吧，你想拿什么来换孩子?"王东雷一怔，他想不到槐米会把话说得这么直接。

槐米说:"姓王的，当年你爹占了我娘的便宜，自己却早早地走了，误了我娘十多年。你又占了我的便宜，留下个孩子让我们给你带大，你中间只回来了一趟，就再也没有露面。我带孩子去找你，你只给了我一点钱就把我们娘俩打发回来了。你还说等自己一安顿好，就回来接松山，结果我一等又等了十五年。确实，这几年你是没少寄钱来，可是多少钱能买到一个当爹的心?"

槐米已经冷静下来了，她轻蔑地一笑:"王东雷，你也别说好听的，我知道你早晚要来找孩子的，我也早就对你死心了，今天直接和你做个干脆的了断，我提个条件，你只要答应了，我就任由你把松山带走。"

王东雷被槐米斥责得哑口无言，只好接了槐米最后的话茬:"你说吧，你有什么条件?"

"现在，松山二十三岁了，我给你养了二十三年，个子长到了一米八，体重也有一百六十多斤了。这样吧，就按体重来算，一万块钱一斤，一百六十斤，你拿一百六十万来，少一分，你也别想把孩子带走。"槐米毫无情意，话说得冷冰冰的。

王东雷的心一下子变得透凉，之前对槐米的那份愧疚之情、感激之意也一下子荡然无存了。他冷冷地说:"好，成交，我明天就让人送钱来。"

槐米说:"好，成交。"然后又转身冲石匠大喊，"石匠，做好饭了没有?你陪松山他舅舅喝一壶，我上山转转。"

8-6

王东雷听石匠说，刘松山现在是一个铸造厂的技术指导，心里一乐。看来，刘松山身上流淌着的，依旧是王家的血液。

王东雷出身铁匠世家，血缘所致，他们家人对铁器都有着与生俱来的敏感。他们喜欢与铁对话，善于与铁对话，甚至能听懂铁的语言，明白铁的取舍。所以，王东雷进入西营铸造机械厂，就很快适应了工作，并最终成就了今天的事业。

看来刘松山也是如此了。如果松山真的在这方面有他的特长，那么，这该是上天对他的成全了。

当年，刘松山是跟随着乡里的建筑队去了那个铸造厂施工。厂里要新建一个车间，建筑队一干就干了半年多。车间建成了，在建筑队要撤的时候，刘松山发现厂门口贴了一张招工的告示。原来，厂里的新车间要招一批工人。刘松山想了想，就去报了名。

厂里的负责人一听，很高兴："小伙子，留下来吧，这车间是你盖的，你再在这里工作，熟门熟路，不错不错。"

新建的车间是成型车间，刘松山在这个车间里一干就是四年。慢慢地，他越来越喜欢这份工作了。

刘松山发现，自己好像天生就是干铸造工作的料。他做的模型，成品率在全车间最高。他知道松软的砂土铳打成多强的硬度，做出来的模型最容易出成品：硬了，透气性不好，铸件容易起泡；软了，铸件容易变形——这没有一个固定的标准，全凭感觉。

仅干了半年，刘松山就被提拔为小组长；小组长干了一年，又被提拔为车间的技术指导，指导着车间里一百多个人的工作。本来，按照老板的意思，是想让他当工段长或车间主任的，但后来发现刘松山的性格过于绵软，有时柔弱得像个女人，以这样的性格，是肯定管不了车间里那些粗野的男人的。

最让刘松山开心的，是这里的工作环境。这里是男人的天下，不管是冬天还是夏天，车间里永远是一片火热，工友们永远一身短裤背心。一下班，大家全挤进一个大澡堂冲洗，露出一具具健壮的身躯，这让刘松山心动不已。他喜欢给工友们搓背。他的手轻柔地滑过工友们的脊背，滑过工友们坚硬的肌肉，他能感受到在这硬邦邦的肌肉下滚滚涌动的阳刚血气，他能感受到这些肌肉正在他的指尖下跳着欢快的舞蹈。

他既为自己有这样的感觉而兴奋，又为自己有这样的兴奋而自责。他知道自己这样是不正常的，但他却左右不了自己。

但这是他自己的秘密，对谁都不能说的秘密。

刘松山正在车间忙碌着，突然一个工友进来，说办公室里有人找他。他来到厂子的办公室一看，原来是娘和一个男人。

一见这个男人，刘松山就一愣。他见过这个男人，此前，这个男人已经在车间里转了一圈了。自己虽然没看清他的脸，但认得他身上的茄克衫。当时，他还以为又是哪个客户来车间实地考察呢，所以没有在意。

来接刘松山是王东雷的主意。本来，槐米想给刘松山打个电话，让他回家，但王东雷听说了刘松山在铸造厂工作，突生兴趣，便劝阻道："槐米，不用打电话了，我们一块儿去接他吧。"

槐米疑惑地看了看王东雷："大老远的，我又不认识路。"

王东雷笑了："我开着车，车上有导航。你不是有松山的地址嘛，只要知道了地址，就能找得到。"

他们来到了松山工作的厂子。到了门口，王东雷让槐米和司机等在外面，他要一个人进车间，悄悄看看刘松山。刚进车间，王东雷就一眼看到了刘松山，无需经人介绍，也无需费力寻找，只凭冥冥中的感觉，只凭刘松山那与自己如出一辙的身形，王东雷就认出了刘松山。他的心莫名地激动起来，无声地呐喊着：松山，我的儿子，我最亲的人！

王东雷强压住内心的激动，慢慢靠近刘松山。当时，刘松山正在检查一个工人用的型砂。他抓起一把型砂来，攥成一团，又轻轻甩到地上，才对那工人说："李师傅，我和你说过多少次了，你这型砂湿度过大，铸件会起泡和变形的。喏，你看着，"刘松山又从另一堆型砂上抓起一把，一攥，再往地下轻轻一甩，"你看，这样的湿度才正合适。入手成团，落地成砂——这样的干湿度，不仅你做模型时轻松，铸件成品率也高。记好了啊。"

王东雷满意地点点头：这小子，是我的种。刘松山又走向另一个工序，一个人正弯着腰在砂模里下砂芯。刘松山走过去，接过那人手里的砂芯，"张哥，我说过好多次了，这砂芯要这样拿着，才能避免碎砂掉进砂箱里。然后，你要用这样的姿势下芯，只能一次成功，要不就会破坏型体，铸件就可能报废。"

王东雷远远地跟着刘松山，看他在车间里走来走去，和这个交流一下，对那个指导一下，心里乐开了花：苍天有眼，我王东雷的事业后继有人了。然后，他悄悄地走出了车间，到厂门口与槐米会合后，就一同去了厂子的办公室。

8-7

刘松山走进办公室，先叫了一声娘，才转头看王东雷。在与王东雷四目相对的一瞬间，刘松山一下子呆住了，脑海里那个模糊了十五年的身影与眼前这个器宇不凡的人一下子对上了号。

"舅舅。"他脱口而出。

槐米在一边神情复杂，说："看这孩子，记性真好。这么多年不见你舅舅，都能一眼认出来。"

刘松山看着王东雷，一种陌生又熟悉的感觉瞬间涌入了心田。多少年了，他经常做一个同样的梦：有一天，他的舅舅会来找他，并且带他走向一片崭新的天地。今天，梦境突然成真，让他不由得怀疑，这会不会又是一个梦。

他拉着槐米的手："娘，你怎么找到这里来了？我怎么感觉这么不真实啊。"

槐米拍了一下刘松山的手，以少有的慈爱口吻说："傻孩子，你舅舅想见见你，我就带他来找你了。"

刘松山这才定下神，转向王东雷："舅舅，真的是你啊！我还以为我刚才认错人了呢。"

王东雷开心地说："松山好记性啊，我们一共就见过两次面，你竟然到现在都还记得我。"

刘松山羞赧地一笑："我也不知道为什么，刚才一见到你，我就觉得你是多年前我见过的那个舅舅，便随口喊了出来。"

王东雷哈哈大笑："松山，这说明我们有缘啊！走吧，松山，我和你娘已经替你向厂长请了假，带你回家住几天。一切事都等回家再说吧。"

　　回到梨村，王东雷和槐米没有再隐瞒，向刘松山详细述说了他的身世和那些久远的往事。刘松山呆呆地看着王东雷，自言自语着："舅舅，爸爸，爹，娘，这一切太古怪了，我不是在做梦吧。"

　　王东雷慈爱地拍拍刘松山的肩膀："松山，你已经是个成年男人了，正因为我相信你的承受力，才毫无保留地对你说了过去的全部事情。你应该知道，你现在已经不是梨村的刘松山了，而是一个大型集团公司的未来继承人。这样吧，你先别急着做决定，也不用回厂里上班，先在家陪你娘住几天，也把这些事情好好想一想，理一理头绪，等你想好了，就来找我。一切我都替你想好了，你以后还是叫我舅舅，其他的事情，我会慢慢为你安排。"

　　送走了王东雷，槐米又一个人来到了娘的坟前。娘的坟和王三铁的坟挨在一起。

　　槐米坐了半晌，也哭了半晌："爹，娘，你们别恨我把松山卖了，我不是卖，我只是想断了松山的念头，断了王东雷的念头啊。王东雷是大老板，有钱有势，松山是他唯一的儿子，松山跟了他，有可能接他的班，成为大老板，有大出息，有大福享。只有这样，我这当娘的才心安啊。我这么做，王东雷和松山肯定都会说我绝情，但也只有这样，才能断了他们对我的念想，王东雷才会一心一意地对松山好，松山也才会一心一意地对东雷好。他们爷俩这些年不在一起，需要从头培养父子感情。再说，石匠的腰病越来越重了，肾也越来越差了，人眼看就不行了，我找人打听了，要治他的病，没有七八十万是不行的。这些年来，我欠石匠的太多了，我用王东雷的钱，来给石匠治病，也算是还了石匠的情。眼下，小路也二十多岁了，到了该娶媳妇的年龄了，按咱这里现在的行情，没个二三十万是讨不到媳妇的，我毕竟是小路的亲娘，也不能不管啊。现在，我和石匠也都是快五十岁的人了，以后，还得我们两个帮扶着过日子啊。娘啊，爹啊，你们说，我这样做，不算过分吧。"

　　一阵山风吹来，一地纸灰纷纷扬扬。槐米呆坐在坟前，任风把她脸上的泪水吹干。

第九章

9 – 1

刘松山躺在病床上，忍受着伤口的阵阵疼痛，又享受着心底的丝丝喜悦。

幸福来得太突然，在自己还没有反应过来的时候，梦境就突然变为现实了，他需要一定的时间来回味，来接受，来消化。

他伸手摸了摸包着厚厚纱布的下体，一种痛却更为幸福的感觉袭遍他的周身，他感觉自己的身体比灵魂更加轻盈，在飘飘上升。

每个人都喜欢回忆自己的过去。那是些可以用来进行对比、修正的记忆，那是些可以说服自己接受或逃避的沉淀下来的光阴。

三岁那年，刘松山第一次见到王东雷。那时的记忆很浅淡，如一缕轻烟，只勾勒出了一个模糊的轮廓，却没有任何细节。第二次见王东雷，是在娘的带领下。他懵懵懂懂、跌跌撞撞地跟在娘后面，娘要他上车就上车，要他下车就下车；娘要他叫王东雷爹爹就叫爹爹，要他叫王东雷舅舅就叫舅舅。在娘面前，他唯有服从，不然就会换来娘的一阵拳脚。那次，舅舅给了娘一叠钱，回家后，娘对他的脸色一下子好了很多。

刘松山总想回忆自己的童年，但又无从回忆。那是一段粗糙不堪的岁月，被辛酸的泪水泡得透湿。

刘松山记忆最深刻的，是自己总是穿着女孩的衣服。那是姐姐大麦的衣服，大红大绿的，只要槐米给自己穿，自己就得穿。记得五岁时，他穿了姐姐的衣服出去，被小伙伴们指着笑话："男孩穿着女孩衣，长大没有小鸡鸡。"他哭着回家和娘说，他娘一巴掌打在他脸上："你个私孩子，有衣服穿就便宜你了，你还哭个毛啊！再哭，女孩衣服也不让你穿，你就光着腚上街吧。"刘松山止住了哭声，看着身上大麦的花衣服，任委屈的泪水大颗大颗地无声落下。

从刘松山记事起，娘对他就没有一个好脸色，不是打骂就是呵斥。槐米经常一边用笤帚抽打着刘松山，一边骂："臭男人，死男人，你跑了倒是清净，却留下个祸害让我带。没良心的，但愿你死在外面别回来。"

从小就软弱怯懦的刘松山，总是像跟屁虫一样跟在姐姐大麦身后，大麦让他干什么，他就干什么。大麦喜欢把他打扮成女孩儿，他若不愿意，大麦就一巴掌打在他的脸上："你个私孩子，当女孩有什么不好？难道你也想像那些跑到咱家来欺负咱娘的臭男人一样吗！"

后来，当大麦再把他打扮成女人时，他就接受了。大麦把刘松山打扮成一个小女孩的样子，小路就当刘松山的"老公"，抱着他又啃又咬，乐得大麦在一边嘿嘿直笑。

他问："姐姐，我长大了也要嫁给男人，让他们去打那些欺负我们的人，行不？"

大麦就大笑："你个私孩子，你是男人，怎么能嫁给男人呢？"

"男人为什么不能嫁给男人？"

"为什么？我也不知道。但男人都有小鸡鸡，长小鸡鸡的，怎么能嫁给也长着小鸡鸡的人呢？反正就是不能。"

"那我就把我的小鸡鸡揪下来，这样我就能嫁给他们了吧？"说着，刘松山便伸手去揪小鸡鸡，小鸡鸡没揪下来，自己却痛得哇哇大哭。

刘松山跟着娘去见了王东雷，回来后，就到村里的学校读书了。也是从那时开始，槐米就不许刘松山和她一块儿睡觉了，而是让他跟着石匠在羊圈里睡觉。槐米对小石匠说："你给我好好看着他，早晚王东雷会来把这孩子赎回去的。到那时，你想要多少钱，就能得到多少钱。"

9 - 2

刘松山慢慢长大了，他越来越觉得自己并不是男孩子，而是女孩子。村南有一个小水库，夏天天气热的时候，周边村子里的男男女女都喜欢来这里洗澡乘凉。水库的轮廓像个葫芦，分为上湾和下湾。这里有一个不成文的规定：洗澡的时候，男人不能去上湾，女人不能来下湾。夏天，那里每天都有男人女人洗澡，大麦和村里的女孩儿也经常去洗澡。

有时候，小伙伴们会拉着刘松山："松山，走，我们到上湾看人去。"他们口中的"看人"，就是去偷看洗澡的女孩。

那是小伙伴们多么喜欢干的事情啊。夏天的午后，小伙伴们拉着刘松山，悄悄溜到上湾的岸上。岸边长着一人多高的绵槐、腊条和丛柳，还有高高底底的野草。他们潜伏在野草中，即使身上被瞎眼蒙叮出一个一个的红疙瘩也毫不在乎。远远望去，那些姑娘们一个个脱得一丝不挂，在水里嬉闹欢笑。

小伙伴们都不会呼吸了，目光直直的，嘴张得大大的，口水流得老长。刘松山鄙夷地看了他们一眼，悄悄地走了。他不喜欢看女孩子洗澡，这有什么可看的啊。他想去下湾，看男人洗澡。

在下湾，他不用像在上湾那样偷偷摸摸，被草虫叮咬。他可以大大方方地坐在岸边的石头上，痴迷地盯着那些男人在水里打闹。他喜欢看那些赤裸的男人高傲地站在高崖上，嘴里嗷嗷地叫着，然后从崖上一跃而下，在水面砸出大大的水花后沉入水中，过了好一会儿，才从更远的地方冒出头来。

他喜欢看男人舒展了四肢，静静地仰浮在水面上。黝黑的躯体浮在水上，像一只船。

小伙伴在上湾那边受不了虫叮了，就会跑到下湾来洗澡，看到刘松山后，就喊："松山，原来你早跑到这里来了。"

刘松山就忙不迭地掩饰："我被咬得受不了了，就来洗洗。"

刘松山突然发现自己和小伙伴不一样——他们喜欢看女人，而自己喜欢看男人。他不敢让小伙伴们看出来，这是他自己的秘密。他知道，他必须保守这个秘密，不然小伙伴们会笑话他的。

刘松山十九岁时，被姐姐大麦带着出去打工。那时，大麦已经到南方打工两年了，一出去就是一年，只在过年的时候回一趟家。

这个春节，大麦又回来了。一年没见大麦，她和离家时完全不一样了，眼睛描了，嘴唇涂了，虽然天气正冷，但她已经穿上了又短又紧的小皮裙子，下身是一条紧绷绷的黑色弹力裤，两条细长的腿一览无余。

好在，村里人已经见怪不怪了。香港就要回归了，国家经济也已经搞活了，村里的年轻人一批一批地去南方打工，有的带了钱回来，有的带了对象回来。死气沉沉的村庄，被这些年轻人的新闻搅得充满了活气，工余饭后的谈资，也凭空增添了不少。

过完年，大麦要回南方了。走时，她送给了槐米几套衣服："妈，这可是南方最流行的款式，你也试试，肯定喜欢。"

槐米欢天喜地地接了过来。大麦说："松山，我就不送你什么东西了。你要是愿意，就跟我去南方打工吧。在大门口干保安，一个月能挣七八百块钱呢，比在家里种地强几十倍。"

刘松山抬眼看看槐米，槐米斜了他一眼："看我干什么？想去就去呗。"

大麦说："妈，我先带松山去我打工的那个地方，让他适应一下再说。"其实，大麦已经给刘松山找好了工作——就在她打工的电子厂当保安。

9 – 3

到了大麦打工的地方，刘松山才知道，大麦是在一个电子厂的办公室里做文员。刘松山很奇怪，大麦充其量只是初中毕业，就她这文化程度，能在办公室做文员吗？但刘松山很快就看出来了，大麦和这个电子厂的老板关系不一般。

刘松山的工作不累，就是看大门。厂里共有十名保安，负责看大门和夜间巡逻。一天工作八个小时，晚上就住在工厂大门口旁边的保安宿舍里。他一个人住一间房子，比在家里舒服多了。刘松山好奇而满足于这一切。而且，一个月八百元的工资，能顶上槐米在家种一年地的收入了。

过了几天，大麦让刘松山去她租住的房子里吃饭。来到了大麦的住处，刘松山感觉像到了高级宾馆。房子虽然不大，但卧室客厅厨房卫生间一应俱全。在这个城市，这样的房子光租金一个月也得五六百元，大麦得挣多少钱才能租得起这样的房子啊！

大麦斜了刘松山一眼："别大惊小怪的。这房子是我们老板帮我租的，他说我在办公室做文员，得有个像样的房子住，心情好了，才能干好工作。"

刘松山说："姐，你是不是和老板关系很密切啊？"

大麦哼了一声："你知道姐刚来打工时是什么样子吗？在车间一天工作十六个小时，一个月才挣四百块钱，车间里又闷又热，一天下来，内裤都让汗湿透了。还好老板照顾我，调我到办公室做了文员，不冷不热，舒舒服服。我报答一下他，又有什么？"

大麦叹了一口气："我出来打工两年了，什么样的苦没吃过？不想那么多了，等我在这里干上几年，攒下点儿钱，我就回老家找个踏实的人嫁了，再安安稳稳地过日子。"

刘松山看看大麦，低了头不说话。大麦又说："知道为什么让你来做保安吗？因为你是我弟弟，老板信得过。现在在厂里打工的全是外地人，下班时，经常把厂里的电子零件什么的藏在衣服里往外带。有时是保安和工人串通好了，一块儿往外偷。所以老板才要我回家找个信得过的人来干，我就把你带来了。你可要好好干，不要让老板失望。"

果然，刘松山很快发现了问题。有一个女工，上班时穿得很可体，可下班时身上就臃肿了，叫到保安室里一查，里面竟然裹了厂里的一捆电子线。有的人上班时还好好的，下班时肚子突然就大了起来，一搜，衣服下面竟藏着一大包电子元件。

于是，刘松山加大了下班时的盘查力度，在一连查了七八个手脚不干净的女工之后，这样的现象一下子就减少了。

这天，一个秃了半个脑袋的矮胖男人来到了门卫室，另一个门卫连忙向他敬礼："老板好!"

原来他就是老板，是和姐姐相好的男人。老板径自拍了拍刘松山的肩膀："小刘，工作干得不错，好好干啊。"刘松山笑了笑，没有回话。他不知道应该说什么。

老板走后，他明显地看到另一个门卫向他撇了撇嘴，然后讨好地对刘松山说："山哥，老板表扬你了，估计下一步就要提拔你了。"

果然，没过几天，刘松山就被任命为保卫班长。

这天晚上工人下夜班时，刘松山照例在门口检查，突然发现一个女孩子的神情有些慌张，仔细一看，女孩的腰明显有些粗。

他把女孩叫进屋里，盯着女孩："说，你叫什么名字?"

女孩吓得身子微微颤抖："我叫秀玉。"

"腰里是什么东西?"

秀玉低着头，一句话也不说。刘松山说："给你个机会，你自己拿出来吧。要不我可叫人来搜了，到时候有你吃不了的。"

秀玉哇地哭出来："我老家的弟弟重病住院了，急需钱。我没办法，才，才……"她边哭边抽出了盘在腰里的元件线。好家伙，足足有五十米。"有人和我说，咱们厂的元件线是进口的，质量好，他们要大批收购。我发誓，这是我第一次这么做。大哥，你就饶了我吧。"

秀玉哭得梨花带雨，刘松山不由得想起了自己的过去，叹了口气："好了好了，别哭了。电线留下，你走吧。"他又从钱包里拿出五十块钱，"给你吧，以后可不要再干这样的事了。"

几天后的一个傍晚，刘松山下班后，刚回到他的宿舍，就听到有人敲门，原来是秀玉。

秀玉扭捏着说："谢谢你刘班长，你是个好人，谢谢你对我的照顾。我想晚上请你吃饭，行吗?"

刘松山连连推辞："不用了，不用了，互相帮助嘛。"

秀玉说："刘班长，你不用客气，我们就是去大排档简单吃点饭，聊聊天。说真的，在这里打工的人都来自天南地北，想找个聊天的人也找不到。"

9－4

刘松山的心情和秀玉差不多。来到这个南方城市已经有七八个月了，初来时的新鲜感没有了。他现在是保卫班长，一天二十四小时都靠在厂里，处理随时可能发生的事情。这厂里有一百多人，除了几个保安和维修工外，其他的全是刘松山最不喜欢看的女人，叽叽喳喳，又烦又乱。

偶尔来拉货的车上，会载着装卸工。他们体格粗黑精壮，当着女工的面，更是干得激情飞扬，嘴里也是一串一串的荤段子，惹得那些女工在旁边捂着嘴笑个不停。

在这个缺少雄性荷尔蒙的地方，这估计是最受欢迎的风景了。不但那些女工们喜欢看这些装卸工工作，刘松山也喜欢。所以每每来了装卸工，他总是亲自去值班。他苦恼过、自责过，他知道自己是个男人，他不应该喜欢男人，但他却控制不了自己。

每当远远地听到他们喊着号子往车上搬运大件货物，听着他们开着粗野的玩笑，听着他们大声地笑闹，刘松山的心中就像有千万只小手在抓挠，痒得无法自已。而这时，就像有无数的手，拽着他的双腿，让他不由自主地来到发货室。他不想看，但他的目光却绕过了他大脑的指令，自动去追寻那些让他心动的身影。

既然控制不了自己，那就索性听之任之吧。后来，凡是来了装卸车，刘松山都要去现场看着，倒因此赢得了老板的欢喜："小刘，不错，你非常负责。这些装卸工手脚不干净，有时在装货时会顺手拿一些别的东西，有时还会对女工们动手动脚。有你看着他们，我就放心了。"

面对刘松山，厂里的女工们无策了。原先对付保安，女工们自有一套：

和他们套套近乎，送点小礼，有的大胆的女工，甚至直接以身体行贿。但到了刘松山这里不行了，请客、送礼不接受，套近乎就更是直接吃一鼻子灰。好多女工就骂："刘松山是老板的一条狗，还是一条不吃腥的狗。"她们自然不知道刘松山内心的秘密。

这会儿，秀玉请刘松山出去吃饭，他想了想，却答应了。来到这里半年多了，他还从没有出去吃过饭呢。

大排档很热闹，但刘松山吃不习惯这里的饭：不够咸，又甜腻腻的。吃过饭，秀玉说："刘班长，时间还早，我们就近逛逛吧。"

街上，全是一对一对的小情侣，多是附近工厂里的打工仔打工妹。秀玉突然伸手一指："喏，你看。"

街边的石凳上，一男一女正搂在一起，忘情地吻着。刘松山的脸红了，心怦怦直跳。秀玉的脸也红了，不由得拉住了刘松山的手。

柔软的小手，温热中透着亲昵。但刘松山却感觉浑身不自在，一种刺痛的感觉从手上传来。他下意识地一抖手，甩开了秀玉，讪讪地笑笑："好热，好热。"

秀玉纳闷地看着刘松山："松山，你怎么了？"

刘松山抬手抹抹额头的汗："没事，怕被同事看到。"

秀玉的手又挎上来："松山，我有些累了。"刘松山像被针扎了一样，一甩胳膊，差点儿把秀玉闪倒。秀玉生气地瞪了刘松山一眼："你怎么了？"

刘松山苦笑一下："没，没什么，没什么。"

秀玉以为刘松山害羞，便又贴了上来："松山哥，我漂亮吗？"

"漂亮。"

"你喜欢我吗？"

"喜欢。"

"那我当你女朋友，好吗？"

"嗯，嗯。"

秀玉又把手挎了上来。刘松山虽然强迫自己保持镇定，任由秀玉挎着自己的胳膊，却总觉得浑身别扭，甚至有种恶心的感觉。

他不喜欢秀玉，不，确切地说，是他不喜欢女人。他对自己的这种性取向很恐慌，但又无可奈何。

刘松山正痛苦地被秀玉挎着在街上走，突然，一个保安跑了过来："刘班长，快回厂。老板娘和你姐打起来了。"

事情的起因比较简单：东南亚爆发的经济危机，直接影响了电子厂的产品出口，厂里的经营效益直线下降。账上进钱少了，老板娘就对老板有了怀疑，再加上听说老板和大麦的关系有些不正常，这个晚上便来公司"突击检查"，正巧撞见老板和大麦泡在办公室里"加班"。大麦被老板娘抓了个现形，被其一路追赶到大门口，但早有人等在那里围堵了，大麦被他们打得鼻青脸肿。老板呢？早吓得远远地躲开了，哪里还顾得过大麦来。

最终，大麦和刘松山都被迫离开了工厂。大麦说："松山，你先回家吧，我再想办法找地方上班。等我安顿好了，就写信叫你。"

刘松山受到了很大的打击，从南方回乡后，就跟着乡里的建筑队去了铸造厂干泥水工，后来就留在铸造厂上班了。

9 - 5

对于刘松山的到来，苏金凤找不到合理的理由阻止，她也清楚地知道自己阻止不了。于情于理，这件事都说得过去，但她又不甘心。她内心深处隐隐有种感觉：刘松山的到来，可能会令西营机械集团中的"苏"字彻底消失，但她又不敢确定。因为她清清楚楚地知道，王东雷没有生育能力，刘松山是王东雷的外甥。即便这样，她的心依旧惴惴不安。

无奈之中，她唯有去找李大海倾诉。

听完苏金凤的话，李大海的心又扑通扑通地跳开了，他担心的事情，终于要到来了。他在屋里绕来绕去转了半天，直到苏金凤露出不耐烦的表情时，才说："嫂子，我早就说过，刘松山和王东雷的关系不一般，你也是当了妈妈的人，应该知道人和人之间是有心灵感应的。我第一次看到刘松山时，直觉告诉我，他就是王东雷的儿子。"

苏金凤打断李大海的话："不可能的，王东雷没有生育能力，我亲自陪他去医院检查过，区医院的刘主任也陪他去省城医院检查过，我还亲眼看到了检查结果，亲耳听到刘主任告诉我疹断结果，他怎么可能有儿子呢？"

李大海一愣："真的这样吗？我不相信，这背后必定有一个不可见人的故事。"

苏金凤说："一开始，我是和王东雷约定过，只结婚不要孩子。但后来，当我们想解除约定再要个孩子时，却迟迟要不上，我们才去医院检查的，王东雷也承认了检查结果。我们还想，等技术进步了，通过人工方式，要一个孩子。但后来我妈妈去世了，没人催了，公司又处在转型发展的关键时期，这事就一直这么拖下来了。结果拖啊拖啊，我们都老了，就没那心思了。"

"哦，原来是这样啊。"李大海不相信，但又找不到合理的解释。他想了想，给苏金凤算了一笔账："刘松山如果来到公司，王东雷肯定会创造机会，重点培养，然后慢慢让刘松山成为接班人，这样，西营机械公司就彻底成了王东雷家的了，苏厂长一手创建起来的家业就没了。你想想，到那时，你除了一张结婚证外，和王东雷还有什么关系？"

李大海说的每一句话，都刺痛了苏金凤的心，虽然都不是苏金凤想听的，但却都是她无法回避的。苏金凤不由得紧张起来："大海，我们该怎么办？"

李大海想了半天，咬了咬牙，声音低沉地说："嫂子，你的女儿，是我的侄女，我们才是关系密切、有血缘关系的人。公司的今天，是我的爸爸和你的爸爸，也就是怀苏的祖父、外祖父，还有怀苏的爸爸用生命换来的，为了怀苏，我们要联起手来，共同保卫我们的家业。"

苏金凤点了点头："我全听你的。"

"我们现在要做的，是支持刘松山的到来，因为这是你阻止不了的。退一步说，即使你能阻止王东雷，但我们招工时，刘松山要是来应聘并且符合我们的条件，也是可以来厂里工作的。所以，我们要支持刘松山来。但支持是有条件的，比如你姨家表哥的孩子，不是也在我们公司上班吗？好像叫，叫什么来着？"

"赵大明。"

"对，赵大明。你得要求王东雷也重点关照赵大明，刘松山有什么待遇，赵大明也要有什么待遇，这样就有可能制约王东雷对刘松山的过分照顾。然后我们再慢慢想办法控制刘松山，控制的办法无非有两种：一是胁迫；二是利诱。如果这两样都不行，我们就打垮他。你想，如果刘松山出了什么重大的问题，就是王东雷想留他，也是不可能的了。"

苏金凤点了点头。关键时候，还是李大海的办法多。

听了苏金凤提出的要求，王东雷在心里冷冷一笑。他知道，这多半又是李大海的鬼点子。但他故作糊涂："金凤，这是哪儿跟哪儿啊。待遇不是我给的，是他们自己干出来的，你可别犯糊涂啊。就说你的那个外甥赵大明吧，我早就打听过了，干什么什么不行，吃什么什么没够，这些年在厂里混得也够臭的，只不过碍着你的关系，人家才给他留个面子。但现在企业已经实行股份制了，不养废人，你若有闲工夫，倒要好好劝劝他，他若再这么混下去，估计在这里也待不住了。"

苏金凤脸红了。之前，她也听说过赵大明的事情，但没想到王东雷连这也知道得这么清楚，看来王东雷对企业真的是下了功夫。

苏金凤了解王东雷的脾气，知道这样争执下去，也不会有什么结果。她只是暗暗生气：她和李大海策划了好长时间的计谋，只因王东雷的几句话，就被彻底瓦解了。

9 – 6

刘松山在王东雷离开三个月后，来到了公司。

这三个月，是他人生中最迷茫的三个月。身世谜底的揭开，等于让他重新经历了一次人生。自己的人生怎么会这样？自己的身世怎么会这样？他哭，他骂，他对着墙发脾气，但依旧改变不了现实。

槐米对他说："松山，你要是个男人，就要面对现实。你要是觉得你的身上还流着王铁匠他们家的血，那你就到你的亲生父亲那里去，好好发挥自己的特长，让自己真正强大起来。等你能接受这一切了，你才算是真正长大了，这样才不枉我和你石匠爹这么多年来对你的养育。人只有真正长大了，在面对一些突如其来的事情时，才能做到处变不惊。"

就这样，刘松山来到了西营机械公司，并直接担任了铸造公司的技术员。刘松山的到来，让王东雷感觉肩上的担子一下子轻了不少，紧绷的神经也松弛下来了。

刘松山初到车间时，车间里的人都不服气，对他指指点点，说他是沾了舅舅的光。但很快，这些人就发现自己错了。

刘松山简直就是铸造天才。他眼睛真毒、耳朵真灵、感觉真敏锐：隔了厚厚的砂箱，都能看到铁水在模型间流动的景象；听到铁水在模型中凝固变化的声音；感受到铸件在砂箱里的笑声、闹声。哪个铸件报废了，刘松山一眼就能看出问题所在，好像他本人就生活在模型中一样。

连一些做了十多年铸工的老师傅都心服口服：人家这是天生的专长，我们学都学不了。

刘松山做了三个月的技术员，车间的铸造废品率就下降了两个百分点。可别小看这两个百分点，这意味着集团直接收益了五百多万元。于是，不但车间上下都对刘松山服了气，连集团的管理层也对刘松山给予了充分肯定，而原来那些对刘松山将信将疑的人，也在背后竖起了大拇指。

苏金凤在第一眼见到成年后的刘松山时，就不由得怔住了：太像了，和王东雷太像了！即使俗话说"外甥像娘舅"，但也不至于像得这么传神啊，何况，二人还并非具有血缘关系的亲舅甥。可王东雷明明是不能生育的，难道是自己的眼睛欺骗了自己？

晚上，她严肃地问王东雷："东雷，你说实话，刘松山到底是谁？真的是你的外甥？"

王东雷故作糊涂地说："对啊，是我外甥。你以前不是见过他嘛，我妹妹的孩子，这还能有假？再说，我没有生育能力，你是知道的。"

王东雷坚持认定刘松山是他的外甥，苏金凤一时找不到确凿的证据，只好将信将疑了。

李大海对苏金凤的做法很不赞同："既然王东雷不承认刘松山是他的孩子，那就说明他心里对你还有畏惧。如果有畏惧，他做事就不得不考虑你的感受，不得不照顾你的情绪，这样，我们就还能控制住局面。所以你也要装糊涂，千万别逼他。什么时候他亲口告诉你刘松山是他的儿子了，那就说明他不再畏惧了，那他和我们撕破脸皮的时候也就到了。到那时，恐怕我们会比他被动得多。"

李大海又说："现在最好的办法，就是问问刘松山有没有女朋友。要是没有就好了，可以把怀苏介绍给他。"

"什么？这怎么可以？"苏金凤说，"论起来，松山可是怀苏的表哥，是亲戚啊！并且怀苏才十九岁，比松山小五岁，合适吗？"

李大海笑了："嫂子啊，你是越老越糊涂了。你想想看，怀苏和松山两人，是什么亲戚？又有什么血缘关系呢？从刘松山这边看，他的父母，与王东雷毫无血缘关系。从王怀苏这边看，她是你和我哥的孩子。所以他们两人之间没有任何血缘关系。但他们两个要是能结婚，那这两个没有任何血缘关系的人就成为一家人了。到那时，你、我、王东雷我们三人，也自然而然地被扭结成为具有特定关系的人，这是多美满的事啊！"

苏金凤被李大海绕糊涂了："大海，你慢点说，怎么你越说我越糊涂呢。"

李大海为自己突然想出来的好办法而兴奋得满脸通红，他拿来了纸笔，写写画画："嫂子，你看，你看，这是怀苏，这是刘松山，看明白没有？我的想法靠谱吧？"

苏金凤点点头："哦，我明白了。按照你这想法，如果刘松山真的和怀苏结为夫妻，那么我们原来没有任何血缘关系的两家，不，是三家，就可能因为他们两个人而成为具有亲缘关系的一家了。"

"是的，是的。"李大海兴奋得手微微发抖，"这样，我们之前的担心也就烟消云散了。并且我敢肯定，这样的结局，一定也是王东雷愿意看到的，这样，也就简单地解决了他和刘松山的关系问题了。我和他共事二十多年了，对他的性格和处事原则，还是非常了解的。"

苏金凤想了想，点了点头，又叹了口气："嗯，这也不失为一个好办法，但……"苏金凤还想说什么，李大海却制止了她："好了，就这样吧，听我的没错。"

刘松山的表现，让王东雷看在眼里，喜在心头。他便借此机会，让刘松山担任了铸造公司的车间主任；半年后，又将其提拔为铸造公司的副总经理；第二年，刘松山就担任了铸造公司的总经理。赵大明紧跟着刘松山，也担任了铸造公司的副总经理。

苏金凤对王东雷说："松山真不简单啊，这么快就成专家了。周末让松山来家吃个饭吧。你看，松山都来这里一年多了，我也没顾得上给孩子做顿饭吃，这个姨当的不称职啊。"

王东雷说："知道你忙，松山不会怪你的。"

苏金凤给刘松山打了个电话："松山，这个周末晚上来家吃饭吧。你看我一直忙这忙那的，好长时间了也没好好和你说说话。我正好有事要和你说，你快过来吧，我早做饭等着你啊。"

晚上王东雷回到家时，苏金凤已经做了一桌子丰盛的饭菜，而刘松山正坐在沙发上看电视。王东雷不由得纳闷，今天苏金凤唱的是哪出戏呢？

苏金凤热情地招呼刘松山："松山，来，快来坐！都是一家人了，来到家里可别这么拘束啊。"

现在，王东雷住着的是400多平的大别墅。但为了照顾各方面的情绪，刘松山来后，王东雷没让他来家里住，而是在公司的集体宿舍，为他安排了专门的住处。

刘松山看看王东雷，王东雷和气地笑了："松山，你舅妈让你坐就坐嘛。以后你就把这里当成自己的家，别拘束，有时间多来家里吃饭，大家互相熟悉一下。"

苏金凤说："别，松山，叫舅妈多生分啊，以后你就叫我姨吧，这样显得亲近些。"

9-7

王怀苏正在外地读大学不在家，为了日常生活方便，苏金凤让赵大明高考落榜的妹妹赵眉眉来到了家里，帮助做做家务什么的。赵眉眉才十六岁，见人自来熟，此刻像只快乐的小鸟，在刘松山身边叽叽喳喳地说个不停。

一家人坐下，边吃边聊天。苏金凤详细问了刘松山的情况后，说："松山，你看，你都快二十五岁了，怎么连个女朋友也没有呢？"

苏金凤的脸又转向王东雷："东雷，你有没有考虑过给松山介绍个对象啊？"

王东雷不动声色："松山，你什么意见啊？"

刘松山为难地笑了一下，看了苏金凤一眼："苏姨，我还年轻，这事不急，还是先把工作做好再说吧。"

苏金凤急了："你看你这孩子，什么叫不急啊，你没看到公司里的小青年，才十七八岁，就进进出出成双成对了，你都二十五了怎么还不急呢？再不急，转眼就成大龄青年了啊。"

王东雷呵呵一笑："松山，男大当婚，女大当嫁。让你苏姨帮你物色一下也不错。"

其实，刘松山对认识什么女孩子一点兴趣都没有，但如果他坚持拒绝，则不但会拂了苏金凤的好意，也容易让别人产生其他想法，于是说："那就谢谢苏姨了，我听您安排。"

吃过饭，刘松山告辞走了。苏金凤意味深长地看了王东雷一眼："东雷，你说，我们的女儿怀苏和刘松山，是不是很般配？"

"什么？"王东雷一愣，夹在指间的烟差点掉到地上："这，这，这合适吗？"

"有什么不合适的？虽然刘松山叫你舅舅，但你和松山他娘又没有血缘关系，而怀苏和你也没有血缘关系，你说，他们两个如果能成，不也是一段佳话吗？"

"但怀苏才十九岁，比松山足足小五岁，合适吗？"

"有什么不合适的？不就是相差五岁吗？"苏金凤边说边暗中观察着王东雷的表情。王东雷却平静下来，也不说话，只是皱着眉头，默默地吸着烟，吸了一口又一口，半晌，他把快烧到手指的烟蒂扔进垃圾筒："这事，我没有意见。按我们老家的说法，这叫亲上加亲。但这事能不能成，还是要看松山和怀苏的意见！"

听了王东雷的话，刘松山惊讶地瞪大了眼睛："我虽然叫你舅舅，但你其实是我的父亲，而怀苏叫你爸爸，这怎么行呢？"

王东雷苦笑一下："你怎么这么糊涂啊，怀苏并不是我的亲生女儿，她的爸爸意外事故去世后，我和她妈妈结了婚，所以她就称我为爸爸了。你也大可不必有这方面的顾虑，我倒感觉这是个不错的建议，如此一来，好多问题都可以迎刃而解了。"

迎刃而解？刘松山疑惑地看看王东雷，想问，不知从何问起，就把疑惑咽进了肚子里。

暑假到了，王怀苏回了家。苏金凤约来了刘松山，把他介绍给王怀苏后，又亲自驾车拉着他们两个来到了植物园，给他们创造一个交流的环境，然后借故说："我要去超市买点东西。松山，带你妹妹在植物园里转转。这是我们区里新建的植物园，有三万多种植物呢。你们在这里好好玩儿，等我回来时，再来找你们。"

"我不喜欢你，也不准备喜欢你。"看着妈妈走远了，王怀苏直截了当地对刘松山说，"我不知道我妈妈为什么非要把我介绍给你，虽然她向我再三解释，说我们两个不是近亲，没有任何血缘关系。所以你要明白，我今天来，纯粹是为了应付我妈妈。"

第一次有女孩子这样开诚布公地和刘松山说话，刘松山笑了，故意逗王怀苏："坦率地说，我也不喜欢你，同样也不准备喜欢你。"刘松山模仿着王怀苏的口吻，"我不知道舅妈为什么非要把你介绍给我，虽然舅舅也说我们没有血缘关系。我今天来，也纯粹是为了应付舅舅和舅妈。"

"哈哈，刘松山，你真逗。"王怀苏笑了，"冲你刚才的话，如果我没有男朋友，我也许会试着和你交往一下的，但我已经有男朋友了，所以我不能与你交往。"

一见面，王怀苏就向自己说出这样的秘密来，这让刘松山有种被信任的感觉："哦，我理解你。放心，我会为你保密的。"

"不行。"王怀苏说，"刚才我已经向你泄露了我的秘密，现在，你也得告诉我一个你的秘密，这样我们才能扯平，我也才能相信你不会泄密。"

"秘密？"刘松山搔搔头，"我没有秘密啊。"

王怀苏不依不饶："不行，哪有没有秘密的人啊？是人就会有秘密的。你不要掩饰，一定要说一个。"

刘松山一时语塞：自己有秘密吗？说什么秘密呢？说自己其实是王东雷的亲生儿子？肯定不行，王东雷再三交代过不要将此事对任何人说。那自己还有什么秘密呢？说自己不喜欢女人，喜欢男人？这秘密就更不能说了。

见刘松山不说话，王怀苏急了："刘松山，你要是不说，我就扑到你身上高喊抓流氓，看你的脸往哪里搁。"

刘松山没想到王怀苏会用这样的手段，一急，就脱口而出："我不喜欢女人，我喜欢男人。"话一出口，刘松山自己也愣了一下，但他又突然感到了异样的轻松。这个一直被自己压在心底的念头，第一次对别人明确地说出来，第一次被自己正视，这让他突然有了一种如释重负的感觉，甚至还有一种自豪的感觉。

"你，你。"王怀苏指着刘松山哈哈大笑，笑得刘松山一头雾水。半天，王怀苏才止住笑："刘松山，你就扯吧。为了糊弄我，就编了个这样的'秘密'。"

刘松山瞪大了眼睛："王怀苏，是真的，我没骗你。"

王怀苏又咯咯咯地笑起来，像一只刚吞了条小鱼的鸭子一般欢乐："好，好，刘松山，只要你敢向我大声喊出来，我就相信你，好不？"

"好。"

王怀苏压低声音说："你对我这么喊，'我刘松山不喜欢女人，我刘松山喜欢男人'。"

刘松山的脸一下子红了，搔了搔后脑勺。王怀苏看刘松山一脸窘相，就威胁道："你喊不喊？"

刘松山咬咬牙："我喊。我刘松山不喜欢女人，我刘松山喜欢男人。"

一开始是小声说，慢慢地，两个人的声音就大了起来，最后，刘松山几乎是声嘶力竭地喊："我刘松山不喜欢女人，我刘松山喜欢男人。"

几个在公园里散步的人被这喊声吓了一跳，纷纷向他们这边看过来，王怀苏和刘松山都哈哈大笑起来。王怀苏笑弯了腰，扶着一棵树不停地抖着。刘松山笑得畅快轻松，但笑着笑着，又突然泪流满面。

看到刘松山这样，王怀苏说："好了好了，刘松山，玩笑就开到这里吧，你先走吧。喏，你记下我的手机号，以后多联系。还有，我们统一口径，如果妈妈问起我们的事情来，我们就都说感觉不错，准备进一步交往，她若再追问，就说我们开始同居了，省得她问来问去惹人烦。行不？"

"好。"刘松山满口答应，这其实也是他求之不得的。如此一来，苏金凤就不会再给他介绍女朋友了，自己也乐得轻松。

第十章

10 – 1

秋热渐渐退下去，风开始凉爽起来。

刘松山静静地躺在病床上，王怀苏来看他，满眼含着泪水。她已经大学毕业了，正在复习准备考研。刘松山握着王怀苏的手："小妹，没事，这是天意。"

王怀苏要哭了："你个臭松山，就算你不喜欢女人，也用不着采取这样的手段自残啊，这得多痛啊！"

"小妹，不疼，真的不疼。"刘松山的脸上露出异样的安详和快乐，"我现在心里可轻松了。"

王怀苏哭了："松山哥，我知道你是为了安慰我才故意这么说的。都怪我，那天不应该逼着你喊那样的话。"

刘松山抚了一下王怀苏的长发："小妹，我说的是真的。"

王怀苏止住泪，嗔怒地说："好，好，我相信你说的是真的。那我也告诉你，我新交了个男朋友，以后可能没时间陪你了。反正现在你这样了，短期内也出不了门，等以后有时间了，我再陪你玩。"

刘松山说："小妹，我没几天就出院了。等出了院，我们再一块儿出去玩。到那时，我们可以住在一个屋里，真正的'同居'。"

"好，我倒要看看你伤成什么样了。"王怀苏说着说着，不禁笑了出来。

刘松山出院已经两个月了，一直在宿舍休养。这天，赵大明来了。他对着刘松山讪讪一笑，欲言又止。

刘松山倒是很看得开："大明，有什么话你就直说吧。"

赵大明想了想，才说："表哥，我听我姑说，姑父不想让你再留在这里了，想让你回老家。"

"什么？"刘松山浑身一震，"爸爸，哦，不，舅舅怎么会这样？你是听谁说的？这话可不能乱说啊。"

对刘松山而言，在西营机械集团的这几年，是他有生以来最开心的时光。在工作上，他可以从事自己最喜欢的铸造行业，王东雷还专门聘请了一位铸造行业的专家，手把手地带他。在日常生活上，他有了和王东雷朝夕相处的机会，也算是真真正正地品尝到了父爱的滋味。在个人隐私上，有王怀苏给他打着掩护，他可以尽情欣赏他倾慕的那些铸造工人。在消费上，王东雷给了他一张银行卡，想花多少就有多少，相当宽裕。

精神上的、物质上的，种种快乐皆今非昔比。在刘松山看来，来西营机械集团的这几年，就好像生活在天堂里。他从来不曾料到，王东雷会让自己离开这里。而就在自己受伤的前一天，王东雷还单独和自己畅谈了他的计划，说股东会已经表决同意了任命刘松山为公司副总裁，只等公司正式下发聘任文件了。并且，王东雷还非常肯定地说："所谓的股东会表决，其实就是走过场。这些年，我私下收购了不少个人股份，现在，我和苏金凤两人的股份加起来，已经超过股东总份额的一半了，谁还敢说半个不字？松山，好好干，这个家业早晚会由你来继承。"

王东雷还专门询问了刘松山的个人问题："你和王怀苏也交往两年多了吧，听说你们两个都住一起了，但我怎么感觉你们两个不冷不热的？你要是觉得她不合适，就明说，我再托人给你介绍更好的。现在怀苏已经大学毕业了，要是合适，你们就抓紧结婚生子。我奋斗了半辈子，做成了这么大的产业，不能后继无人啊！"

总之，在自己受伤之前，王东雷一直对自己疼爱有加，怎么会因为自己的这次意外，而态度突变呢？

不过，王东雷也就是在自己受伤的当天来过医院看望自己，以后就再没露面。刘松山的心一下子沉了下去："大明，你这是听谁说的？"

赵大明心虚地四下瞅瞅："那天，我去姑姑家，刚走到门口，就听到屋里姑父和姑姑在谈你的事情。姑父的想法，是让你出院后直接回梨村老家，说你那个地方受伤了，留在这里会让人笑话。"

刘松山的心突然剧烈地疼起来，比刚听闻自己的身世时还疼，比出事受伤时还疼。

在刚得知王东雷是自己的生身父亲时，他也迷茫过、无助过，但自从来到王东雷身边，他感觉原先麻木空虚的心一下子充实了。儿时在梨村，伴他成长的，是槐米对自己的责骂；听到的，是别人对自己的闲话；连小伙伴和自己吵架，也骂自己是外来的野种。虽然槐米从没有亲口向他承认，但他总感觉自己不是石匠的儿子。

三岁那年，他第一次见到王东雷，没由来地，他空落的心一下子踏实了。不用别人介绍，冥冥中有个声音告诉他："孩子，这是你的父亲，你身体里流的就是他的骨血。"那时，他多想扑上去抱住这个男人啊！但是，他没有。突如其来的陌生、莫名的羞怯让他没有勇气靠近他。可等第二天他想接近他时，这个人却悄悄走了。他刚刚充实的心，又一下子空了。

他在厂子办公室是第三次见到王东雷。一看到王东雷，他的心就莫名地狂跳起来，一下子有了安全、踏实的感觉。但即便这样，当娘向他挑明了他的身世之后，他还是用了三个月的时间，才把心态调整过来。

是的，这是他的父亲，给他骨血和生命的父亲。这是与生俱来的默契，不需要对接，不需要说明，只需要心与心的感应。

直到王东雷把他带到西营机械集团后，刘松山才真正开始享受他的人生。每一次与王东雷对坐吃饭，他都能从王东雷不多的话语中，感受到他浓浓的父爱；每一次与王东雷交谈，他都能从中学习到许多为人处世的哲理。他既恨自己与王东雷相聚太晚，又庆幸自己在有生之年还能与亲生父亲朝夕相处。虽然他一直与王东雷以甥舅相称，但这并不影响他们之间的父子之情。

但现在，赵大明竟然说王东雷要抛弃自己，让自己回梨村，这令他在不可置信的同时，也伤心欲绝。可自己现在这个样子，如何回梨村呢？梨村能接纳他吗？王东雷真的这么狠心吗？

10－2

王东雷并不是没去看刘松山，他只是没有走入病房而已。现在，没有人能理解王东雷的心情，甚至，他自己也没法理解自己的心情。

刘松山住院时，他一天无数次地来到医院，问院长，问主治医生，他也到其他的医院咨询。他只有一个想法：如何才能保住刘松山的生育能力，如果不能，那么能不能从刘松山受伤的器官里，找到他的精子保存起来——这是他在这世上仅存的骨血了。

但是，所有的答案都让他失望。

他无数次隔了病房的门玻璃偷看刘松山，但刘松山表现出来的不合常理的愉悦，让他对刘松山越来越捉摸不透，再联想到刘松山平时的非正常举动，他心中的疑虑也与日俱增，于是，他找来了心理咨询师。

心理咨询师给出了参考性的答案：刘松山的性取向有些混乱，这可能与他小时候的生活经历有关，也可能与他受到的某种刺激有关。

槐米、小石匠，你们到底对松山做了什么！王东雷气得心怦怦直跳，但他也在心中责备着自己。如果自己当初能顶着压力，早一点把松山接到自己身边，也不至于落得这样的下场。

但这世界上没有如果，有的只是当下，有的只是承受。要是学不会承受，那就只有放弃。

王东雷无法承受来自刘松山伤残的打击，这次意外事故，完全跳出了他计划的范围。他原本是想等条件成熟了，就直接宣布由刘松山来担任公司的接班人，并正式承认他是自己的儿子。但现实偏偏这样残酷，他无法拒绝，他只有接受。

王东雷在家里转来转去，他想骂，骂不出口；想打，找不到下手的地方。

他实在想不出更好的办法，来解决这个问题。让刘松山继续留在这儿，肯定对刘松山有很大的压力的。社会上的闲言碎语，职工们背后的嘲讽讥笑，可能成为刘松山不能承受的巨大压力，也是自己需要面对的巨大压力。

所以刘松山出院后，王东雷没有急于去见他。王东雷不知道，面对松山，他应该说些什么，做些什么。

煎熬了两个月，王东雷终于做出了一个决定：从哪里来，必然要回哪里去。还是先让松山回梨村住一些时间吧。一则调理一下身体，二则避一避流言，等风头过了，再另行计议不迟。

是啊，刘松山不但在身体上是废人了，在性取向上也与大多数人不同，这在当下社会，可是一个非常敏感的话题。再留在身边，不但刘松山没有什么前途了，也会给自己的工作、生活带来诸多不便。让他再回到梨村，从身体到心理，都进行重新调理，也许对他是的人生更有意义。

苏金凤不同意让松山回去。她委婉地劝王东雷："东雷，再考虑一下吧。松山的管理能力和业务能力，大家有目共睹。这几年，公司为培养松山，也下了大力气，就这样让他回家，不但对松山不公平，对公司也是损失啊。"

"损失？"王东雷苦笑了一下，"他身为男人的能力都损失了，还有什么损失比这样的损失更大？"

苏金凤瞅了王东雷一眼："东雷，不管怎么说，松山也是你外甥啊。"

"正因为是我外甥，我才想让他回去。你知道有多少人在因为这件事，对松山说三道四？对我指指点点？如果继续让他留在这里，对松山、对我都没有任何益处啊。我正是因为心疼他，所以才想让他回去住些时间，等他的身体调理好了，再另行计议，不更好吗？"

苏金凤说不过王东雷，便转身出了门，找李大海去了。

这几天，李大海一直处于兴奋中。刘松山的事故，让他重新看到了希望。原来，一切都还没有失控，都还在自己的计划中。

听苏金凤说了来意，李大海轻松一笑："让刘松山回去，这不正好是一个扭转局势的好机会吗？原本，我们还想拉拢控制刘松山，但现在看来，人算不如天算。这样，对刘松山来说，也许是种更好的结局。"

"那，那他和怀苏的事……"

"你啊，怎么聪明一世，糊涂一时呢？刘松山已经不是男人了，他还能娶妻吗？只是这么一来，我们三家人变一家人的计划，可能要泡汤了。下一步，我们努力的重点是要把怀苏培养好，让这个企业后继有人。"

但刘松山并不想回家，他还想在集团做出一番事业，可此时，王东雷好像突然忙起来了，一连两个月，他都没见到王东雷的面。现在，他如同身处夹缝中，无奈地生存着。

赵大明说："表哥，我建议你去找找李大海副总，他的办法最多了。"

刘松山来到李大海家，却发现王怀苏也在这里，正哭得花容惨淡。刘松山一问才知道，原来王怀苏怀孕三个多月了，而他的男朋友却在一夜之间失踪了。

王怀苏哭得上气不接下气，刘松山从她断断续续的话中听出了个大概：王怀苏人长得不错，性格也开放，又有钱，在学校里是富二代，所以男朋友换得像走马灯一样快。

这不，考完研，她闲在家里没事，就上网聊天，结果认识了一个网友，两人悄悄在外租房子同居。由于一时大意，王怀苏竟然怀孕了，可男友在得知此事后，却消失得无影无踪。王怀苏左右为难，想向家人倾诉，又怕王东雷和苏金凤责骂她，所以一直隐瞒着。

这一次，王怀苏去医院，原计划是去打胎的，但医生说，由于王怀苏多次流产，身体已严重受损，如果这次她再不要这孩子，可能以后就失去做妈妈的机会了。

只有在面临失去时，才发现原来漠视之物的珍贵。王怀苏这才来找李大海："李叔，我找人看了，医生说我怀的孩子可能是个男孩，我要是不要这孩子，可能这辈子就不能做妈妈了。但我还年轻，要是终身不能生育，你说，我今后的日子怎么过啊。"

听了王怀苏的话，李大海气恨交加，却又无可奈何。李大海恨王东雷对怀苏过于溺爱，恨怀苏过于不自重，气怀苏不听自己的话。自己虽然是以叔叔的身份和她交流，但付出的却是颗父亲的心啊。怀苏明明早就和苏金凤说过，她已经和刘松山同居了，怎么又去找新的男朋友呢？而这次如果流产，怕是真会伤了身体，但如果把孩子生来下，王怀苏年纪轻轻就成了单身妈妈，以后的生活该怎么办呢？

李大海问："你不是早就已经和刘松山同居了，怎么又交男朋友呢？"

王怀苏哭丧着脸："李叔，我那是骗我妈妈的，省得她整天啰嗦我。"

李大海气得说不出话来："你，你，你这孩子，怎么把终身大事看得这么轻率啊！你以为这是游戏吗？"

王怀苏只是哭，回不上话来。看她这副样子，李大海不由得心疼她了："怀苏，你先别哭，你说说你男朋友的线索，我派人去找他，非要他负责不可。"

王怀苏哭着说："我们是通过网络认识的，我从没问过他的家庭地址什么的，也没看过他的身份证。我其实也是抱着玩的心态和他在一起的，压根儿也没想和他结婚啊。我只有他的手机号，也去查过，发现是预付费的，不是真名，而且现在也已经停机了，什么资料也查不出来。"

李大海气得说不出话来："你，你，你这个孩子。"

看到李大海大动肝火，刘松山插话说："怀苏，既然事情已经这样了，你就把这个孩子生下来给我，我就说这是我的孩子。反正我已经是个废人了，有这么一个孩子，也算是我的一个依靠。"

10 – 3

刘松山随口说的话，却让李大海眼睛一亮。

他深信刘松山是王东雷的私生子，但他却对此无计可施，没有证据，也不能揭发他。自己之前建议苏金凤，把王怀苏介绍给刘松山做女朋友，也是再三权衡之后的办法。

现在，刘松山的话又提醒了李大海：王东雷接刘松山来，无非是有两个目的：一是帮助王东雷管理公司，接替王东雷的事业；二是能生儿育女，继承王东雷的家业。虽然此前刘松山受了伤，使王东雷传宗接代的愿望化为了泡影，但现在王怀苏的意外怀孕，却使僵死的局面又有了新的转机。

李大海对王怀苏说："我有个办法，虽然可能会让你们为难，但我还是希望你们能听听。"

"什么办法？"刘松山和王怀苏齐声问。

李大海看了一会儿刘松山，又看了一会儿王怀苏，才要说话，就有人来敲门，是苏金凤来了。

苏金凤一看刘松山和王怀苏都在，很是吃惊："你们两个孩子怎么到这里来了？"

李大海忙掩饰道："没事，没事。两个孩子有心事，想不通，来找我聊聊天。这样吧，怀苏，松山，你们先回去，我和怀苏妈妈商量点儿事情，晚上我再找你们聊。"

看着两人离去，苏金凤直直地盯着李大海："大海，你说实话，他们两人来找你做什么？"

李大海把王怀苏的事情向苏金凤一说，苏金凤便忍不住哇地哭出声来："大海，这可怎么办？女人要是不能生孩子，这一辈子不就毁了吗？怀苏可是你的亲侄女，你可不能不管啊。"

李大海咬咬牙，说："现在只有一个办法，想办法让怀苏和刘松山成婚。这样，孩子就能名正言顺地成为王东雷的外孙了。他承认也罢，不承认也罢，这都是改变不了的事实了。"

"可怀苏能接受吗？"

"没办法，她不接受也得接受。我权衡再三，这是最好的一个办法，若不如此，怀苏以后面临的困境会更多。"

晚上，苏金凤带着刘松山和王怀苏，来到了李大海的办公室。

李大海叹了一口气，对刘松山说："刘松山，现在且不管你和王东雷是什么关系，其实王东雷看中的，都不是你这个人，他只是看中了你传宗接代的能力。他现在是公司大股东、董事长，掌握着公司的前途和命运，但他和苏金凤却没有自己的孩子，所以他希望你能有儿孙后代，来继承他的财富。"

李大海一边挥舞着双手，一边在屋里走来走去："我心痛啊，我心痛！松山受了伤，正是需要照料与抚慰的时候，而他却想抛弃松山。王东雷的做法，真让我寒心啊！还有你，怀苏，你把自己的身体糟蹋成这样子，你以为王东雷不会惩罚你吗？他对松山都这样狠，肯定也不会放过你的。"

刘松山的情绪也上来了——王东雷的的确确是自己的亲生父亲，虎毒还不食子呢，他却这么狠心。好啊，既然你不仁，那就别怪我不义。刘松山咬了咬牙："李叔，你说吧，我下一步该怎么办？我全听你的。我决不能让他为所欲为。"

"是啊，我们决不允许王东雷为所欲为。"李大海的心生生地疼，头也有些晕。他脑部血管弥漫性粥样硬化的症状越来越明显，医生曾明确地告诫他：要保持心态平和，不要激动，不能饮酒，定期查体。但一想到过去的那些事情，他就冷静不下来。

"唉！"李大海又长叹一口气，"松山，你不是一直和怀苏谈恋爱吗？甚至还说你们已经同居了。不管事实如何，你们作为恋人的关系是明确的。现在，怀苏已经怀孕三个月了，只要你咬定这是你的孩子，去和王东雷说明白，那么一切就都有可能反转。"

刘松山看着李大海："李叔，这事，他能承认吗？"

"只要你承认了，他不承认也得承认，这叫生米煮成了熟饭。"李大海停下脚步，"刘松山，这事只有我们四个人知道，你要咬紧牙根，对任何人都不要说。只要你认定这孩子是你的，王东雷就没话可说，那么，接下来的事情，就好办多了。你依旧是公司的副总裁，孩子依旧是你的儿子，依旧是王东雷的外孙，依旧会成为这个企业的接班人。而怀苏，你想想，如果你的孩子以后成为公司的接班人，你作为母亲，会是何等荣耀；相反，如果你生下的是个无名无分的孩子，光社会上的非议，就会让你承受不了，而王东雷的名誉也会跟着受损；到那时他会如何对待你？你自己想想就知道了。"

刘松山和王怀苏终究年轻少智，无奈之下，只好接受了李大海的建议。刘松山和王怀苏离去了，看着他们远去的背影，苏金凤担心地说："大海，这样做行吗？"

李大海的脸上掠过一丝无奈的苦笑："就当前而言，这是最好的办法了。

刘松山出了事故，是王东雷最不愿意看到的——他一直希望刘松山能结婚生子，传宗接代。从现在开始，我们就一致对外宣称，怀苏怀的孩子就是刘松山的，是事故发生之前，他们两人同居时怀上的。你去找王东雷，告诉他这件事。我想，王东雷一定会欣喜若狂的，他不但会留下松山，甚至还可能重用松山，让松山和怀苏结婚，让怀苏的孩子继承他的家业。到那时，松山和怀苏他们两个就是这个公司的继承人了。我们原来的计划，就又可以顺利进行下去了。"

李大海越说越兴奋，苏金凤却忧心忡忡："大海，我总感觉这样不妥，心里慌慌的。我们还是不插手这事了，让它顺其自然，行吗？"

李大海激动得大声叫起来："不行，不行！嫂子！我们现在已经没有退路了，只能这么做，明白吗？如果我们退一步，那么我和你，还有怀苏，都可能会被王东雷清理出局的。我们已经这个年纪了，无所谓了，但怀苏今后的日子还长着呢。从另一个角度讲，如果这事成了，你想想，企业的最终继承人，是你的亲外孙，与你的血缘关系，也与我有血缘关系，却偏偏与王东雷没有血缘关系，到那时，这个企业才算是真真切切地回到了我们的手里。"

苏金凤呆坐在沙发上，大脑中一片空白。一片枯叶盘旋着从窗前飘落，在日光灯的映照下，更显得萎黄。

10 - 4

"怎么办？你说我该怎么办？"看着坐在沙发上的苏金凤，王东雷显得很暴躁，与他以往的沉稳大相径庭。

苏金凤看了王东雷一眼，压低了声音说："你总得说说你的意见啊。"

"我的意见？我能有什么意见？"王东雷无奈地摊了摊双手，"松山的事故刚处理得差不多了，身体也基本恢复了，现在却又整出个怀苏未婚先孕的事情来，并且这孩子恰恰是松山的。现在整个西营区的人，谁不知道松山受伤的事情？明明受了伤，却又有了孩子，这让我怎么解释？"

"但这孩子的的确确是怀苏在松山事故之前怀上的。他们两个恋爱的事情，公司上下都是知道的啊。再说，此前他们两个人也是当着我们的面，承认同居的。"苏金凤的话音有些游离不定。

"是的，是的，是的……"王东雷在客厅里转来转去，"但是，你让我怎么承认？人言可畏，我大大小小也算是西营区知名的企业家、全市十大经济人物，现在却出了这样的事，让我怎能坦然接受？"

"这事你可以去问怀苏和松山，这是他们两个亲口向我承认的。"

"我不承认，我坚决不承认！让怀苏去做流产手术，让松山回他老家，我眼不见为净！"

"王东雷，你这人的心肠怎么这么硬？"苏金凤沉不住气了，语气急起来。

王东雷挤出一丝苦笑："唉，我心肠硬？我什么时候硬了？怀苏是我亲手抱大的，我能不亲吗？我只是恨这孩子不自重，不爱惜身体，我只是恨松山太冲动，我只是恨……我在社会上没法解释，我不能不清不白的多一个外孙！"

苏金凤火了："王东雷，我告诉你，是你的外甥欺负了我的女儿，让我的女儿怀上了孩子，你们反过来倒不认账了。好，好，我要去告你们。"

王东雷又叹了一口气："好，你告吧，除非法院裁定这孩子是松山的，要不，我不会认账的。"

"对，要告，一定要告！"听了苏金凤的转述，李大海下了决心，他对呆坐在一边的王怀苏和刘松山说，"怀苏，你去法院起诉刘松山，就说你怀了刘松山的孩子，刘松山却不承认。你要让刘松山承认这孩子是他的，并且要对你和孩子负责，必须和你领证结婚。"

苏金凤犹豫了："这行吗？若闹得沸沸扬扬，得多影响我们的形象啊。"

李大海啪地拍了一下桌子："都什么时候了，你还顾忌形象？现在，逼王东雷承认这个孩子，是最要紧的事情。不这样做，你还有什么更好的办法？"

刘松山说："李叔，我已经承认这孩子是我的了，这不是多此一举嘛。"

李大海缓了缓语气："目的不在告你，而是告给王东雷看的。你想，王怀苏起诉你，证据充分，然后，法院判你承担责任。到那时，王东雷想不承认都不行了。"

刘松山想了想，点点头："只能这样了。"

李大海说："松山，记住，现在不管谁问你，你都要坚决否认这孩子是你的。你越不承认，怀苏才越要告你，王东雷也才越有可能相信这件事的真实性。"

回了家，王怀苏红着眼睛不说话。王东雷心疼地说："怀苏，听我的话，刘松山已经是废人了，你还年轻，怎么能和他生活一辈子呢？把孩子流了，开始新的生活吧。"

王怀苏说："那我以后就可能失去做妈妈的机会了。并且，这孩子就是刘松山的，他不承认都不行。"

王东雷叹口气："可我问过刘松山了，他说这不是他的孩子。连他都不承认，我能有什么办法呢？"

"刘松山说谎，我要告他。"王怀苏急了。

"唉。"王东雷叹了一口气，摆了摆手，"你们年轻人的事情，你们自己看着解决吧。"

法院受理了王怀苏的起诉，庭前调解时，大家都到了场。在调解员的周旋之下，刘松山承认了这是他的孩子，大家都松了一口气。

眼看着这事就要圆满收场了，王东雷却提出了新的意见："调解员同志，他俩一个是我的女儿，一个是我的外甥，这件事虽也让我很为难，但我要从事实的角度出发。刘松山是我的外甥，我要对他、对我的妹妹负责。王怀苏是我的女儿，我也要对她这孩子的来历负责。你作为调解员，只是这么无凭无证地调解一通，这孩子就成了刘松山的，非常不合理也不合法。证据何在？我要看的是证据。"

调解员笑了："王总，您是咱区的著名企业家，怎么在这事上这么不开明？当事人都承认了，你这个做舅舅的反倒不承认，真是蹊跷啊。"

调解失败，只能走起诉程序了。这大大出乎李大海的意料，于是，他让刘松山去打探一下王东雷的想法。

刘松山看着王东雷：才几个月的时间，王东雷一下子苍老了许多，头发竟然全白了。这毕竟是自己的父亲啊，他不由得心疼起王东雷来。

看到刘松山进来，王东雷破天荒地笑了笑，起身倒了一杯茶水递给了他："松山，有事吗？"

刘松山一时不知道该如何称呼王东雷，就直接问："对怀苏起诉我的事情，你到底是怎么想的？"

王东雷收起笑容："你想听真话吗？"

"想。"

"你这个傻孩子。"王东雷疼爱地叹一口气，"我清楚地知道你是我的儿子，但怀苏的孩子却不是你的。恕我直言，松山，你是不是在性取向上与一般人不一样？"

"啊？你怎么知道？"刘松山真不知道该如何回答王东雷了，只好换了话题："我怎么听说，你要赶我回老家去？"

"你不要误会，我怎么会赶你回老家呢？我只是想，让你回老家住一些时间，调理一下身体，也避一避现在社会上的那些流言，等风头过了，你依旧是我的儿子，依旧是集团的副总裁。好了，这个话题先不说了，先说眼前的事吧。关于这事，你要坚持让王怀苏他们拿出过硬的证据，比如 DNA 鉴定，不然就坚决不承认。此事关乎血缘真伪，马虎不得。并且，这鉴定须经法院认可采纳，这样，以后无论他们再说什么，就都不重要了，因为法律已经给了你确凿的证明。"王东雷加重了语气，"我上面说的话，你可不能全透露给对方，不然你就被动了。你已经是成年人了，应该知道如何取舍。"

听说王东雷要看王怀苏腹中胎儿和刘松山的 DNA 司法鉴定证明，苏金凤犯了难：这一鉴定不就露了馅了？

李大海想了想，说："我有个朋友在市司法鉴定中心，可以让他帮着做鉴定。"

"但关键是得有鉴定物啊，不然他们是不会凭空出鉴定书的。"

李大海说："怀苏，你想想，你和你男朋友同居的地方，有没有他留下的东西？比如毛发什么的？"

王怀苏说："我们一块儿租住的房子还在那里没有整理过，我估计房间里应该有他留下的毛发物。"

李大海一拍大腿："这就好办。怀苏，你去寻找他留下的毛发物，拿回来让松山保存好，我让司法鉴定中心的朋友安排人来取样，到时松山签字证明这毛发是自己的，那么，鉴定结果就一定会和我们希望的一样。"

DNA 亲权鉴定并不是件复杂的事情，何况这么拖来拖去，王怀苏怀胎已经快四个月了，鉴定的准确率也就更高了。

鉴定中心来人抽取了王怀苏腹中胎儿的羊水，拿走了刘松山提供的毛发物。一周之后，结果出来了，胎儿与刘松山存在血缘关系的可能性达到 99.9%。

此前，李大海早就托人找了媒体记者，让王怀苏以受害者的身份，向记者哭诉她被刘松山始乱终弃的悲惨经历。记者大笔一挥，又将《首富女儿状告首富外甥，DNA 验证明断情案》的报道在报纸上一登，在电视上一播——这新闻爆炸性的强度远远大于刘松山的意外事故。

全社会都在拭目以待，看王东雷如何收场。

10－5

有了 DNA 鉴定，法院宣判得比较轻松：根据现有证据证实，刘松山的确是王怀苏所怀孩子的生物学意义上的父亲，所以他要对孩子、对王怀苏负责。依据公序良俗原则，刘松山应该尽快和王怀苏补办婚姻登记手续，真正践行对王怀苏母子二人的责任。

听到这个结果，王东雷意味深长地一笑，暗暗地舒了一口气。

李大海拨通苏金凤的手机，小声说："你要有心理准备，王东雷有可能会逼松山上诉，他不会这么轻易服输的。"

但令人意外的是，王东雷并没有上诉，而是默默地接受了判决结果。对这一事件的收场，媒体又是一通报道，区电视台还专门采访了王东雷。电视上，王东雷苦笑着说："我虽然对这一判决结果并不服气，但也没有办法来反驳，只有无奈地接受了。我只是希望两个年轻人以后生活得更美好。"

看着报道，李大海长出一口气："姓王的，这次总算斗赢你了。"他哈哈笑起来。突然，一阵眩晕袭来，他站立不住，跌坐在椅子上，良久才舒缓过来。他自言自语地说："难道我这脑血管真的要出毛病？"

刘松山的婚礼办得隆重而热闹。一个是西营首富的女儿，一个是西营首富的外甥，排场自然非比寻常。锣鼓喧天，觥筹交错，震撼人心。

王怀苏满面春光，小心翼翼地护着小腹，挨桌敬酒。敬到李大海桌边时，李大海开心地把一大杯酒一饮而尽。同桌的一个人说："李总啊，您要适量饮酒，身体要紧。"孙二芳也拉了李大海一把："老李，你不是脑血管硬化嘛，怎么喝起酒来一点也不注意？"

李大海咧着大嘴笑了："这是喜事，喜事！人逢喜事精神爽嘛！"

王东雷走过来："大海，好酒需慢品，好花要长红啊。"然后拍了拍李大海的肩膀，到另一桌敬酒去了。

李大海坐在桌边，默默品味着王东雷说的话。也许是这话蕴含的味道太多了，李大海品啊品啊，也终究没品出来是什么味道。

又过了半年多，王怀苏的宝宝终于降临人间，是个男孩。刚出产房，王东雷就抢着抱过孩子，一连串地亲了好几口。几滴混浊的泪珠，从眼角悄然滚出来。

王东雷说："刘松山虽然是我的外甥，但毕竟不是亲外甥，他和怀苏结婚，也相当于给我当了上门女婿，所以这孩子就跟怀苏姓吧。我给他起了个名字，叫王皓业，意思是希望他的将来，如莲花一样出淤泥而不染，同时也希望西营集团的事业，如宝石般永放光芒。"

李大海和孙二芳来看孩子了，他们是孩子名正言顺的叔外公、叔外婆。

孩子满月酒的那天，王怀苏抱着孩子，在大厅迎接着前来道喜的客人。粉嫩粉嫩的小男孩，谁看了都喜爱。李大海早早就来到了酒店，看着这个小孩子时，激动得老泪纵横，暗自慨叹：上天垂怜啊，西营集团这么大的产业，终于要落在我李家的后人身上了！

或许是因为过于兴奋，他一下子晕倒了。众人大惊，忙打了120，把他送到医院急救。这边，孩子的满月庆祝活动照常进行。

这次，他的病情有些严重。医生说，幸亏送来得及时，要是再拖延上半小时，可能连性命都难保了。

李大海住在西营区医院最好的病房里。单人单间，设施齐全。早上的阳光静静地从玻璃窗外洒了进来，屋里一片温暖。老婆孙二芳边给他倒水边数落他："你这个人啊！医生再三和你说，要保持心态平和，不要激动。你倒好，看到人家怀苏的儿子，你兴奋个什么劲儿啊？过两年，我们要有了自己的孙子，你得兴奋成啥样啊。"

李大海强忍着头晕与头疼，虚弱地说："你不懂，你不懂，不要胡叨叨。"

这时，王东雷来了，后面还跟着办公室的秘书，提着一个大花篮。

李大海微微欠欠身，算是打了个招呼。王东雷握了握李大海的手："老李啊，身体好些了吗？为了公司的发展，你受累了！"

秘书走到李大海身边，小声说："李总，王总亲自为你买了花篮，还特别给您送来两万块钱，您需要什么就买。"

孙二芳激动得直搓手："你看看，王总想得太周到了，对我们老李太关心了，我们全家谢谢王总，谢谢公司。"她又转头对李大海说："大海啊，你以前回家就喊累，可人家王总都给你记着账呢，知道你为公司做了贡献。有王总的这份心意，你就算是累点儿也值了啊。"

王东雷接口说："不是贡献，是巨大的贡献，老李是西营集团最大的功臣！弟妹啊，你要好好照顾他，一定不能亏待了我们的老功臣。我是跟着老李一路走过来的，要是没有他，哪会有集团的今天啊。"

李大海虽然没有弄明白王东雷这么说的目的是什么，但心里依旧热乎乎的：看来王东雷良心未泯啊，还记得自己为公司做的贡献。他的眼睛湿润了："老王，谢谢你来看我，谢谢公司上下没有忘记我。"

王东雷说："老李，你安心休养，公司的事情我都安排好了，你不用挂心，有什么不明白的地方，他们自然会找你请示的。千重要万重要，你的身体最重要。"

然后，他们又闲聊了几句，王东雷就告辞走了。看着王东雷的背影，李大海倒纳闷了：王东雷这是唱的哪出戏？难道是怀苏孩子的出生，让他发生了转变？

10 – 6

仅休息了半个月，李大海就来上班了。虽然身体还没复原，孙二芳也多次劝阻，但李大海还是放不下公司的工作。这次病得太突然，好多工作，特别是一些敏感的账目和业务，他都没来得及做好安排与交接，他怕王东雷看出什么端倪。

就在前几天，他分管的几个部门的负责人给他打电话，说集团的人事部门已找他们谈话了，要对他们的岗位进行调整。这更让李大海坐不住了：王东雷这是要趁自己生病的空档，插手自己的"蛋糕"啊。所以，他不顾老婆的阻拦，坚持来到了公司。

他刚在办公桌前坐下，王东雷就推门进来了："老李，听别人说你今天来上班了，我当时还不相信。医生不是说你至少要住两个月院吗？你身体还没康复怎么就来上班了呢？万一病情再有反复，可就麻烦了。"

李大海冷着脸，开门见山地说："我再不来上班，还不知道会乱成什么样子呢！怎么，我听说人事部门要对公司的部分负责人进行调整？这么重要的事情，我怎么不知道呢？"

王东雷笑眯眯地说："老李，这只是正常的人事调整，你不用多心的。以后，这些小事就不用你操心了。你今后的主要任务就是养好身体，还是健康最重要。"

李大海抬起头，直直地盯着王东雷："老王，你什么意思？"

王东雷依旧面带笑容："老李，我们都是五十多岁的人了，大半生就快过去了。人啊，该急流勇退的时候，就要退。所以我建议，你就办理病退吧。等你儿子结了婚，你在家也可以和我一样含饴弄孙，这该有多快乐啊。"

"你，你这是要赶我走吗？"

"老李，你误会了。不是赶你走，我只是出于好心，劝你回家疗养身体。人没有好的身体，怎么能干好工作呢。"

"你，你……"一阵眩晕袭来，李大海跌坐在了椅子上，大口地喘着粗气，回不上话。

一丝冷峻，从王东雷眉间掠过，但他脸上依旧挂着笑容："老李啊，我说过，你是我们西营集团的大功臣，也是我王东雷的'大功臣'，在我看来，你现在已经功成名就了，你就听我的话，办理病退吧。"

李大海使劲儿吸了口气，平复了一下心情："老王，我怎么听不懂你的意思啊？"

王东雷强忍着内心的激动，依旧劝道："老李，退一步海阔天空，不好吗？你难道非要逼着我把真相说出来？"

李大海默不作声。王东雷叹口气，说："好吧，那我可就不客气了。这些年，你所布局的美国业务，我就不多说了，其间虽然有中饱私囊的事情发生，但我也不计较了，不管怎么样，公司也从中得到了可观的收益。"

王东雷顿了顿，又说："这些年，你在公司人事中的布局，我也不多说了，毕竟任何岗位都需要人来填充，只是你过于自信了，以为你安排过去的人会全部由你控制。但你错了，人都是有感情有思维的。我只是提醒你一下，你心中有数就行了。"

看李大海闭目不语，王东雷突然提高了声音："我只说，这些年，我替李大江养大了他的女儿，没有功劳，也有苦劳吧，你李大海怎么就没有半点感激之情呢？你自己想想你都是怎么对我的！"

李大海猛地站起来："王东雷，你，你说什么？这都是你心甘情愿的事，也是你应该做的事。"

王东雷笑了："老李啊，你还是这样自信。你真的以为你是诸葛亮转世？真的以为这世界上的事情都由你来掌控？你利用苏厂长的意外事故，挑拨我和苏金凤的关系，你利用槐米和松山来看我，让苏金凤对我误会更深。你之所以处心积虑地这么做，无非就是想让怀苏能继承我的家业，好达到让企业回归你们李家的目的，是不是啊？"

李大海喃喃地说："王东雷，你阴险，你阴险。"

"阴险的是你！"王东雷声音低沉地说，"李大海，我已经忍了你二十年，也给了你若干的改正的机会，但你却一直没有珍惜。你不是对我和刘松山的关系很好奇吗？我现在满足你的好奇心，坦诚地告诉你，刘松山的的确确是我的儿子，是我当年在老家时，和我那没有血缘关系的妹妹生的孩子。"

"你，你，你，"又一阵眩晕袭来，李大海一时感到天旋地转，他双目紧闭，瘫坐在椅子上动弹不得。

王东雷继续说下去："我更明明白白地知道，王怀苏生的儿子压根儿就不是刘松山的。本来，刘松山出了事故，我王东雷的血脉眼看着就要断绝了，然而，是你的愚蠢挽救了我。王怀苏是你的侄女，她的孩子从血缘上说，也是你的外孙，所以你导演了一出起诉、验亲的好戏。同时，你还暗中安排媒体大肆宣扬，在舆论上给我施加压力，逼我就范。你以为这样一来，等我百年之后，我的家业就必然为你的外孙所有了，但你错了，多谢你导演的这场诉讼游戏，现在全社会都知道这孩子是刘松山的骨肉了，都知道这孩子是我的外孙了。所以，不管你承认不承认，法律已经给出了一个明确的判决，你再也改变不了了。"

李大海狠狠地盯着王东雷，手哆哆嗦嗦地指向他，嘴角抽动着，却一句话也说不出来。

王东雷语气缓下来，说："退一步海阔天空。大海，听我的话，眼下一切都已经成为定局了，现在你就好好地病退回家休养身体吧。我相信，你是一个聪明的人，会让一些秘密成为永远的秘密的。这样，对我们，对下一代，都是有百利而无一害的事情。"

　　

王东雷回到自己的办公室稍作收拾，就坐车去了铸造公司——有一个客户要去铸造车间做实地考察。本来，这个客户并不是重要客户，但王东雷还是执意要去接待一下。

王东雷正陪着客户在车间考察，手机突然响了，里面传来办公室主任急切惊惶的声音："王总，不好了，李总在办公室里晕倒了，你快回来吧。"

王东雷挂了电话，陪客户转了一圈就回了总公司。120急救车已经停在楼下，大家正七手八脚地抬着李大海往车上放。办公室主任迎上来："王总，李秘书听到李总屋里传出很大的响声，推门进去一看，发现他从椅子上摔下来昏过去了。估计是老毛病又发作了吧。"

王东雷摇摇头："我早上就看他气色不好，让他再去医院检查一下，他却放不下工作，执意不去。唉，李总真的是为了公司竭尽全力啊，他是我们大家学习的榜样。李秘书，你抓紧起草一份题为《公司全体人员向李大海同志学习》的文件，明天召开董事会，征集大家的意见，来大力宣传李总的先进事迹，趁势掀起生产经营的新热潮。"

王东雷随后去了医院。主治专家说："这次，李总的脑血管大面积堵塞，可能凶多吉少。"

经过了三天的抢救，李大海的命算是保住了。王东雷和苏金凤一块儿去探望，孙二芳抽噎着告诉王东雷："他现在除了眼睛还能动，其他地方已经是植物人状态了。"

回到家，王东雷对苏金凤说："真想不到，李大海的病会发展得这么厉害。"

苏金凤眼睛红红的："东雷，李总是为了公司的发展才累成这样的，我们不要忘记他为公司发展做出的贡献啊。"

王东雷一笑，说："金凤，你坐下来，我们谈谈吧。如果没记错，我今年五十四岁了，你也五十三岁了，都到了'知天命'之年啊。有好多事情，已经在心里积压了半辈子了，今天就让我们一吐为快吧。"

看到王东雷郑重其事的样子，苏金凤心里一阵莫名的慌乱。王东雷说："金凤，不用多心，我们就坦诚地、推心置腹地聊聊吧。"

10 – 7

王东雷家客厅的灯光一夜未熄。

最后，王东雷满怀歉疚地流下了泪："金凤，对不起，是我伤害你在先。我直到今天，才向你坦白了我年轻时的情感经历；我出于自私，明知自己没有生育能力，却以'只结婚不生育'的约定来开脱自己，仍旧和你结婚，让你失去第二次做妈妈的机会；不管出于什么原因，我向你隐瞒了刘松山和我的关系，这一切都是我的错，并且是无法弥补的错。"

苏金凤也哭了："东雷，你有错，我也有错。我总想着能洞察你的全部内心，却忽略了每个人都需要保留自己的一方天地。我不该盲目地误会你，怨恨你。我不该配合李大海欺骗你。人生没有回头路，东雷，过去的，我们就让它们过去吧，我们现在更重要的，是走好今后的路。"

王东雷控制了一下情绪，吁了一口气："是啊，当前正是集团大发展之际。一个月后，集团的两个大型项目就要上马了，对外地两个企业的收购工作，已经进行了三轮谈判，如果没有意外，三个月之内就能完成收购，咱们集团的发展，迈出了向外地扩张的第一步。这一切，都需要他们年轻人的参与和努力啊！"

苏金凤想了想，说："我想提前办理退休，在家里好好地培养皓业。孩子是无辜的，无论如何，他总是我们的孙子，西营集团的事业，还需要一代一代地传下去的。"

王东雷轻轻地把苏金凤揽进怀里："休息一下吧，天就要亮了。"

赵眉眉从楼上下来，看到客厅里相拥着的两个人，夸张地叫起来："我说姑姑姑夫啊，你们这老两口一大早就秀恩爱，让我这'单身狗'情以何堪啊！"

王东雷哈哈大笑："你这个调皮鬼，我正想找你算账呢！你都是十八岁的大姑娘了，还有脸说自己是'单身狗'？坦白交代，有没有谈男朋友？"

赵眉眉跑过来搂住了王东雷和苏金凤的脖子："姑父姑姑请放心，改天我肯定带一个让你们都满意的男朋友回来，让你们看看。好了，我出去跑步了，你们继续恩爱。"

看着蹦蹦跳跳着跑远的赵眉眉，王东雷和苏金凤相视一笑：天亮了，美好的一天开始了。

庆祝完了王皓业的两周岁生日，王怀苏和刘松山就提出，全家一块出国旅游一次。这么多年了，他们还从没有全家一块出去旅游过。

苏金凤说："正是最忙的时候，你爸爸肯定没时间；皓业还小，不适合远途旅游；要去就你们两个去吧，我是个退了休的人，有大把的时间照看孩子，做家务，你们两个就轻轻松松地去玩吧!"

旅游线路定了——新马泰三国半月游。然而，在刘松山和王怀苏他们回国时，乘坐的马航飞机却失联了。事情令人难以置信，飞机那么大个儿的物件，却说没有就没有了，任多个国家组织专门力量寻找了一年多，也依旧踪影全无。

苏金凤强压悲痛，把这个消息告诉了李大海。李大海滚落了最后几滴泪水，便永远地闭上了眼睛。

王东雷带着苏金凤，专程去了梨村。槐米听说了这个消息，淡淡一笑:"哥，这都是命，我不会哭的，我的眼泪早就流干了。也许，这是松山最好的结局，他会在另一个世界里，过上更好的日子。"

院子里，已经换了肾的小石匠拿起了锤子和钢钎，在一块石碑上刻下了"刘松山、王怀苏夫妇之墓"。

小石匠说:"东雷哥，这本来是为我和槐米准备的，现在就先给松山他们用吧。他们人估计是回不来了，你回去后，找些两人的衣物寄来，我替他们在爹娘的坟边垒个衣冠冢吧。"

尾 声

　　2032 年，王皓业从美国留学归来。在他的阿姨、西营跨国集团公司副总裁赵眉眉的带领下，来到灵山公墓园，在新迁来的两座并排的坟茔前，立上了两块碑。

　　一块碑上刻的是："祖父王东雷、祖母苏金凤之墓，嫡孙王皓业立"。

　　一块碑上刻的是："生父刘松山、生母王怀苏之墓，嫡子王皓业立"。